망각의 도시

지금 여기의 두려움이

망각의 도시

조진주 최제훈 편혜영 황현진

안윤 우다영 위수정 이유리

김혜진 김희선 박연준 송섬

김동식 김성중 김엄지

현대문학

목 차

집값 하락장

김동식

1985년 경기 성남 출생. 소설집 『회색 인간』 『세상에서 가장 약한 요괴』 『13일의 김남우』 『양심 고백』 『정말 미안하지만, 나는 아무렇지도 않았다』 『성공한 인생』 『살인자의 정석』 『하나의 인간, 인류의 하나』 『일주일 만에 사랑할 순 없다』 『문어』 『밸런스 게임』 『궤변 말하기 대회』 『청부 살인 협동조합』 『인생 박물관』 『백 명 버튼』 등.

전국 아파트 매매 가격이 69주 연속 하락 중입니다. 부동산 규제 완화로 반등하는 모양새를 보였지만…….

아파트 거실에 이삿짐 상자를 내려놓은 김남우는 베란다를 돌아보았다. 아내가 베란다 난간에 서서 바깥을 내다보고 있었다.

"왜? 밖에 뭐 있어?"

"너무 신기해서. 여기 진짜 우리 집이지?"

"그래, 우리 집이야."

김남우의 얼굴에 숨길 수 없는 웃음이 번지고, 거실로 들어오는 홍혜화의 얼굴에도 진한 미소가 걸렸다.

"너무 좋아! 진짜 우리 집이라니!"

"엄밀히 말하면 거의 은행 거라고 봐야지."

"그래도! 진짜 우리가 아파트를 살 줄은 몰랐어. 아니, 아니, 몇 년은 더 걸릴 줄 알았지."

"운이 좋았지, 뭐."

부부가 이 아파트를 산 것은 코로나로 폭등했던 집값이 금리 인상의 여파로 폭락하면서다. 고점 대비 마이너스 40퍼센트 가격으로, 부부가 매수한 금액이 이 아파트 단지의 최저가였다.

"모르긴 몰라도 우리가 최고 바닥에서 샀을 거야."

"그렇지? 잘 샀어, 정말!"

홍혜화가 바닥에 앉아 상자의 짐을 풀기 시작하자, 김남우도 다른 상자 하나를 끌어당겨서 작업을 시작했다.

"주변에 떡 같은 거 돌려야 하나?"

"요즘 그런 거 안 하지 않아? 아니, 그리고 좀 무서워."

"응? 무섭다고?"

"아, 왜 여기 아저씨가 말했었잖아. 사람들이 자기 죽일 듯했다고."

이전 집주인을 떠올린 둘의 인상이 찌푸려졌다.

'그냥 공공의 적이라니까? 왜 헐값에 팔아서 아파트의 가치를 훼손하냐고 말이야. 아니, 내가 내 집 파는데 내 맘이지!'

어찌나 많은 경고를 들었는지, 부부의 머릿속 아파트 주민들의 이미지는 좋지 않았다.

"맞아. 아저씨가 학을 뗐지. 주변 부동산에서도 눈치 보느라 매물을 못 받아줬다잖아. 덕분에 우리에게 기회가 온 거지만. 아저씨가 무슨 테러도 당했다고 하지 않았어?"

"맞아! 자동차 배기구에 생쥐 죽은 거 처박아뒀다잖아!"

홍혜화는 다시 생각해도 소름이 돋았다.

"사람이 어떻게 그런 짓을 하지?"

"집값 때문이지, 뭐. 요즘 같은 하락장에는 한번 싸게 팔리면 그게 아파트 시세가 되는데 얼마나 밉겠어."

"그러니까! 그럼 그 사람들이 우린 또 얼마나 싫겠어? 자기들보다 거의 반값에 들어왔다고 하면서."

"에이…… 뭐 별일이야 있겠어?"

"그거야 모르지. 지금 단지에 1602호가 그 집이라고 다 소문났을 건데."

그런 이야기를 하는 와중에 순간, 현관 벨이 울렸다. 움찔한 둘의 고개가 동시에 돌아갔다.

"누구지?"

"아직 올 사람 없잖아?"

하필 그런 이야기를 할 때? 긴장한 부부는 서로 눈을 한 번 마주친 뒤 일어났다. 인터폰을 확인해보니, 통통한 체형의 중년 여자가 웃고 있었다.

"누구세요?"

'예, 옆집이에요. 이사 오셔서 인사드리려고요.'

"아……, 예."

김남우가 문을 열자, 중년 여자가 환하게 웃으며 손뼉을 쳤다.

"아이고, 젊은 부부가 이사 왔네. 나 여기 1601호 살아요!"

"예? 아, 예. 안녕하세요."

"진짜 반가워요, 반가워! 선남선녀가 옆집에 이사 와서 기분이 다 좋네!"

"아하하……."

"앞으로 잘 지내요. 이웃끼리 사이좋게 지내면 좋잖아요? 내가 도와줄 게 있으면 다 도와줄게요. 여기 오래 살아서 잡다하게 아는 것이 많아요, 내가……. 호호호."

"아, 네. 그럼 감사하죠."

부부는 여자의 살가운 모습에 안심하며 미소를 지었다. 한데 금방 또 당혹스러워졌다.

"아유, 이럴 게 아니라 셋이서 사진 한번 찍어야겠다."

"예? 사진요?"

여자는 핸드폰을 꺼내며 자연스럽게 뒤돌아 등을 들이밀었고, 부부는 거절할 타이밍을 잡지 못하고 어정쩡하게 카메라를 바라보았다.

"하나 둘, 자! 좋다. 잘 나왔다. 보내줄까요? 아이고, 아니다. 전화번호 같은 거 물으면 부담스럽지! 주책이야, 내가. 어머? 아직 짐도 다 안 풀었네? 미안해요. 괜히 빈손으로 와서 귀찮게 했네."

"아니요, 아뇨."

"그럼 앞으로 잘 지내봐요. 모르는 거 있으면 바로 우리 집 벨 누르고요."

"아, 예. 감사합니다."

"그럼 고생해요!"

여자는 웃으며 돌아섰고, 두 사람도 다시 집으로 들어갔다. 그 문이 닫히자마자 순식간에 무표정해진 여자가 부부의 사진을 어딘가로 전송했다. 그 모습을 보지 못한 김남우는 거실로 향하며 헛웃음을 터트렸다.

"MBTI 뭔지 바로 알 것 같네. 완전 웃상이시다. 좋은 분 같지 않아?"

재밌어하는 그와는 달리, 홍혜화는 다소 어이가 없는 듯했다.

"아니, 근데 무슨 갑자기 사진을 찍어? 원래 저래?"

"우리 첫인상을 좋게 봐주셨나 보지. 이웃에 미움받을까 걱정했는데 잘된 거 아니야?"

"그건 다행인데, 또 몰라. 집값에 민감한 어떤 사람들이 우릴 벼르고 있을지 말이야."

"에이, 뭘 벼러. 사람들이 그렇게 상식이 없으려고. 우리한테 왜 화를 내? 싸게 판 사람이 잘못이지, 산 사람이 잘못이겠어?"

"그래도 몰라. 아저씨가 오죽하면 우리한테까지 그렇게 하소연했겠어?"

속 편한 김남우와 달리 홍혜화는 찜찜함을 쉽게 날려버리지 못했다.

다음 날 점심, 부부는 외식을 하기 위해 밖으로 나섰다. 단지 내부의 놀이터 근처를 지나가던 부부는 놀이터 구석에 아이들이 쭈그려 앉아 있는 모습을 보게 되었다.

"쟤들 개미라도 구경하나?"

"글쎄?"

근처로 다가가던 부부는 흠칫 놀랐다. 아이들이 인형을 불태우며 놀고 있는 게 아닌가? 홍혜화가 자기도 모르게 목소리를 높였다.

"어머! 얘들아! 불장난하면 안 돼!"

화들짝 놀라 일어난 아이들에게 그녀는 훈계했다.

"얘들아, 위험하게 불장난하면 안 되지. 그리고 인형 같은 장난감은 불로 태우면 안 되는 거야. 어머, 저거 어떡해."

아이들 중 한 녀석이 기분 나쁘다는 듯 불쑥 반박했다.

"저희가 불태운 거 아닌데요. 원래 불난 인형인데요."

"뭐라고? 원래 불난 게 어딨어. 너 손에 라이터도 들고 있네!"

"저희는 그냥 주웠다고요!"

빽 소리친 녀석이 도망치듯 뛰어가자, 다른 아이들도 그대로 가버렸다.

"어머머! 쟤들 좀 봐!"

홍혜화가 아이들의 뒷모습을 보며 황당해할 때, 목소리 하나가 끼어들었다.

"개구쟁이 녀석들이죠, 참."

김남우와 홍혜화가 돌아보니, 어제 만난 1601호 여자가 서 있었다.

"반가워라. 어디 가요?"

"아, 안녕하세요. 그냥 잠깐 돌아다녀보려고요."

"그래요. 이 동네 좋지. 아, 잘됐다."

빠르게 말한 여자는 바로 뒤돌더니, 누군가를 향해 손짓했다.

"여기 좀 봐요! 이번에 이사 온 1602호야!"

머리가 벗겨진 중년 남자와 둥근 금테 안경을 쓴 할머니가 기다렸다는 듯이 부부를 향해 다가와 인사했다.

"안녕하십니까?"

"안녕하세요."

부부도 반사적으로 고개를 숙였다.

"아, 예. 안녕하세요."

"안녕하세요."

부부는 어정쩡하니 다소 불편해 보였는데, 1601호 여자가 아랑곳없이 소개를 시작했다.

"이 아저씨가 동대표예요. 서울대 나온 양반인데, 보근은행

본부장 출신이에요. 보근은행 아시죠?"

"아, 예. 대단하시네요."

"아, 그리고 이쪽 할머니는 유지야, 유지. 이 아파트 처음부터 쭉 살아서 다 친해."

"아, 네에."

마냥 어색한 부부와는 달리, 동대표와 할머니는 붙임성이 좋았다.

"환영합니다. 앞으로 잘 부탁합니다. 모르는 거 있으면 제가 다 도와드리겠습니다."

"아이고, 젊은 사람들이 이사 와서 우리 아파트가 환해졌네! 어디 가는 길인가? 소개 좀 해드려?"

새로운 이웃을 반기는 그들의 모습에는 호의가 가득했다. 그러다 문득, 놀이터 바닥에 버려진 인형을 발견한 동대표가 허둥지둥 놀이터로 달려갔다.

"아니, 이런 씨!"

김남우와 홍혜화의 눈길이 자연스럽게 동대표를 쫓자, 여자가 그들의 시선을 가로막으면서 빠르게 말했다.

"아유, 쓰레기를 버리면 안 되는데 말이야 호호. 근처 맛집 알려줘요? 어때요?"

"예? 아, 네."

김남우와 홍혜화는 웃는 낯으로 몇 마디를 더 나눈 뒤에야 그들 틈에서 빠져나갈 수 있었다. 아파트 단지를 벗어날 즘,

집값 하락장

홍혜화가 뒤를 힐끔거리며 말했다.

"아유, 집값 얘기 나올까봐 조마조마했어, 나."

"뭐? 집값 얘기가 왜 나와? 하하."

웃음이 터진 김남우는 놀리듯 말했다.

"당신 너무 소심해진 거 아니야? 우리가 최고 싸게 들어오긴 했지만, 그래도 돈 주고 들어온 거야. 눈치 볼 게 뭐 있어? 저분들도 다 친절하신 것 같은데."

"그런가. 근데 그 아저씨가 이웃들 무섭다고 했던 말이 자꾸 떠오르니까."

"됐어. 너무 과민하게 생각하지 말자고. 그 아저씨가 과장해서 말했을 수도 있는 건데, 뭐."

이틀이 더 지난 뒤에 홍혜화는 인정했다. 그녀의 걱정은 기우였고, 오히려 걱정해야 할 건 다른 방향이었다. 이웃들의 과도한 친절함 말이다.

"입주 선물을 못 가져갔던 게 걸려서 말이야. 별건 아니고 세제야, 세제. 인상을 보니까 부부가 되게 깨끗이 살 것 같아."

1601호 여자는 물론이고, 동대표 남자, 할머니, 또 다른 이웃들까지 귀찮을 정도로 부부에게 말을 걸어왔다. 김남우와 홍혜화는 이 정도로 친밀한 이웃을 경험해본 적이 없었다.

"이게 맞아? 아파트는 원래 이런가?"

"글쎄. 다 좋은 분들 같기는 한데, 어디까지 받아줘야 할지 모르겠네. 재활용 쓰레기 버리러 갔다가 할머니한테 붙잡혀서 한 20분은 떠들다 왔잖아. 무슨 태어난 날까지 물어보더라니까?"

"생일을? 나이도 아니고?"

하루가 더 지나자, 부부는 이 친절한 이웃들이 확실히 부담스러워졌다. 사람들이 점점 선을 넘는 듯했는데, 동대표의 말이 특히 그랬다.

"집들이 같은 거 안 하십니까? 새로 이사도 왔는데."

"네? 집들이요? 아, 저희는 생각해보지 않아서요. 죄송해요."

뜻밖의 제안을 정중히 거절하고 돌아선 홍혜화는 집으로 돌아가 바로 투덜거렸다.

"아니, 뭐야 진짜? 이제 처음 안 사람들하고 무슨 집들이를 하냐고? 미쳤나봐! 이상해 그 아저씨."

"동대표라서 뭔가 형식적인 걸 좀 챙기려고 하나 보지."

"그래도 그렇지, 참 나. 이상해. 그 아저씨뿐만이 아니라, 다들 그래. 호구조사를 하질 않나, 무슨 참."

"음. 그런가?"

어딘가 좀 싸한 느낌을 받기 시작하던 어느 날. 근처 부동산을 지나가던 부부는 우연히 1601호 여자와 동대표의 모습을 목격하게 되었다. 부동산 밖으로 새어 나오는 고함에 반사적으로 몸을 숨긴 부부는 곧 소름이 돋았다.

"아, 씨발. 말이 안 통해! 아, 그래서 그 매물을 누가 올렸냐니까! 호가를 그렇게 낮춘 새끼가 누구냐고! 누구야! 말해! 말 안 해? 여기서 장사하기 싫어? 장사 못 하게 해줘?"

"당장 매물 지워요! 당신 때문에 집값이 조금이라도 떨어졌다간 봐! 나 가만 안 있어. 진짜, 씨발!"

항상 사람 좋게 웃던 1601호 여자와 동대표의 살벌한 모습은 부부에게 충격적이었다. 혹시 눈이라도 마주칠까, 얼른 부동산 반대쪽 다른 길로 빠르게 우회했다. 코너를 돌자마자 홍혜화가 김남우의 팔뚝을 때리며 말했다.

"미쳤어! 미쳤어! 뭐야!"

"와, 진짜…… 무섭다. 저게 그거지? 뉴스에서 봤던 그거?"

"내가 말했잖아! 아저씨가 집 팔 때! 어? 이웃들이 죽일 듯했다고 내가 말했잖아!"

"아니, 근데, 사람이 저렇게 이중적일 수가 있나? 우리한텐 그렇게 친절했는데."

"아이, 그게 더 무서워!"

김남우와 홍혜화는 집에 도착해서 심각하게 상의했고, 이 이상하게 친절한 이웃들과 거리를 두기로 했다. 그때부터는 이웃과 마주쳐도 인사 정도만 했고, 대화가 더 이어지지 않도록 바쁜 척 지나쳤다. 현관 벨이 울리면 집에 없는 척도 해보고, 먼발치에서 눈이 마주쳐도 못 본 척 걸음을 재촉했다. 그러기를 이틀. 1601호 여자가 그들의 집 벨을 눌렀다.

김남우와 홍혜화는 서로를 돌아보았고, 홍혜화가 빠르게

손가락을 입술에 가져다 대며 '쉿!' 없는 척하자고 신호했다.
부부는 소리를 죽인 채 가만히 기다렸는데, 벨을 누르는 소리
가 멈추지 않았다. 여자가 금방 포기하고 갈 거라 생각했지만,
예상이 빗나가자 둘의 얼굴은 시간이 지날수록 점점 더 창백
해졌다. 3분, 5분, 10분. 떨리는 둘의 눈동자가 허공에서 얽혔
을 때, 밖에서 여자의 목소리가 들려왔다.

"자기들! 안에 있지? 안에 있는 거 알아. 자? 안 자지? 안 자
고 있지?"

홍혜화는 울상을 지으며 속삭였다.

"어떡해!"

"자기들 나한테 화났어? 왜 그래? 왜 날 피해? 안에 있지?
다 알아! 안에 있지?"

여자의 목소리가 커지면 커질수록 두 사람의 표정이 심각
해졌다. 어쩔 수 없다는 듯, 각오한 김남우가 자리에서 일어나
자 홍혜화가 다급히 팔을 붙잡았다. 그러자 바깥에서 정적이
흘렀다.

"……."

"……."

가만히 소리에 집중하던 홍혜화가 한숨을 내쉬었다.

"갔나봐."

"허 참."

홍혜화가 다리를 주무르며 일어나면서 진저리쳤다.

집값 하락장

"아, 씨, 저 아줌마 무서워, 진짜. 뭐야?"

"거참, 진짜. 하."

절레절레 고개를 흔든 김남우가 주방으로 가 찬물 한 잔을 따랐다. 홍혜화도 목이 탄다며 가서 잔을 넘겨받아 쭉 들이켜고, 식탁에 잔을 '탁' 내려놓는 그 순간.

"들었어! 들렸어! 안에 있지? 이것 봐, 있잖아! 들렸어! 방금 들었어! 다 들었어! 안에 있잖아!"

미친 듯이 퍼붓는 목소리에 부부는 소름이 돋아 선 채로 굳었다. 얼마 뒤 밖에서 들려오는 목소리가 사라졌음에도 부부는 한동안 제대로 소리를 내지 못했다.

"진짜 미친 사람인가봐! 왜 저래?"

"돌아버리겠네. 계속 눈치 보고 살 수도 없고. 다음에 마주치게 되면 말하자고."

"뭐라고 말해? 조용히 살고 싶다고? 이웃과 관계없이?"

"뭐 그러든가 어쩌든가 뭐든."

여기까지도 부부는 그저 골치 아픈 일이라고만 생각했는데, 실상은 더 심각했다. 유튜브를 보던 홍혜화가 충격적인 사실을 알게 된 거다. 아파트 토박이라고 소개했던 할머니가 사실은 이 아파트의 주민이 아니었다.

"여기 유튜브에 나온 이 사람! 그 할머니 맞지? 맞지? 무당이잖아, 무당!"

"뭐? 무당?"

영상을 보는 동안 부부는 소름이 돋았다. 용한 무당으로 출연한 할머니는 기괴하게 생긴 제물 인형을 불태우며 효험을 설명하고 있었다. 뒤이은 인터뷰에서 나온 정체도 그동안 들은 내용과 하나도 맞는 게 없었다. 사는 곳, 하는 일, 자식 이야기, 모두 새빨간 거짓말이었다. 무당이 왜 속이고 접근했을까? 다른 이웃 사람들은 왜 그것에 동조한 걸까?

부부는 피가 식는 느낌이었다. 이사 온 뒤로 만났던 친절한 이웃들 모두의 얼굴이 달리 보일 수밖에 없었다.

"이 사람들 뭐 있어! 우리한테 뭐 있다고! 일부러 속이고 접근한 거고, 어어! 당신 생년월일 물어본 것도 그래! 뭐 있어!"

"아니, 왜 우리한테?"

"아, 집값 때문이겠지! 어떡해? 무당인 거 다 안다고 말해?"

"말해봤자 당연히 잡아떼겠지. 아니면 급발진해서 본색을 드러낼 수도 있고."

실제로 그 본색과 맞닥뜨리게 된 건 그리 오래지 않아서였다. 저녁 약속이 있어 현관문을 열고 나온 부부는 흠칫 놀랐다. 아무런 인기척도 없었던 밖에는 1601호 여자와 동대표가 기다리고 있었다.

"어디 가나 보지? 바쁘지 않으면 잠깐 얘기 좀 해요."

"아 저, 그게……."

"자기네들이 이 아파트에서 가장 싸게 들어온 거 알지?"

"네?"

집값 하락장

1601호 여자의 말에 부부의 두 눈이 흔들렸다. 여자의 얼굴에는 항상 짓던 미소가 없었다.

"아니, 실거래가 찍힌 거 보면 자기네가 가장 싸게 들어왔어. 1602호랑 구조가 완전히 똑같은 우리 집도 자기네 집 가격 됐다니까?"

"네? 네?"

"똥값이 됐다고!"

당황한 두 사람이 뭐라 말해야 할지 몰라 머뭇거리자, 동대표도 그들에게 정색하며 말했다.

"솔직히 말해서 그 가격에 들어오는 게 말이나 됩니까? 부동산에 가면 1602호 때문에 가격을 못 올린다는 말이 파다합니다."

"맞아, 맞아! 자기네들 때문에 얼마나 손해를 봤는지 모른다니까."

"우리 단지에 1602호가 얼마에 들어왔는지 모르는 사람이 없습니다."

당황하고만 있던 김남우가 이대로는 안 되겠다는 듯 인상을 굳혔다.

"죄송한데, 저희한테 이런 이야기를 하셔도…… 저희는 그냥 그렇게 올라온 가격에 샀을 뿐입니다."

"알지. 알지. 그 씨발놈이 그렇게 팔아버린 거."

적나라한 욕설에 김남우와 홍혜화는 움찔했다. 여자가 노골적으로 손가락질을 하면서 말했다.

"그래도 자기네가 안 샀으면 그 매매가가 안 찍혔을 거 아니야. 그러니까 도의적으로 하나만 도와줘."

"무슨……."

"내가 이번에 집을 내놓았는데, 우리 집이 엉망진창이라 못 보여주고 있거든? 자기네가 우리 집이랑 구조가 같으니까 한 번만 대신 보여줘."

"예? 저희가 왜……."

김남우가 거절의 말을 다 꺼내기도 전에, 여자의 찢어질 듯한 비명이 터졌다.

"집값 다 떨궈놓고 그 정도도 못 들어줘!"

깜짝 놀란 부부의 눈동자에 여자의 미친 모습이 각인하듯 박혔다. 고장 난 기계처럼 같은 말을 반복하기 시작하는데, 그 모습은 정말 공포였다.

"집값 다 떨궈놓고 그 정도도 못 들어줘! 집값 다 떨궈놓고 그 정도도 못 들어줘! 집값 다 떨궈놓고 그 정도도 못 들어줘! 집값 다 떨궈놓고 그 정도도 못 들어줘!"

온 아파트가 다 울릴 것 같은 여자의 고함이 멈췄을 때, 김남우는 감히 입을 열지 못했다. 여자는 다시 차분한 목소리로 말했다.

"좀 도와줘요. 자기네가 판 가격보다 5천 더 높게 들어와서 절대 놓치면 안 된다고. 이사 온 지 얼마 안 되어서 깔끔할 거 아니야? 한 번만 집 좀 보여줘요. 양심이 있으면 그 정도는 도와줘야지."

옆에 있던 동대표도 협박하듯 거들었다.

"앞으로 계속 얼굴 볼 사이에 그 정도는 좀 협조합시다."

"내일 주말이니까 집에 있죠? 내일 한 시에 집 한 번만 보여줘요. 오래 걸리지도 않아! 알았죠? 집값을 똥값으로 만들었으면 도의적으로 그 정도는 해줘야지!"

차마 거절하지 못할 압박감에, 서로 눈빛을 교환한 김남우와 홍혜화는 어쩔 수 없이 수락했다.

"알겠어요. 그럼 내일 한 번만……."

"아유, 고마워요! 얼마 걸리지도 않아. 고마워요!"

1601호 여자는 이전처럼 웃었지만, 부부는 웃지 못했다. 부부는 약속을 취소하고 다시 집으로 들어갔다.

"내가 그랬지! 그 아저씨 말이 맞았다니까! 미친 사람들이야!"

"어휴. 그냥 내일 한 번 보여주고 치워버리자. 만약 더 이상한 요구를 하면 그땐 참지 말고."

"아, 진짜! 뭐야 이게!"

부부는 불안한 짜증과 한숨을 토해냈다. 다음 날, 아침부터 집을 치워놓고 기다리던 부부는 벨이 울리자 현관문을 열었다. 한데 당황스럽게도, 곧장 여섯 명이나 되는 사람들이 우르르 들이닥쳤다.

"고마워요. 빨리 집 보고 갈게요!"

"엇? 아 저, 아!"

1601호 여자와 집 보러 온 사람까지는 이해해도, 할머니와 동대표는 여기에 왜 끼어 있는가? 이윽고 펼쳐진 그들의 행태는 경악스러웠다.

"화장실 좀 쓰겠습니다."

"저기가 베란다죠? 확장 안 된 상태죠?"

"사진 좀 찍어도 되죠?"

"침실이 어느 쪽입니까?"

여섯이 한 명씩 각자 집 안 곳곳으로 흩어지는 게 아닌가? 갑작스러운 사태에 김남우와 홍혜화는 크게 당황했다.

"아, 저기! 거기는요! 잠시만요!"

"저기요! 어디 가세요! 잠시!"

두 사람이 쫓아다녀도 여섯 사람 모두를 전담할 순 없었다. 몇 분간 이리저리 다급하게 움직이던 부부는 결국 폭발했다.

"뭐 하시는 겁니까, 진짜! 이리 나와요! 아, 다 나오라고 좀!"

김남우가 몇 번이나 고래고래 소리를 지른 뒤에야 겨우 그들을 다 불러 모았다. 그리고 곧바로 1601호 여자가 태연히 사과했다.

"아유, 미안해요. 집 좀 구석구석 보려고 그랬지."

"아니, 아무리 그래도 뭡니까, 지금!"

"아유, 이제 다 봤어, 다 봤어. 다 봤죠? 그쵸? 이제 다 봤으니까 그만 갈게요. 고마웠어요!"

"뭐요?"

여섯 명은 들어왔던 것처럼 또 우르르 순식간에 떠나갔다. 어이가 없던 김남우와 홍혜화는 곧 정신 차리고 집 안 곳곳을 점검했다. 뭘 망가뜨렸는지, 혹시 뭘 훔쳐 가진 않았는지. 다행히 당장 눈에 띄는 문제가 보이진 않았지만, 상한 기분은 나아지질 않았다.

"진짜 미친 사람들 아니야? 집을 뭐 저렇게 봐!"

"어휴, 씨……, 다시 잘 확인해보자. 뭐 사라진 거 없나."

이틀간 확인한 결과 사라진 물건은 없었다. 대신에 신경 쓰이는 일은 있었다.

"그 사람들 왔다 간 뒤로 어디서 이상한 자꾸 냄새가 나는 것 같아."

"그치? 당신도 느꼈지?"

미묘하게 거슬리는 냄새다. 심각한 건 아니었지만, 분명 전에는 안 나던 냄새였다. 그들이 다녀간 뒤에 갑자기 이런 냄새가 난다? 그들 중에는 무당도 끼어 있는데?

무슨 일을 당한 거라고 확신한 부부는 각 잡고 집 안 전체를 수색했다. 아침부터 저녁까지 온종일 구석구석 뒤져봤지만 아무것도 발견하지 못했다.

"아, 진짜 냄새가 나는데……. 아닌가?"

점점 긴가민가하던 그때, 욕실에 들어간 김남우가 경악해서 소리 질렀다.

"미친! 이거 좀 봐!"

"뭐? 뭔데?"

놀란 홍혜화가 서둘러 욕실로 달려가 보니, 김남우가 천장 환풍구를 뜯어서 손에 들고 있었다. 그리고 다른 한 손에 들린 물건은 홍혜화가 비명을 지르게 하기 충분했다. 새까맣게 타서 뭉그러진 인형이었다.

"세상에! 뭐야, 그게?"

"이거 당신 닮은 거 같은데? 생김새며 옷이며 당신이랑 똑같잖아!"

홍혜화는 온몸에 소름이 돋았다. 그래서 그들이 그렇게 유심히 관찰하고 개인 정보를 물어봤던 건가?

"어어? 잠깐! 이거 유튜브에서 무당 할머니가 태운다던 그 제물 인형 아니야?"

"어? 그, 그래 맞는 것 같아! 그러고 보니, 저번에 애들이 놀이터에서도 태웠어! 그때 그 사람들 이상했잖아!"

"이런, 씨!"

인형이 구겨질 듯 꽉 쥔 김남우가 당장 밖으로 뛰쳐나갔다. 두 사람은 곧장 1601호의 벨을 두드려 여자를 불러냈다.

"이게 뭡니까! 왜 우리 집에 이딴 물건이 있습니까!"

"으응? 뭐가?"

"이게 왜 욕실에 있냐고요!"

1601호 여자는 처음에 잡아뗐지만, 부부가 계속 소리 지르는 통에 어쩔 수 없이 모든 걸 자백했다.

"집값 오르는 부적이야."

"뭐요?"

"집값 오르는 부적이라고."

"이런 미친?"

김남우와 홍혜화는 어이가 없었지만, 여자는 진짜라며 설명했다.

"자기네가 몰라서 그렇지, 유명한 거야. 집에 사는 사람이랑 똑같이 생긴 인형을 만들어서 제물로 바치면 집값이 오른다니까?"

"무슨 미친 소립니까?"

"그냥 자기네들은 몰라도 돼. 그냥 그거만 집에 모셔주면 돼."

"아니, 씨, 그걸 왜 우리한테 합니까!"

"자기네가 최저 매매가에 들어왔잖아! 최소한 그 매매가보다는 안 떨어지게 빌어야 할 거 아니야! 제물도 바치고, 정성껏 모시고!"

황당함에 헛웃음을 터트린 김남우는 진심으로 물었다.

"그게 말이나 됩니까? 진짜로 그걸 믿는 겁니까? 무슨 그런 말도 안 되는 미신을?"

"미신 아니라니까! 집값이 계속 떨어지는데 어떻게든 막아야지! 가만히 앉아서 전 재산 날릴 거야? 막아야지!"

버럭버럭하던 여자는 갑자기 부드러운 어조로 설득했다.

"아이, 그러지 말고 그 인형 좀 모셔봐요. 집값 더 떨어지면 자기네도 손해 아니야."

"참 나!"

김남우는 들고 있던 인형을 힘껏 바닥에 내던졌다.

"다신! 다신 이런 개짓거리하지 마세요. 아니, 앞으로 아는 척도 하지 맙시다!"

강하게 경고한 김남우가 홍혜화와 돌아서는데, 여자는 바닥의 인형을 주우며 끝까지 쫓았다.

"아이, 그러지 말고! 이거 좀!"

그러거나 말거나 김남우는 쾅 소리 나게 문을 닫고 들어가 버렸다.

"진짜 미쳤네, 미쳤어. 그놈의 집값이 사람 미치게 하는구나, 진짜."

김남우와 홍혜화가 더 황당했던 건, 1601호 여자뿐만이 아니라 다른 사람들까지 계속 찾아와서 인형을 내미는 것이다. 일일이 응대하기도 지친 김남우는 미친 듯이 소금을 뿌렸다.

"그깟 더러운 저주 인형은 당신네들 집에나 모시라고!"

부부는 인간에 대한 회의감이 느껴질 지경이었다.

"한두 명이 아니잖아! 진짜 이놈의 아파트는 집값에 미친

집값 하락장

상종도 못 할 인간들만 사나, 쌍."

다행히 김남우가 소금을 뿌리며 한바탕 난리 친 이후로는 더 사람들이 찾아오지 않았는데, 이사 온 지 49일이 지나서 그렇다는 이야기도 얼핏 듣게 되었다. 이유가 무엇이든 부부는 대환영으로, 완전히 이웃 간 교류를 끊고 살기로 했다.

그러던 어느 날, 집 밖을 나서던 두 사람은 1601호 여자와 마주쳤다. 부부는 여자를 못 본 척 무시했지만, 여자는 비틀린 웃음을 지었다.

"이번에 아래층 팔린 거 봤어? 자기네들 산 가격보다 3천 더 떨어진 거. 어렵게 준비한 제물을 갖다 버리더니, 아주 잘됐네?"

부부는 못 들은 척 무시하며 엘리베이터에 올랐고, 여자는 코웃음 치며 집으로 들어갔다.

"얼마나 더 떨어지려나 몰라. 아예 확 1억씩 폭락하라지!"

여자의 마지막 말을 듣고 내려가는 둘의 표정이 좋지 않았다. 한마디도 없던 부부는 1층에 다다를 즘 입을 열었다.

"집값이 자꾸 내려가나봐."

"요즘 하락장인데 어디나 다 떨어지지, 뭐."

김남우는 덤덤한 척 말했지만, 그날 늦은 밤 노트북으로 아파트 시세를 검색해보다가 홍혜화에게 들켰다.

"신경 쓰여?"

"음. 우리 이후로 거래가 한 건 있는데 우리보다 싸긴 하네.

근데 뭐 거긴 2층이니까."

"그래……."

며칠 뒤 부부는 아파트 단지에 또 하락 거래가 일어난 걸 알게 되었다. 게다가 부동산을 통해 듣게 된 소문으로는 그들이 매매한 가격보다 5천이나 떨어진 거래였다. 하락 거래는 그걸로 끝이 아니었다. 불과 몇 달 사이 6천, 8천, 1억이 떨어졌다. 과거 부부가 매매한 가격은 이제 급급매도 뭣도 아니었다. 두 사람은 한숨이 잦아졌다.

"어휴, 반년만 늦게 샀어도……."

"그런 말 하지 말자."

"어떻게 말을 안 해? 어떻게 모은 돈인데. 여기서 더 떨어지면 어떡해? 대출은 그대론데 우리 원금만 사라지고 있잖아!"

"하아."

관심을 끄고 살자고 서로 다짐해도 떨어지는 시세를 안 볼수가 없었다. 이러다가는 그들이 평생 모았던 원금이 모두 사라질 판이었다. 부부는 점점 예민해졌다. 유튜브든 어디서든 농담으로라도 집값 얘기가 나오면 신경질을 내며 꺼버렸다.

집값 관련해서 부부의 입에서는 절대 좋은 말이 나오질 않았는데, 타인에게 분노를 표출하는 일도 흔해졌다.

"아무리 급해도 그렇지! 그렇게 팔고 나가면 안 되지!"

"도대체 어디까지 떨어지는 거냐고!"

어느새 부부는 그들도 모르게 어디선가 많이 본 모습으로 변해 있었다. 그리고 어느 날, 아파트 단지를 걷던 부부는 이삿짐 차량을 발견했다. 자신들보다 1억 이상 싸게 이사 온 사람들이란 걸 알아본 부부는 복잡한 얼굴로 가만히 지켜보았다. 또 하나, 다른 각도로 이삿짐 차량을 가만히 지켜보고 있는 사람이 있었다. 1601호 여자다. 두 사람과 여자의 눈이 마주쳤다. 한동안 서로를 바라보던 그들 중, 부부가 먼저 여자에게로 다가갔다.

"어떻게 하면 되는 건데요."

그날 이후, 아파트에는 새로 이사 온 사람을 환영하는 무리가 생겼다. 동대표, 1601호 여자, 할머니, 그리고 1602호의 젊은 부부다. 그들은 새로운 이웃에게 친절한 모습으로 접근하고, 조사하고, 사진을 찍고, 인형을 만들고, 때가 되면 어두운 밤 공터에 둥글게 모여 앉아 인형을 활활 불태웠다. 생각에 잠긴 사람들의 표정이 불빛에 일렁거렸다. 이 짓을 벌써 몇 번이나 했을까? 무당은 역시 사기꾼이 아닐까? 언제까지 이 짓을 해야 집값 하락이 멈출까? 이렇게 많은 제물을 불태웠는데 왜 집값은 계속 그대로일까?

불태운 인형을 몇 번이고 그 집에 숨겨두어도 집값은 하락했다. 그럼에도 그들은 매번 그 일을 했다. 그런 노력이라도 하지 않으면 미칠 것 같았다. 집값 하락은 그들을 그렇게 만들었다. 그들뿐만이 아니다. 다른 주민들도 모두 똑같았다. 그러던 어느 날, 집값 하락을 더는 버티지 못한 주민 한 명이 온몸에 불을 지르고 투신했다. 화단에서 불타는 그의 시신을 목격한 주민들은 겁에 질렸다. 다른 의미로.

'또 집값이 떨어지겠네…….'

놀랍게도, 그 사건 이후로 아파트 매매가가 처음으로 반등했다. 사람이 활활 불탄 이후로 말이다.

"……."

"……."

"……."

"……."

"……."

다섯 명은 이제야 깨달았다. 아, 제물이 문제였구나. 불태울 제물이 문제였구나.

그날 이후 보근아파트 시세는 떨어지지 않았다. 집값 하락장이 끝나서인지, 어째서인지.

도깨비불

김성중

1975년 서울 출생. 2008년 〈중앙신인문학상〉 등단. 소설집 『개그맨』
『국경시장』『에디 혹은 애슐리』, 중편소설 『이슬라』. 〈젊은작가상〉 〈현
대문학상〉 등 수상.

내가 처음 도깨비불에 홀린 것은 아홉 살 때의 일이다.

21세기에 무슨 도깨비불 타령이냐고 할 수 있지만 내 나이는 마흔일곱이고, 10대와 20대 중반까지 세상은 20세기였다. 20세기는 멋진 시대였다. 산업혁명과 양차 대전, 이데올로기와 우주선, 죽은 혁명가와 록 스타, 포스트모더니즘의 개소리에 이르기까지 얼마나 다채로웠던가. 나의 도깨비불이 21세기로 넘어오지 못해 아쉽다. 농경문화의 유령은 인공지능 시대와는 공존하기 어려웠던 모양이다. 장르가 다르잖나. 도깨비는 호러, 인공지능은 SF. 마지막으로 그를 본 것도 옛 우물을 메운 자리였는데 지금은 생수 공장이 들어서 있다.

총 일곱 번의 만남 가운데 서른이 넘어서의 조우는 논문의 행간 깊숙이 숨겨둔 것으로, 길고도 장황한 이야기다. 오늘은 그중 앞선 세 번의 만남을 들려주고자 한다.

우리 할아버지와 아버지와 내가 태어나 자란 집은 충청북도 음성군 금왕읍 각회리 구석에 있다. 지금은 말끔한 양옥으로 리모델링을 했지만 내가 자랄 때만 해도 기억 자 모양의 건물에 툇마루가 딸린 흔한 농가 주택이었다. 그 툇마루에 모로 누워 까무룩 낮잠을 자던 아홉 살, 눈떠 보니 하늘에 별이 떠 있었다. 잠에서 빠져나오던 나는 틀린 그림 찾기를 할 때처럼 눈앞의 풍경이 평상시와는 다른 점이 무엇인가 생각했다. 그러다 찜찜한 기분을 불러일으킨 원인을 깨달았다. 멀리 윤곽만 보이는 산자락 아래 불빛이 밝게 빛나는 것이었다. 거긴 민가고 뭐고 아무것도 없는데 말이다.

마당으로 내려가 몇 걸음 걸어가던 나는 문득 모골이 송연해졌다. 그렇다. 도깨비불을 만나면 '모골이 송연하다'는 말의 뜻을 깨달을 수 있다. '모골毛骨'은 털과 뼈를 아우르는 말이고 '송연悚然'은 두려워서 몸이 움츠러든다는 뜻이다. 공포의 신체적 반응을 이보다 정확하게 표현할 수 있을까. 나로서는 표현을 배우기도 전에 경험부터 도착한 셈이다. 솜털 보송보송한 두피가 활짝 열려 털끝까지 곤두서는 느낌. 인간도 털 달린 짐승이라는 것을 아홉 살에 여실히 실감했으니까.

산자락 아래 도깨비불은 세 갈래로 갈라지더니 그중 하나가 우리 집 쪽으로 다가오기 시작했다. 불에게 눈이 있어 멀리 있는 나와 눈이 마주친 것처럼. 도깨비불을 본 사람들이 하나같이 하는 말이 있다. 그 불은 스스로 의지를 가진 것처럼 움직인다는 것이다. 나는 움찔해서 방으로 달아났고, 그 밤의 나머지 부분은 기억 속에 남아 있지 않다.

시골에서는 도깨비불에 홀려 밤새 선산을 헤맨다든지, 뒷방에 누워서 지내던 할아버지가 갑자기 새 친구가 생겼다면서 외출을 하는데 가보면 혼자 막걸리를 먹고 대화를 나눈다든지 하는 이야기가 심심찮게 전해진다. 이런 이야기가 떠도는 건 농사일이란 게 너무 심심한 탓이다. 새벽같이 나가 정오까지, 새참 한 번 먹고 어둑어둑해질 때까지 기나긴 시간 동안 풀을 뽑고 밭을 매고 논을 갈다 보면 제아무리 성실한 농사꾼이라도 무료해질 수밖에 없다. 그래서인지 새참을 나르거나 일하는 어른들을 돕다 보면 이런저런 이야기를 많이 주워듣게 된다. 특히 지형지물에 얽힌 흥미로운 괴담이 많았다. 사연 하나와 장소 하나가 철썩 붙어 있는 민담들. 내가 살아가는 작은 세상은 이런 얘기가 크리스마스트리에 전구 걸리듯 곳곳에 걸려 있는 것이다. 시간이 흘러 풍경이 바뀌어버려도 어린 시절에 들은 이야기는 오래된 스티커 자국처럼 기억 속에 끈끈하게 달라붙어 잘 떼어지지 않는다.

두 번째 만남은 열다섯의 일이다. 이 얘기를 하기에 앞서 깔아둬야 할 멍석이 있다.

가로등이라고는 없는 캄캄한 시골길을 매일 지나다니다 보면 당연히 온갖 착시 현상이 일어난다. 마치 로르샤흐 테스트처럼, 태양 빛 아래에서 아무렇지도 않던 사물이 어둠 속에 웅크리고 있으면 낯설게 보이기 때문이다. 예를 들어 캄캄할 때 운동장에서 여자애들이 뭉친 채 교문을 나서지 않아 왜 그러냐고 물으면 이런 답이 돌아온다.

"교문 옆에 여자 귀신 서 있잖아."

그러면 나를 비롯한 '선발대'가 희끄무레하게 보이는 귀신의 정체를 밝혀야만 하는 것이다. 막상 가까이 가면 소복의 여인은 비닐하우스에서 나온 폐비닐로 밝혀진다. 말 그대로 착각이지만 멀리서는 영락없이 그렇게 보이니 어쩌겠는가. 매번 확인을 해서 장애물 넘듯 넘어갈 수밖에.

나는 반에서 키가 가장 컸고, 그 때문에 무서움을 타지 않을 것이라는 오해를 받았고, 수상한 일이 있을 때마다 선발대 노릇을 해야 했다. 나도 무서운데, 어릴 때 도깨비불도 봤는데, 선발대 노릇 같은 것 사절이라고 말하고 싶었지만 겁쟁이 소리를 들을까봐 참았다. 덕분에 펄럭이는 폐비닐 앞으로, 칼날 그림자가 비친다는 학교 연못으로, 뼈 부딪치는 소리가 달그락거린다는 과학실 안으로 가봐야 했다. 혼자는 아니고 항상 셋이 함께. 반장과 부반장과 봉사부장인 나 이렇게 셋. 반장과 부반장은 내 좌우로 달라붙었고 최종 확인은 내 몫이었다.

착각은 호들갑 떠는 여자애들의 전유물이 아니다. 나도 자주 헛것을 봤다. 한번은 논 한복판에 우두커니 서 있는 귀신을 보고 혼비백산해 달아났는데 밝은 날 확인해보니 이앙기에 비료 포대를 뒤집어씌운 것이었다. 농기구에 비 맞지 말라고 포대를 덮고 야무지게 아래쪽을 묶어둔 의도야 좋았지만 밤에는 너무 사람처럼 보인다는 게 문제다.

도깨비불을 두 번째로 만난 날은 온 세상이 눈으로 덮인 밤이었다. 인문계 고등학교 진학을 위해 야간자율학습을 마치고 집으로 돌아오는 길, 다리를 건넌 다음부터는 혼자 가야 했다. 나는 산모퉁이를 돌고 있었다. 눈이 그치고, 하얗게 변한 세상에 보름달이 떴다. 눈이 오면 왜 세상은 더 조용해지는 것일까? 눈이 내린 만월의 밤은 다른 차원의 세상이 열린 것 같았다. 나는 눈 아래에 묻혀 있는 것들이 슬그머니 자리를 바꾸거나 돌아다니는 상상을 했다. 발이 슬슬 시려워지는데 문득 수로가 있는 제방 너머에서 붉은빛이 보였다.

논 한복판에 불을 피워놓은 것처럼 환한 빛이 떠올라 있다. 그 빛에 반사되어 세 사람의 형체가 보인다. 한 명은 앉아 있고, 또 한 명은 서 있다. 그리고 나머지 한 명은 부산하게 움직이는 중이었다. 밤 아홉 시가 넘은 이 밤에, 이 촌구석에, 대체 누가 나와 있는 것일까? 그들을 밝혀주는 저 환한 빛은 뭘까?

점점 더 으슬으슬한 기분이 들기 시작했다. 아무래도 말이 안 되는 상황이라는 판단이 들자 두 개의 마음이 팽팽하게 맞섰다. 얼른 달아나고 싶은 마음과 무엇인지 확인하고 싶은 마음이 양쪽에서 잡아당겼다. 나는 단호하게 눈을 비비고 그쪽을 똑바로 노려보았다. 내가 대담하게 굴면 그것이 사라지기라도 할 것처럼.

사라지기는커녕 자세히 보니 이상한 점이 한두 가지가 아니다. 사람이…… 맞는가? 머리 있고, 어깨 있고, 팔다리가 달려 있긴 하지만 윤곽이 흐릿하다. 그리고 움직임이 부자연스러웠다. 걷고 있는데 공중에 떠서 걷는 느낌. 눈이 이렇게 많이 왔는데, 나처럼 발목까지 푹푹 빠지면서 걸어야 하는데, 그는 미끄러지듯 움직이는 것이다. 그걸 깨닫는 순간 아홉 살 때 본 불빛이 떠오르면서 소름이 끼쳤다. 까맣게 잊고 있던 도깨비불이 머릿속과 눈앞에서 각각 되살아나 연결된 것처럼.

'앞만 보며 걸어야 해. 천천히, 태연하게 걷는 거야. 안 그러면…….'

쫓아온다. 저것이 귀신이나 도깨비면 내가 뛰기 시작하면 반드시 쫓아올 것이다. 아버지가 항상 하시던 말씀이다. 나는 때때로 아버지 말을 어겼지만 이때만은 철석같이 지켰다. 집 근처에 다 온 다음에는 냅다 소리를 지르며 전속력으로 달리고 말았지만.

다음 날 아침, 나는 가까운 등굣길을 놔두고 일부러 길을 빙 돌아 어젯밤 불빛이 있던 그 논을 확인하러 갔다. 어제 헛것을 본 것이 아니라면 흔적이 남아 있을 테니까. 그러나 눈 위에는 아무것도 없었다.

하얀 카스텔라처럼 곱게 쌓인 눈은 시치미를 뚝 떼고 비밀을 감추는 것 같았다. 다행스러우면서도 기분이 나빴다. 어떻

도깨비불

게 해도 기분이 나빴을 것이다. 흔적이 남았다면 내가 본 게 사실이고 새로운 미스터리가 발생한다. 흔적이 남지 않았다면 내가 헛것을 본 것이고 나 자신을 의심해야 한다. 세상을 의심하든 나 자신을 의심하든 의혹은 남는 것이다.

나는 이 경험을 나만의 비밀로 굳게 지켰다. 친구, 선생님, 가족들 누구에게도 말하지 않기로 했다. 앞서 말했듯이 이 동네는 착각이 빚어낸 기담이 넘쳐난다. 그러니 누가 믿어주겠나. 게다가 난 '선발대'였다. 도깨비불을 봤단 소리를 늘어놓으면 겁쟁이로 낙인찍힐 것이다. 반 아이들은 무서운 이야기라면 사족을 못 쓰고 좋아하지만, 그 이야기를 조금이라도 믿는 것처럼 보이면 무자비하게 놀려댄다. 공포라는 감정은 장난처럼 대해야지, 진지하게 다루면 혼자 있을 때 걷잡을 수 없이 커지기 때문이다.

다음 날에는 아무 일도 벌어지지 않았다. 일주일 후 모처럼 따뜻해서 눈이 녹기 시작한 날, 산모퉁이를 도는데 또다시 둑방 쪽이 환해지는 느낌이 들었다. 나는 길가의 돌을 탁 차고, 보폭을 좁게 해서 빨리 걸었다. '뛰면 안 된다, 뛰면 안 된다.' 주문처럼 되뇌었지만 내 발걸음은 뛰는 것 못지않게 빨라졌다. 그러자 불빛에서 속삭임과 유사한 것, 그러니까 말이나 소리는 아니었지만 의미는 전달되는 무언가가 흘러나왔다.

무서워하지 마.

주저앉고 싶은 충동을 가까스로 이겨내며 기계적으로 몸

을 움직였다. 도깨비불과 다시 만났다는 사실이 나의 무언가를 푹 찔러서, 그 사이로 피가 흐르는 것 같았다. 이제 명백히 유령과 만났고, 인생에서 한 번도 유령과 만나지 않은 사람들이 갖지 못한 무언가를 갖게 될 것이다. 혹은 내가 가졌던 단단한 무언가를 뺏기게 될 것이다. 생각이 여기 이르자 어디서 그런 용기가 났는지 나는 고래고래 소리를 질렀다.

"저리 가! 내버려두라고!"

불빛은 만류하는 듯이 완전히 나를 에워싸기 시작했다. 꼭 감은 눈 밖의 세상은 불이 난 듯 온통 오렌지빛이다. 본능적으로 두 팔을 들어 얼굴을 가렸다. 진짜 불이었다면 엄청난 화상을 입었을 테지만 도깨비불 안은 시원했다. 선풍기의 약풍처럼 살살 움직이는 불 속의 일렁임이 느껴졌다. 불빛은 어깨를 치고 등을 두드리다가 소용돌이치듯 무릎에서 목 위로 뱅글뱅글 돌며 나를 감싸 안았다. 도깨비불의 허그라고 할까.

그런 채로 한참 있으려니 끓어올랐던 마음의 소용돌이가 가라앉는다. 도리어 친숙한 느낌, 아는 존재와 함께 있는 느낌이 들었다. 경계가 누그러지자 도깨비불은 다시 말을 걸었다. 아홉 살에 나와 눈이 마주친 후로 줄곧 신호를 보냈다고, 반딧불이나 버드나무 구멍에서도 빛을 보냈다고, 특히 아플 때 곁에서 지켜줬는데 너는 영 모르더라고 말이다. 언제?라고 묻자 수족구병에 걸렸을 때, 맹장 터졌을 때, 더위 먹어서 학교 결석했을 때 등등 구체적인 답이 돌아온다. 사실이라면 수호천사가 따로 없다.

집에 돌아와 온몸을 씻으면서 조금 전의 일이 나에게 어떤 변화를 가져왔는지 확인해보았다. 겉으로 보아서는 전혀 달라지지 않았다. 그러나 내 안쪽 어딘가는 그날을 계기로 영원히 바뀌었다.

도깨비불을 다시 만난 것은 무극전적관광지를 다녀온 날 밤이었다. 사실 '감우재전투'라면 이 근방에서 성장한 꼬마들은 딱 질색이다. 해마다 6월 25일만 되면 전교생이 학교에서 출발해 저수지 너머 사정리, 감우리, 소여리까지 거의 5킬로미터에 달하는 대장정을 떠나야 했으니까. 지상전 최초의 승리였다는 선생님의 설명은 귀에 들어오지도 않았다. 따가운 6월 햇살에 반세기 전에 벌어진 전쟁의 길을 따라 걷는 것은 소풍이라기보다 강제된 도보여행일 뿐이었고, 반공교육은 국가 차원의 가스라이팅이나 다름없었다.

내가 사학과에 간 것은 우리 형 때문이다. 똑똑한 장남은 집안의 기대 속에서 학비가 비싼 서울의 사립대에 들어갔고, 학기를 마칠 때마다 우리 집 논들이 수몰되는 것처럼 사라지기 시작했다. 형이 박사과정에 들어가 논문을 영원히 스톱시킬 때쯤에는 알짜배기 땅이 대부분 남의 손에 넘어갔는데, 그렇게 지원과 기대를 받았으면 인간 된 도리를 해야 마땅하다. 하지만 형은 그러지 않았다. 조선시대 벼슬길 막힌 선비가 딱 저렇지 않을까. 결혼 전까지 부모의 부양을 받더니 늦장가를 든 다음부터는 농협 다니는 아내의 복으로 살고 있다. 형의 무기는 취약함이다. 아버지가 한 번, 아내가 또 한 번, 살 도리 찾는 것을 권하자 한밤중에 저수지로 향한 적이 있다. 그때 형이 유서랍시고 써놓은 글은 차마 옮기기도 부끄럽다.

아무튼 장남이 저런 탓에 나는 자립심 강한 차남으로 클 수밖에 없었다. 전액 장학금으로 진학할 수 있는 학교와 전공을 골랐는데 그것이 지방대 사학과다. 어차피 공무원 시험이나 칠 생각에 상관없다고 생각했는데, 막상 가보니 재미있어서 선배들을 부지런히 쫓아다녔다. 무극전적지에 간 것은 내 고장 역사부터 톺아보자 싶어 자전거를 타고 충청도 일대를 쏘다니던 방학 때였다.

아버지와 저녁을 먹은 후 남은 반찬을 안주 삼아 막걸리를 기울이고 있었다. 형과 나는 한평생 아버지는 아버지라 부르고, 엄마는 엄마라 불렀다. 한 번도 아빠나 어머니로 불러본 적이 없는데 우리 집만 그런 거 아니지 않나? 정 많은 엄마가 세상을 떠난 후 가족 간의 대화는 농사, 시사, 역사와 같은 '공적인' 것들에 한정되었다. 그러나 그날만은 왜인지 사적인 고백을 할 참이었다.

"아버지, 저 검바우에서 도깨비불 본 적이 있어요."

나는 충동적으로 이야기를 꺼냈다.

"너도 봤냐?"

아버지의 반응은 덤덤했다. 당신도 자랄 때 이따금 도깨비불을 봤다면서, 목격한 사람이 우리뿐만은 아니라는 것이다.

"너, 둑방에 도깨비불이 많이 나오는 이유가 뭔지 아니?"

1951년도 겨울의 일이다. 음성 일대는 봄부터 전투가 많았다. 1·4후퇴 때 중공군에 밀려 서울을 뺏긴 상황에서 평택─울진 라인까지 북한군이 밀고 내려왔다. 이때 장호원에서 음성으로 남하하던 북한군을 궤멸하면서 이긴 것이 감우재전투다. 최초의 승리였기 때문에 의미가 작지 않으나 승리와 상관없이 전투에 휘말린 피난민들이 너무 많이 죽었다.

당시 마을은 그해의 물난리로 무너져내린 제방을 봄이 오기 전에 보수해야 하는 상황이었다. 어른들은 두 가지 일을 한꺼번에 처리할 방법을 찾아냈다. 어차피 흙을 파서 높이 쌓아야 하니 시체들을 한꺼번에 수습해서 둑에 넣자는 것이다.

"저 둑 아래 시체들이 엄청나게 묻혀 있다는 거예요?"

어릴 때부터 아침저녁으로 오가던 제방의 재료가 사람 시체라니, 기분이 이상하다. 과학적으로는 뭔가 말이 된다. 도깨비불이 무덤 근처에 출몰하는 것은 시체에서 나온 인 성분이 자연발화하기 때문이라지 않는가.

제방의 비밀을 들은 그날 밤, 나는 밤새도록 악몽에 시달렸다. 꿈속의 나는 어느 전쟁박물관을 혼자 돌아보고 있었다. 박물관의 규모가 어쩌나 큰지 음성저수지에 통째로 빠뜨려도 다 들어가지 않을 것 같다. 1층에는 역시나 전투 장면을 재현

한 디오라마가 있었는데 군인들의 총구에 진짜로 불이 들어왔다. 그 불을 신기해하면서 보는 순간, 내 몸은 인형 크기로 작아졌다. 나는 릴리펏으로 간 걸리버처럼 작은 인간의 세계 속으로 곤두박질쳤다.

처음에는 군인들만 있었던 것 같은데, 어느새 피난민의 행렬이 늘어나기 시작했다. 하늘 위로 전투기가 날아들고 공기에는 전운이 감돌았다. 보따리를 든 여자와 아이들로 된 무리 한가운데 포탄이 날아들었다. 엄청난 굉음과 함께 사람 하나가 공중으로 붕 떠오르더니 화염에 그을린 뼈와 살갗의 냄새가 확 끼쳤다. 순식간에 수류탄과 비명이 섞여들며 아비규환으로 변하자 모든 사람들이 달리기 시작했다.

정신없이 뛰다 보니 이번에는 텅 빈 들판이 나왔다. 자연은 익숙한데 읍내의 모든 건물이 종이에서 오려낸 것처럼 사라지고 없다. 학교가 있던 자리에는 철봉과 그네와 나무들이 남아 있는데 그 위에는 폐비닐 같은 여자 귀신들이 걸려 있다. 나는 그 여자들을 보지 않기 위해 걸음을 재촉해 저수지로 향했다. 유서를 든 형이 우두커니 서서 저수지의 검은 물을 내려다보고 있었다. 나는 걷는 것도, 나는 것도 아닌 이상한 움직임으로, 그러니까 모종의 축지법으로, 허공을 옷감처럼 착착 접어 앞으로 당기듯이 나아갔다. 짙고 무거운 안개 때문에 길이 아니라 물속을 걷는 듯하다.

맞은편에서 안개를 뚫고 누군가 다가오자 그제야 숨통이

도깨비불

트인다. 더 이상 혼자 고립된 것은 아니니까. 어딘가 기시감이 드는 소년은 불빛에 휩싸여 있다. 꿈속의 나는 그에게 다가가 연극의 대사를 하듯 묻는다.

"51년도의 피난민 시체…… 그중 하나가 너야?"

얼굴이 지워진 소년이 고개를 끄덕인다. 살가죽이 없는 소년은 눈동자 없이도 안광이 환하다. 움직임은 종이나 나무인형처럼 어색하고 서툴렀는데 투명인간처럼 자꾸 나를 통과해서 지나쳤다가 되돌아오기를 반복한다.

하루만 몸을 바꿔줘.

입술 없는 입으로 소년이 말한다. 소년은 어른이 된 나를 물끄러미 올려다본다. 내가 아홉 살일 때도, 열다섯일 때도 그는 한결같이 이 모습이었으리라. 내가 어른이 되기를 기다린 것 같다.

그는 내 몸을 빌려 무엇을 하려는 것일까? 사람인 내가 대신해줄 수 없는 일인가? 내 몸을 제대로 되돌려주기는 할까? 떠오르는 질문 중 뭐부터 물어봐야 할지 모르겠다. 그러나 망설이기도 전에 그의 부탁을 들어주리라는 것을 안다. 이 꿈속에서 모든 것은 과거의 시점이고, 현재의 선택은 정해져 있다. 우리는 지금까지 세 번 만났고 꿈 밖으로 나가 다시 네 번 더 만날 것이다. 도깨비불은 털끝 하나 나를 건드린 적이 없으니까 위험하지는 않을 것이다.

'왜 나야?'

결국 이것 하나는 묻고 말았다.

나는 기다렸어.

다른 사람들의 뼈에 눌리고, 그 뼈들이 같이 삭아 내리고, 토사가 씻겨나가 인골이 드러나고, 인 성분이 허공에서 반짝이는 동안 도깨비불은 누군가의 꿈속에, 어린 소년의 하굣길에, 하루 종일 일하는 젊은 농부가 지친 허리를 펴고 돌아가는 길에, 내가 모르는 또 다른 소년들에게 자신을 실어 띄웠다. **병 속에 든 편지처럼.** 마침내 편지를 펼쳐줄 사람을 만났다.

너는 무서워하면서도 알고 싶어 하잖아. 이런 것들, 내 마지막 세상도 유심히 보려 했고. 실제로는 순 민간인투성이었지. 내가 군인들만 있던 축소 모형을 슬쩍 바꾸어놓았어. 도깨비장난처럼.

문득 내가 결코 공무원이 되지 않을 거라는 것을 깨달았다. 알아야 할 세계, 뒤져야 할 자료, 미래의 논문 주제, 논문으로 묶이지 않을 한 다발의 질문이 연달아 떠올랐다. 1933년에 태어났지만 나보다 다섯 살 어린 이 소년이 힌트를 주었다. 군인의 죽음은 집계되지만 민간인은 그조차 누리지 못한다. 사이판 전투에서 전사한 일본군 외에 기록에 빠져 있는 민간인들, 거기까지 끌려간 한국인들은 어떻게 전투에 휘말렸을까? 누구는 살고 누구는 죽었는데 생사를 가른 요인은 무엇이었을까? 나는 형과 달리 집안의 논밭을 잡아먹으며 연구하지는 않을 것이다.

준비가 된 나는 도깨비불 소년과 깊게 포옹했다. 우리는 각자의 형상 속으로 들어가 회전문을 돌려 반대쪽으로 나오는 것처럼 서로를 바꿔 입었다.

이제 오렌지빛 안광과 좁고 뻣뻣한 소년의 몸을 갖게 되었다. 이걸 몸이라 부를 수 있을까? 구멍 난 얇은 천을 뒤집어쓴 느낌인데. 그러나 신체감각이 사라져 불편한 것은 없다. 오히려 내 속에 들어간 소년을 보는 것이 도플갱어와 마주치는 것처럼 기괴했다. 다녀올게! 소년은 명랑하게 웃으며 박물관 계단을 내려갔다. 오! 이 모든 것은 꿈이다. 그러니 아무것도 유실되지 않았다.

나는 디오라마 속으로 되돌아갔다. 글루건으로 붙인 가짜 이끼와 풀, 플라스틱 나무와 바위 사이에 앉아 주변을 바라보았다. 이 정지된 시간은 역설적으로 안전하다. 지금 살아 있는 사람들은 영원토록 살아 있을 테니까. 역사 속에서 실제로 벌어진 일은 팔다리가 날아가거나 추위에 꽝꽝 얼어버릴 시체로 변하는 것이다. 내 눈앞에 있는 이 사람들은 독일식 크리스마스 빵 슈톨렌 같다. 빵 속에 박힌 과일 조각처럼 이들의 뼈는 하천 제방에 콕콕 박혀 있을 것이다. 그러나 미래를 모르는 이들은 웃거나 대화를 나누면서 아이들에게 떡을 먹이고 있다.

디오라마로 만들어진 모조 인간들은 누구의 기억일까. 혹은 상상일까. 국군도 북한군도 앙증맞은 총을 들고 서로를 겨누고 있다. 어디선가 부전나비가 날아와 이 관절 인형들을 감싼다.

나는 내 발을 보면서 중얼거린다. 꿈을 꾸면서도 꿈을 지어내는 버릇. 내가 뻔뻔하고 도피적이고 많은 것을 투사해 방어하는 사람이라는 것을 나만큼 잘 아는 이가 어디 있을까. 신경성 위장병을 달고 사는 탓에 걸핏하면 배가 아팠다. 도깨비불 – 디오라마 인간이 된 지금, 위장병이야말로 허구로 지어낸 이야기 같다. 옆에 앉은 아주머니가 나에게도 떡 하나를 나누어준다. 나는 이것을 우물거리며 소년의 귀환을 기다린다. 이 꿈 밖에서 만나면, 그와 나는 할 말이 아주 많을 것이다.

가사

김엄지

1988년 서울 출생. 2010년 『문학과사회』 등단. 소설집 『미래를 도모하는 방식 가운데』, 중편소설 『폭죽무덤』, 장편소설 『주말, 출근, 산책: 어두움과 비』 『겨울장면』 등. 〈김준성문학상〉 수상.

1

뭔가 치는 소리가 들려오고.

가슴을 치는 건지 벽을 치는 건지, 보이지는 않았다.

나는 싱크대 앞에 서서 그릇을 닦았다.

과격한 소리로 현관문이 열리고 닫혔다.

방에서 여자의 우는 소리가 들려왔다.

울다가 뭘 집어 던졌는지 부딪히고 깨지는 소리가 들리기도 했다.

부서지고 깨진 파편들, 나는 그런 것까지 치우지는 않았다.

이 집에는 네 개의 방이 있는데, 나는 방 청소는 하지 않았다.

내가 하는 일은 주 1회 화장실 타일 바닥과 욕조를 닦는 것, 거실과 주방 정리, 쓰레기 배출, 요청이 있는 날에는 음식을 만들었다.

여자는 찜닭, 카레, 스파게티 소스, 만두 같은 것들을 말했다.
여자는 채소가 적고 고기가 많은 만두를 좋아한다고 했다.
만두를 찍어 먹을 시큼한 고추기름 간장을 만들 수 있는지, 만두피가 될 밀가루 반죽도 직접 할 수 있는지 내게 물었다.
나는 소스는 만들 수 있고, 반죽은 할 수 없다, 대답했다.
여자는 웃으며, 그렇죠, 그건 하는 사람이나 하죠, 했다.

여자와 남자 사이에 아이는 없는 것 같았다.
식기나 화장실 안에 비치된 것들이 단출했다.

식탁은 6인용으로 그 둘이 쓰기에는 큰 것이었다.
상판은 옥으로 만들어진 것이었다.
여자는 식탁에 자리를 잡고 앉아 가만히, 그저 시간을 보냈다.
내게 뭐라 말을 걸기도 했는데, 중요한 것은 아니었다.

이건 정말 단단해요. 뭘 떨어뜨려도 깨지지 않아요.
여자는 언젠가 그렇게 말했는데, 옥 식탁을 손바닥으로 훑

가사

었을 때 푹 팬 자리가 군데군데 만져졌다. 뭘 떨어뜨리고 깨진 적이 있는 것이었다.

몇 살이나 됐어요? 처음 이 집에 방문했던 날 여자가 웃는 얼굴로 내게 물었다.

여자와 나는 식탁을 사이에 두고 마주 보고 앉은 채였다.

나는 내 나이를 대답했다.

여자는 나보다 열두 살 많았다.

이 집에 사는 남자는 몇 살이나 되었을까. 알 수 없었다. 어떤 날 남자는 여자보다 서너 살 어려 보였고, 어떤 날에는 여자보다 대여섯 살 더 많아 보였다.

여자와 남자는 그들이 집에 있을 때 내가 방문하기를 원했다.

주로 문을 여는 것은 여자였다.

언제부터였는지, 아마 석 달 전부터 아니었을까.

여자와 남자는 내가 방문하는 날에도 거리낄 것이 없다는 듯이 크게 다투었다. 서로 언성을 높이고 손에 잡히는 물건을 던지기도 했다.

2

주 2회 오시고 두 시간 정도 머무십니다. 6개월 지났는데 아직 현관 비번 안 알려드렸고요. 이모님 일하실 때 저희 부부도 항시 집에 있어요. 없는 사람 같아서 좋아요. 정말 가사만 하신답니다. 무단으로 연락 안 되는 일도 없으셨습니다. 손끝에 군더더기 없이 야무지셔요. 여러모로 저희 가족과는 잘 맞는 것 같아서 계속 같이 갈 생각이에요.

이 집의 여자가 나에 대해 글을 쓴 것을 본 적이 있다.
조회 수 358이었다.

계속 같이 갈 생각,
가긴 어디로 간다는 것일까.

귀 닫고 입 닫고. 등 돌리고 서서.
없는 사람인 것처럼 살다 보면, 정말 없는 사람이 될 수도 있을 것 같았다.

석 달 전이었다.
남자는 오후 세 시부터 만취해 귀가했다.
현관문을 거칠게 열고 달려들 듯 여자를 끌어안고 여자의 목덜미에 얼굴을 파묻고, 쩝쩝대는 소리와 함께 숨을 몰아쉬었다. 여자는 남자를 밀쳐내지는 못하는지, 않는 것인지, 얼마간 그렇게 둘은 거실 한가운데 선 채로 엉겨 있었다.

　나는 주방을 향해 등을 돌리고 싱크대 앞으로 가 물을 틀었다.
　남자와 여자가 방으로 들어가는 소리를 들은 뒤에 그 집에서 빠져나왔다.

3

　차 한잔하고 가요.
　여자가 눈두덩이 부은 얼굴로 방에서 나왔다.
　여자는 내 쪽으로 비적비적 걸어왔다.
　여자의 얼굴이 가까워지자 부담스러웠다.

　여자는 커피포트에 물을 받아 끓이고 싱크대 서랍에서 티백이 든 상자를 꺼냈다.
　여자는 찻장에서 백색 찻잔을 꺼냈다.

　미안해요. 살다 보면 보기 싫은 것도 보고, 듣기 싫은 것도 듣게 되고 그래요. 이해하죠? 여자가 나에게 동의를 구하는 것 같았다.

나는 네, 대답했다.

연우 씨는 아직 미혼이죠? 여자가 내게 묻고,

나는 또 네, 대답했다.

미혼이면 말해도 모를 거예요. 모르는 게 나아요. 여자는 혼자 재미있다는 듯이 작게 히죽거렸다.

향이 어때요. 여자가 내게 물었다.

좋아요. 내가 대답했다.

차는 진한 체리 향이 났다. 영국 것이라고 했다.

연우 씨는 이 일 말고 다른 일은 안 해요? 여자가 묻고.

나는 네, 했다.

연우 씨 아직 어린데 앞으로 재미있는 계획 같은 거 없어요? 여자가 묻고.

나는 없어요, 했다.

연우 씨 집은 어디예요? 여자가 묻고.

나는 여기서 멀어요, 했다.

연우 씨 바쁠 텐데 내가 괜히 붙잡았나 봐요. 여자가 말하고 또 혼자 웃었다. 이번엔 멋쩍다는 듯이 흘린 웃음이었다.

아니요. 바쁘지는 않아요. 나는 말하고 차를 마셨다.

아아, 그래요. 여자는 고민하는 얼굴이 되었다.

그럼 연우 씨는 쉬는 날 뭐 해요? 취미 같은 거. 여자가 좋은 생각이 났다는 투로 내게 물어왔다.

동네 카페에 노트북 가져가서 영어 타자 연습해요. 두 시간 정도 하다 보면 스트레스가 풀려요. 나는 대답했다.

여자는 내 대답에 더는 말을 붙이지 않았다. 여자는 이제 내가 나가주기를 바라는 것 같았다.

그 집에서 나왔을 때, 너무 밝은 오후 네 시 반이었다.

아파트 단지의 그늘이 드리워진 곳으로만 돌고 돌아 걸었다.

내가 사는 곳에 도착할 때까지 해가 지지 않았다.

4

여자와 남자를 마주친 것은 그들의 아파트 단지 정문에서였다.

둘은 어디를 다녀오는 것 같았다.

둘 다 금방이라도 잠들 것 같은 졸린 얼굴이었다.

여자와 남자가 내 쪽으로 다가왔고, 우리는 곧 같은 방향, 그들의 집을 향해 걸었다.

햇빛이 사나웠다.

놀이터를 지날 때 여자가 입을 열었다.

어머니가 돌아가셨어요. 여자는 나를 쳐다보지는 않고 걷는 걸음에 흘려 말했다.

수요일에 돌아가셨어요. 연우 씨 다녀간 날 밤에, 연우 씨가 만든 만두 드시고. 잘 드셨는데. 사람 사는 게 참 허무하네요. 여자는 그렇게 말했다.

참 허무하네요, 하는 말끝에 여자는 입맛을 다시기도 했다.

남자는 거의 눈을 감고 걸었다.

오늘은 그들의 집에 가지 않는 게 나을 것 같다는 생각을

가 사

했지만 어떤 말을 전하기가 어려웠다.

여자가 제일 먼저 집 안으로 들어가고 남자가 이어서 들어섰다.

여자는 내게 턱짓으로 들어오라 했고, 나는 들어갔다.

여자와 남자는 입고 있던 검은 외투를 벗어 거실 한가운데 떨어뜨렸다.

나는 그들이 벗어놓은 것들을 그러모아 정리하려다 잠자코 서 있었다.

여자는 옷 방 옆의 방문을 열었다.

문이 열리자 한약 냄새, 비린 냄새, 걸레 냄새, 살 기름 냄새 같은 것들이 훅 끼쳐왔다.

열린 문 정면으로 큰 창이 있었고, 창은 주황색 면 커튼에 가려져 있었다.

나는 늘 닫혀 있던 그 방이 비었을 거라 생각했었는데.

틈이 없이 채워져 있었다.

방 안의 한 면 가득 자개장롱이 메우고 있었다.

형형색색의 담요가 바닥에 아무렇게나 펼쳐져 있었고 그 주위로 잡다한 물건들이 흩어져 있었다. 색동의 둥근 바늘꽂이와 두껍고 흰 실패, 약 봉투, 뜯어진 건빵 봉투, 둘둘 말려

처박혀 있는 옷가지, 굵고 긴 흰 양초, 방 한 모서리에 기대어진 개봉된 포대 자루 안의 팥과 쌀이 한눈에 들어왔다.

여자는 방 안의 주황색 커튼을 열어젖혔다. 해가 들이쳤다. 자개장롱에서 반사된 빛이 방 안에 흩어졌다. 쏟아지는 햇빛에 둥둥 떠다니는 먼지가 보였다. 여자는 얼굴 앞에서 손을 내저었다. 미간을 일그러뜨리고 고개를 젓기도 했다.

남자는 방바닥에 쭈그려 앉아 흐느끼기 시작했다.
남자는 손안 가득 잡다한 물건들을 잡아보았다가 놓고, 잡았다가 놓고를 반복했다.

여자와 남자는 방 안에서 서로 어깨가 닿을 일 없을 것처럼, 눈도 마주치지 않을 것처럼 각자 다른 속도, 다른 방향으로 움직였다.

오늘 내가 이 집에서 해야 할 일은 무엇일까.

어제 낮에 여자에게서 냉면 육수와 소고기 편육을 만들어달라는 연락을 받았었다. 소고기 편육 밑에 찐 부추를 깔아달라는 구체적인 주문도 있었고, 부추와 소고기를 찍어 먹을 소스에 대한 요청도 해왔다.

가 사

냉장고 두 번째 칸에 재료 있습니다.

그 문자메시지를 보낼 때 여자는 장례식장에 있었던가.

나는 주방을 향해 걸었다.

냉장고 문을 열고, 냉장고 두 번째 칸에 크게 썰린 한 덩이 소고기, 무, 부추, 팩 포장된 사골 국물과 동치미가 있었다. 옥 식탁 위로 다 꺼내었다.

5

같이 먹고 갈래요?

여자가 삶은 면발을 헹구며 말했다.

여자는 손가락 두 개에 면을 휘감아 흰 사기 대접에 옮겼다.

남자가 세수를 했는지 말간 얼굴로 나타났다.

여자는 내 것까지 세 개의 그릇을 준비했다.

아직 육수가 뜨거운데요. 나는 여자에게 말했다.

얼음을 넣어야겠어요. 여자는 내가 만든 식지 않은 육수에 잔뜩 얼음을 부었다.

여자와 남자와 나는 6인용 식탁에 띄엄띄엄 앉아 식사를 시작했다.

싱겁고 질겼다.

웬 냉면이야. 남자가 물었다.

여름이잖아요. 여자가 대답했다.

이것도 버릴까요? 여자가 식탁을 가볍게 두드리며 남자에게 묻고.

남자는 대답하지 않았다.

언제부터 버리고 싶었어? 남자가 묻고.

여자는 대답하지 않았다.

그래 다 버려. 남자가 말하고.

자개장은 중고로 내놔도 될 것 같아요. 여자가 말했다.

연우 씨 혹시 관심 있으면 가져가도 좋아요. 여자가 내 쪽을 보고 말했다.

뭘 가져가라는 것일까. 자개장을 가져가라는 것일까.

뭘 가져가라는 건가요? 내가 여자에게 물었다.

가사

저 방에 있는 것 중에 필요한 것 있으면 뭐든 가져가요. 여자가 문이 닫힌 방 쪽으로 눈짓을 했다.

연우 씨한테 그런 게 왜 필요해. 남자가 목소리를 높였다.
필요할 수도 있잖아요. 여자는 말끝에 젓가락을 식탁에 내려놓았다.

옥에 스텐 젓가락 닿는 소리가 요란했다.

사과해. 남자가 말하고.

당신이 사과해요.

상종 못할.
버러지 같은.
쓰레기.

그런 말들이 이어지다 누군가 허공으로 흰 사기그릇을 던졌다.
내 눈꺼풀과 뺨에 냉면 육수가 튀고.
차갑고, 잠깐 눈앞이 흐렸다.
눈을 깜빡일 때 내 앞으로 뭐가 지나가는 것 같은데.

뺨에 들러붙은 얼음 파편을 손으로 훑었다.
손바닥이, 뺨이 따갑고.

옥 식탁의 무늬가 물살처럼 어지러웠다.
왼쪽 귀가 간지럽고 뜨거웠다.
아마 누가 내 귀에 대고 귓속말을 하는 것 같았다.
알아들을 수는 없었다.

저는 이만 가볼게요, 하고 나는 자리에서 일어났다.
남자와 여자가 내 얼굴을 올려다보았다.
둘의 얼굴은 익은 것처럼 붉고.
남자의 눈 코 입이 흘러내릴 것 같았다.

여자의 눈 코 입은 어떠한가.
화가 난 걸까.
왜.

뭔가 치는 소리가 들려오고.
가슴을 치는 건지 벽을 치는 건지, 보이지는 않았다.

율곡

김혜진

1983년 대구 출생. 2012년 『동아일보』 등단. 소설집 『어비』 『너라는
생활』, 중편소설 『불과 나의 자서전』, 짧은 소설 『완벽한 케이크의 맛』,
장편소설 『중앙역』 『딸에 대하여』 『9번의 일』 『경청』.

주말을 포함한 닷새간의 휴가가 그녀에게 기적처럼 느껴
진다.

적어도 닷새간은 아침 아홉 시에 출근하고 여섯 시에 퇴근
하는 회사에서, 피로와 권태로 얼룩진 지하철에서, 한밤중에
작정한 듯 다채로운 소음을 선사하는 무례한 이웃에게서 벗
어날 수 있다는 생각 때문이다. 그녀는 사람들로부터, 사람들
이 쉬지 않고 쏟아내는 말소리로부터 해방될 수 있다는 기대
로 들뜬다.

그녀의 일상은 수많은 사람과 그보다 더 많은 말에 둘러싸
여 있다.

들어야 하는 말, 들을 수밖에 없는 말, 듣지 않으면 좋을 말,
들을 필요가 없는 말. 때때로 그녀는 자신의 두 귀가 말 속에
파묻히는 것 같다. 말 속에 잠겨 사라질 것 같다. 이따금 그녀

는 자신의 두 귀를 조용한 햇빛 속에 말리는 상상을 한다. 그럴 정도로 그녀는 말에 염증이 나 있다. 맞다. 가장 견딜 수 없는 건 그것이다.

그녀는 그럴듯한 휴가지를 검색하고 동선과 예산을 꼼꼼하게 계산한다. 그러나 최종적으로 선택한 곳은 율곡이다. 할머니가 평생 살았던 마을. 몇 해 전 할머니가 죽은 뒤 빈집으로 방치되어 있던 시골집은 친척들이 돌아가며 별장으로 쓰고 있다. 아니, 별장이라고 할 만한 수준은 아니고 그리 자주 들르는 사람도 없는 것 같다.

그녀는 수요일 오전에 집을 나선다.

지하철로 버스터미널까지 간 다음 고속버스에 탑승하고 다시 읍내버스로 갈아타야 하는 번거로운 여정. 그러나 다른 방법은 없다. 지난해 역이 문을 닫은 탓이다. 차를 렌트할 상황도 아니다. 빠듯한 주머니 사정 때문만은 아니다. 그녀는 이 휴가에 거는 기대가 크지 않다. 그녀가 원하는 건 단순하고 소박하다.

사람이 없는 곳. 말이 없는 곳. 귀가 온전히 쉴 수 있는 곳.

그녀는 이동하는 내내 유튜브 영상을 본다. 내 삶을 위해 손절해야 할 관계. 절교를 두려워하지 마세요. 반드시 걸러야 할 사람의 특징. 그녀는 무작위로 떠오르는 영상을 기계적으로 클릭한다. 솔루션은 약속이나 한 듯 같다. 모든 관계를 단절하지 않고는 온전한 삶을 되찾을 방법은 없는 것 같다. 이것이 유일한 해결책이기 때문일까. 이것이 사람들이 원하는 답변이기 때문일까. 아니, 현실에선 감행하기 어려운 해결책이므로 사람들의 지지와 열광이 수그러들지 않는 걸까.

영상을 만들고 시청하는 사람들은 간과하는 것 같다. 자신들 또한 누군가에게 당장 끊어내야 할 존재가 될 수 있음을. 아니다. 이 순간, 그녀는 누구보다 절박한 심정으로, 절실한 마음으로 그 영상들을 보고 또 보던 밤들을 잊은 게 분명하다. 고개를 끄덕이고 맞장구를 치며 그 영상들에 깊이 공감했던 순간들을 잊은 게 틀림없다. 그건 이 휴가가 그녀에게 선사한 것이다. 관계로 들끓던 일상에서 점점 멀어지고 있다는 사실이 그녀에게 약간의 여유로움을 불어넣은 것 같다.

고속버스는 율곡터미널까지 가지 않고 도로변에 정차한다.

율곡 가시는 분들 여기서 내리세요. 율곡터미널까진 안 갑니다!

기사가 외친다. 문이 열린다.

왜요? 율곡터미널로 가는 티켓을 샀는데요?

급하게 짐을 챙긴 그녀가 운전석 앞까지 걸어 나와서 묻는다.

거기 터미널이 문을 닫았어요. 우리 회사 버스는 이제 그 터미널 쪽으론 안 갑니다.

그럼 어떡해요?

이 길 따라 쭉 가요. 얼마 안 걸려요.

김혜진   73

그녀는 더 따져 묻고 싶지만 버스가 출발할 듯 들썩들썩한다. 결국 내쫓기듯 버스에서 내린다. 내린 사람은 그녀 혼자다. 그녀는 휴대폰을 열어 지도를 확인한다. 그러면서 생각한다. 기사의 말이 진짜일까, 승객이 딱 하나여서 터미널에 들르기 싫었던 게 아닐까, 터미널이 문 닫았다는 건 일종의 변명이나 핑계가 아닐까 하고.

그녀는 걷는다.

사차선 도로변을 따라 걷다가 이차선 도로변으로 방향을 틀고, 횡단보도를 건넌 뒤 나지막한 건물들이 밀집한 중심가로 들어선다. 멀리 터미널 건물이 나타난다. 그녀는 그 황톳빛 건물을 단번에 알아본다. 건물 외벽에 파란색 페인트로 쓴 율곡터미널이라는 글자도 낯익다. 어린 시절, 그녀는 이곳에 자주 왔다. 할머니와 여름방학을 보내려고, 명절을 쇠려고. 부모님 몰래 할머니에게 용돈을 받기 위해 들렀던 적도 있다.

버스와 자동차, 오토바이와 자전거로 붐비던 터미널 주변은 한산하다. 온종일 문을 열어두고 영업하던 가게와 노점은 보이지 않는다. 사람들의 모습도 찾을 수 없다. 기사의 말은 사실이다. 터미널은 문을 닫았다. 그 흔한 안내문 하나 없지만 주차장 정문을 친친 동여맨 쇠사슬을 보면 알 수 있다.

어쩔 수 없이 그녀는 택시를 타기로 한다. 그마저도 40여 분을 기다리고 나서야 택시가 온다.

기사님, 미터기가 안 켜졌는데요.

기사는 체구가 자그마한 남자 노인이다. 그는 룸미러로 그녀와 그녀의 짐가방을 힐끔거리며 심드렁하게 묻는다.

어디서 오셨어?

그녀가 미터기를 주시하며 대꾸한다.

서울이요.

기사의 뭉툭한 손이 미터기를 톡톡 두드린다.

우리는 미터기 안 써요. 콜 부를 때 설명 못 들었어요? 촌에선 마을 단위로 요금이 정해져 있는데.

요금이 정해져 있다고요?

그럼! 겨우 미터기 요금 받자고 여기 오는 택시가 어딨어. 못 찾아. 없어요.

기사의 목소리에 짜증이 실린다. 그녀는 차를 세워달라고 요구할 수 있고, 호출 업체에 항의 전화를 할 수 있고, 택시를 바꿔 탈 수도 있지만 그렇게 하지 않는다. 콜 업체와 연결이 쉽지 않은 데다 다른 택시를 기다리느라 또 40여 분을 허비하는 건 바보짓인 것 같다. 그녀는 전략을 바꾼다. 실랑이를 벌이는 대신 약간의 조언을 구하기로 한다. 돌아올 때를 대비하는 것이다.

터미널이 문을 닫았던데 버스는 이제 어디서 타요? 요즘도 한 시간에 한 대씩 버스가 다니나요?

버스? 버스 다니던 때는 옛날이지. 없어진 지 오래됐어.

왜요?

왜긴 왜야. 탈 사람이 있어야 버스가 다니지요.

그런가. 그녀가 창밖을 내다본다. 이차선 도로는 한산하다. 아주 드물게 차가 오가긴 하지만 버스는 보이지 않는다.

여기 맞아요? 여기 세우면 됩니까?

택시가 마을 입구에 다다랐을 때 기사가 묻는다. 그녀가 고개를 끄덕이고 내릴 채비를 하자 기사가 다시 묻는다.

여기예요? 확실해요?

그런 후엔 무슨 말을 더 할 것처럼 그녀를 보더니 명함 한 장을 건네고 만다. 택시가 필요하면 연락하라는 의미다. 택시비는 예상 밖의 큰 지출이지만 그녀는 목적지에 무사히 도착했다는 데에 의의를 둔다. 사방에 펼쳐진 고요가 그녀의 마음을 너그럽게 만든 덕분이다. 높낮이가 거의 없는 풍경 속엔 그녀를 곤두서게 하는 게 아무것도 없다. 적어도 멀리서 볼 때는 그렇다.

할머니의 집은 그대로다.

그녀는 대충 청소를 한 다음 마당 한쪽에 자리를 잡고 앉는다. 그곳에서 마늘 바게트와 바나나 우유를 먹으며 노을이 지고 어둠이 내리는 것을 본다. 그녀는 상상한다. 이런 시골에서의 삶에 대해. 고즈넉하고 평온한 일상에 대해. 미움과 불안, 이상한 조바심으로 마음을 다칠 필요가 없는 하루에 대해. 그렇게 첫날이 지난다.

이튿날은 흐리다. 비가 올 것 같다. 그녀는 늦은 아침을 먹고 산책을 나선다. 야트막한 담벼락과 녹이 슨 대문을 차례로 지나친다. 마을은 그대로인 것 같다. 변한 게 없는 것 같다. 그리고 다시 집으로 향할 즈음에야 마주친 사람이 하나도 없다는 사실을 깨닫고 조금 놀란다.

이렇게 조용했었나?

문득 그런 의문이 인다. 그녀는 마지막으로 이곳에 왔던 때를 떠올린다. 3년 전인가, 5년 전인가. 기억이 나지 않는다. 동네를 한 바퀴 더 돈다. 한참 만에 개 여러 마리를 끌고 가는 사람들을 본다. 캡모자를 쓴 남자와 챙모자를 쓴 여자 둘. 그녀가 고개를 숙이며 알은체를 하자 그들의 얼굴에 놀라운 기색이 어린다.

그들과의 거리가 가까워진다.

안녕하세요.

그녀가 먼저 말을 건다. 서울에서는 좀처럼 없는 일이다.

어? 안녕하세요. 여기 어떻게 오신 거예요?

상대적으로 나이가 많아 보이는 여자가 묻는다.

할머니 댁에 왔어요.

할머니 댁이요? 할머니가 여기 사세요?

그들이 조금 더 다가온다.

목줄을 하지 않은 조그마한 개 세 마리가 먼저, 이어 세 사람이 커다란 개 다섯 마리를 끌고 뒤따라온다. 개들의 몰골은 형편없다. 앙상한 몸과 지저분한 털, 어쩐지 공격적인 눈빛까지. 아니, 그 개들에겐 뭔가가 빠져 있다. 그녀가 공원 산책길에서 종종 마주쳤던 개들과는 분명히 다른 점이 있다. 개들이 송곳니를 드러내며 나지막하게 으르렁거린다. 그녀가 몇 걸음 물러난다. 다시 보니 그녀를 향한 경계가 아닌 것 같다. 개들의 시선은 텅 빈 허공을 향해 있다.

저도 오랜만에 온 거라서요.

그녀는 엉뚱한 대답을 한다. 구체적인 사연을 털어놓는 게 망설여진다.

그래요? 이상하네. 요 앞에 과수원집 나가고는 동네가 빈 줄 알았는데.

여기 사시는 거 아니에요?

아뇨. 우린 여기 안 살아요. 사람들이 자꾸 동물을 버리고 가서 애들 구조하러 가끔 와요. 그런데 할머니가 아직 이쪽 동네에 사세요? 괜찮으시대요?

뭐가요?

지내는 데 문제없으신 거죠? 전기도 수도도 사용하실 수 있는 거죠?

네, 아무 문제 없어요.

그들은 그녀에게 전단지 한 장을 주고 돌아선다. 유기 동물을 보면 신고해달라는 내용이다. 집으로 돌아오자 날이 갠다. 붉고 진한 노을이 마당 깊숙이 밀려든다. 하루가 조용히 물러날 채비를 하는 중이다. 그녀는 그 순간을 놓치지 않는다. 휴대폰으로 사진 몇 장 찍은 다음 지그시 눈을 감고 귀를 연다. 그런 후엔 귓속으로 흘러드는 고요를 만끽한다.

그러나 간헐적으로 이어지는 정전 속에서 밤새 잠을 설친 뒤에는 상황이 달라진다.

느릿느릿 날이 밝는다. 가늘게 내리던 비가 점점 거세진다. 창을 열면 무수히 많은 빗줄기 속에 갇힌 기분이다. 문제는 그것뿐만이 아니다. 냉장고가 딸꾹질을 하듯 쿨럭거린다. 전기가 들어왔다 나갔다를 반복하는 것이다. 그녀는 곧장 전력공사에 전화를 건다. 불통이다. 여기저기 전화를 걸고 상황을 설명하느라 오전 시간이 다 간다.

어디시라고요? 아, 그 지역은 오늘 내로 복구가 안 됩니다.

간신히 연락이 닿은 전력공사 직원에게 듣는 대답은 그게 전부다.

왜요?

거기보다 더 급한 곳이 많아요. 혹시 거기 거주하시는 분이세요? 전입신고를 하신 거예요?

아뇨. 거주하는 건 아닌데요.

그렇죠? 전산상으로 그 지역은 사는 사람이 없는 걸로 아는데. 아무튼 그만 돌아가세요. 전기가 언제 복구된다고 저희도 장담 못 드립니다.

전화가 끊긴다. 맥 빠지는 결론이다. 그러나 기다리는 것 외엔 다른 방법이 없다. 금방이라도 전기가 끊길 것 같다. 그럼에도 그녀는 그 집을 떠날 생각은 하지 않는다. 사흘이나 남은 휴가를 이런 식으로 날려버릴 순 없다는 생각 때문이다.

이번 주말에 뭐 해? 혹시 시간 괜찮아?

그녀는 메시지를 보낸다. 가장 친하다고 믿는 재영에게, 그 정도는 아니지만 꽤 가깝다고 여기는 수현에게, 오래 알고 지내온 연주에게, 이따금 만나는 경은에게. 그녀는 그들 중 누군가에게 이곳에 와줄 수 있냐고 묻고 싶지만 끝내 한마디도 꺼내지 못한다. 대부분 연락이 닿지 않거나 선약이 있기 때문이다. 금요일 오후. 친구들의 시간은 그녀의 그것과는 완전히 다른 속도와 방식으로 흐른다. 그것을 모르지 않으면서도 아쉬움을 감출 수 없다.

휴대폰이 꺼질 것 같다.

그녀는 콘센트 옆에 쪼그리고 앉아 잠깐씩 들어오는 전기로 휴대폰을 충전한다. 고작 30퍼센트 정도를 충전하는 데에 긴 시간이 걸린다. 그녀는 우산을 쓰고 밖으로 나간다. 담벼락 너머를 기웃거리면서, 대문이 반쯤 열린 집들을 흘끔거리면서, 마을을 크게 한 바퀴 돌면서, 그녀는 누군가와 마주치길 고대한다. 누구라도 만나면 이 상황에 대한 설명을 들을 수 있을 것 같다. 뭔가 도움을 받을 수 있을 것 같다. 아니, 꼭 그런 게 아니어도 이런 곤란한 상황에 처한 게 혼자가 아니라는 걸 알면 위로가 될 것 같다. 그녀는 그런 생각을 하는 스스로에게 놀란다.

그리고 어디선가 웅성거리는 말소리가 들린다. 대문이 반쯤 열린 집이다. 그녀는 조심스럽게 대문을 열고 들어간다. 아담한 마당 한쪽에 누군가 정리한 듯 크기가 다른 장독이 나란히 놓여 있다. 고무 대야와 플라스틱 통들도 가지런하긴 마찬가지다.

계세요?

그녀의 목소리에 반가움이 실린다. 금방이라도 누군가 문을 열고 모습을 드러낼 것 같다. 그녀는 조금 더 다가간다. 불투명한 창 너머로 실루엣이 어른거린다. 허리가 굽은 노인인가 싶으면 막 걸음마를 떼는 아이처럼 보이고, 아이를 달래는 여자처럼 보이기도 한다. 그러니까 그녀가 지금보다 어렸을 때에, 오래전 이곳이 사람들로 북적일 때에, 한 번쯤 틀림없이 마주친 장면처럼 친숙한 데가 있다.

저기요, 계세요?

그녀가 목소리를 높인다. 머리 위에서 뭔가가 번쩍한다. 길게 늘어진 전깃줄에서 샛노란 불꽃이 정신없이 튀어 오른다. 그리고 모든 게 사라진다. 어른거리던 형체도, 웅성거리는 말소리도 지워지고 없다. 그곳엔 번쩍거리며 튀는 불꽃과 쏟아지는 빗줄기뿐이다.

그녀는 오싹함을 느끼지만 그건 헛것을 봤다는 사실에 기인한 게 아니다. 그녀는 그것조차 사라졌다는 사실에, 정말 아무도 없다는 사실에, 진짜 혼자라는 사실에 충격을 받는다. 그녀는 도망치듯 그 집을 나온다. 돌풍이 분다. 그녀는 자꾸 휘어지고 뒤집어지는 우산을 쥐고 간신히 집으로 돌아온다. 밤 늦도록 느긋하게 영화를 볼 엄두는 나지 않는다. 이따금 외부와 단절된 듯한 느낌을 가져다주던 거친 날씨도 더는 달갑지 않다. 그녀는 거의 뜬눈으로 밤을 지새운다.

토요일이 온다.

날이 밝자마자 그녀는 택시 기사에게 전화를 건다. 연결이 되지 않는다. 택시 회사도 마찬가지다. 결국 그녀는 창규에게 전화를 건다. 그는 그녀보다 두 살 어린 사촌이다. 이 마을에서 나고 자란 그는 몇 년 전 이곳을 떠났지만 멀지 않은 곳에 산다. 그녀는 거의 애원하다시피 한다. 창규가 차를 가지고 온다.

누나, 여길 혼자 왔어? 왜 무슨 일 있어?

그냥, 쉬려고 온 거야.

못 본 사이 살이 붙은 창규는 제법 나이가 들어 보인다. 웃을 때마다 눈가에 부드럽게 주름이 잡힌다.

쉬러? 쉴 거면 쉴 만한 데로 가야지. 왜 여기 왔어? 여기 아무것도 없는데.

그러네. 여기 왜 이런 거야?

그녀가 뒷좌석에 짐을 싣고 조수석에 앉는다. 창규가 시동을 건다. 차가 출발한다.

이런 지는 좀 됐지.

오래된 거야?

아니다. 생각해보니 그리 오래된 것도 아니네. 몰라. 그냥 어느 날 보니까 이렇던데?

역도 없어지고 터미널도 문 닫았더라.

터미널도 문 닫았어? 그건 몰랐네.

그녀는 서먹함을 떨쳐내려고 계속 질문한다. 답을 바라고 하는 질문은 아니다. 왜 이렇게 됐지? 어떻게 이럴 수 있지? 사람들은 어디로 간 거지? 여기는 어떻게 되는 거지? 할머니 집은? 할머니 산소는? 질문이 질문을 불러온다. 의문이 의문을 부풀린다.

근데 여기만 이런 것도 아니야. 이 주변 마을 다 그래.

다 그렇다고?

창규가 속도를 줄인다. 이어 비상등을 켜고 잠시 차를 세운다. 그런 뒤엔 창 너머를 가리킨다.

저기 보여? 외삼촌 다니던 공장. 저 공장 이전하면서 사람들 많이 나갔잖아. 그러고 나서는 새로 들어오는 사람도 없고.

멀리 반듯한 직사각형 건물이 보인다. 건물은 새것 같다. 아니, 유심히 보면 깨진 창과 건물 외벽의 실금이 숨바꼭질하듯 나타난다. 바람이 불 때마다 빛이 바래고 찢어진 현수막 조각이 이리저리 나부낀다.

저 앞마을도, 저 너머 마을도 그래. 이제 아무도 안 살아.

왜?

왜긴 왜야. 어르신들 돌아가시고, 살던 사람들은 다 나가고,

그런 거지 뭐.

왜 다 나가는데?

그럼 어떡해? 사람이 없는데. 누나, 여기서 살 수 있겠어?

그녀는 고개를 젓지만 납득한 것은 아니다. 그녀는 고작 공장 하나가 여러 개의 마을을 없애버렸다는 게, 이곳에 살던 사람들의 삶을 감쪽같이 지워버렸다는 게 의아하기만 하다.

정말 아무도 없나봐.

그렇게 중얼거릴 때 율곡은 더 이상 그녀가 어떤 기대감을 가지고 찾아온 장소가 아니다. 기분 좋은 고요와 평화로운 기운만이 감도는 장소가 아니다.

차가 다시 출발한다.

풍경이 멀리로 물러나며 자그마한 사이드미러 속에 담긴다. 그녀는 그 풍경을 본다. 아니, 그녀가 보는 건 따로 있다. 광활한 침묵. 형체도, 실체도 없는 그것이 차를 뒤쫓아 오는 것 같다. 무서운 속도로 추격해 오는 것 같다. 그것이 지나는 자리마다 마을이 하나씩 통째로 사라지는 것 같다.

그녀는 고개를 돌린다. 그런 후엔 자세를 바로 하고 앞만 본다.

다시 월요일이 온다.

이른 아침 그녀는 집을 나선다. 집 밖으로 나오자 붐비는 세계가 곧장 그녀를 에워싼다. 그녀는 권태와 피로로 얼룩진

지하철을 타고 출근하고 녹초가 되어 퇴근한다. 어둠이 내리고 밤이 되자 귀가한 이웃들이 만드는 소음이 나지막하게 새어들기 시작한다. 그녀는 텔레비전 소음과 현관문 여닫는 소리, 아이 울음소리와 발소리가 무질서하게 흘러드는 집에서 샤워를 하고 간단히 저녁을 먹는다. 그리고 한밤에 누군가 가볍게 벽을 때린다. 부탁하듯 조심스레 시작된 소리는 경고하듯 이어지고 나중엔 작정한 듯 거세진다. 도대체 어느 집에서 내는 소리일까. 어느 집을 겨냥하는 소리일까.

예전의 그녀였다면 몸을 일으켜 세우고 소리가 나는 쪽을 주시한 채 신경을 곤두세웠을 것이다. 얼굴도 모르는 이웃에 대한 미움과 불만으로 잠을 설쳤을 것이다. 그녀는 휴대폰의 사진첩을 연다. 율곡에서 찍은 몇 장의 사진을 본다. 그것이 도움이 된다. 뭐랄까. 그곳을 떠올리면 이곳을 견디는 게 조금은 수월해지는 느낌이다. 어쩌면 그것이 닷새간의 휴가가 그녀에게 준 가르침일까. 자신의 삶이 속한 곳은 거기가 아니라 여기라는 게 그녀가 최종적으로 깨쳐야 할 교훈인 걸까.

그녀는 불을 끄고 눕는다.

이상한 안도감이 든다. 가까이에 누군가 있다는 것이, 사람이 산다는 것이 안심이 된다. 그러자 비로소 돌아왔다는 실감이 난다. 불안과 긴장, 적의와 몰이해가 들끓는 일상으로, 다정함과 너그러움을 매 순간 너무 쉽게 망각하게 하는 이 도시로, 그녀의 삶을 어쨌든 하루하루 굴러가게 하는 유일한 이 세계로.

그녀는 휴대폰의 볼륨을 낮춘 다음 유튜브를 연다. 엮이면 안 되는 인간 유형, 피해야 하는 사람의 세 가지 특징. 지금 바로 끝내야 할 관계. 비슷비슷한 주제의 영상들이 차례로 떠오른다. 다시 쿵쿵하는 소리가 들린다. 윗집에서 나는 소리 같다. 밤 열한 시 45분. 그녀는 얼른 자야겠다고 생각하지만 휴대폰을 내려놓지 못한다. 그치는 듯싶다가도 끈질기게 이어지는 소음 탓이다. 그녀는 눈을 깜빡이며 멍하니 천장을 응시한다. 그런 후엔 항복하듯 다시금 영상 하나를 클릭한다.

흑설탕의 마지막 용도에 관하여

김희선

2011년 『작가세계』 등단. 소설집 『라면의 황제』 『골든 에이지』 『빛과 영원의 시계방』, 장편소설 『무한의 책』 『무언가 위험한 것이 온다』, 중편소설 『죽음이 너희를 갈라놓을 때까지』, 산문집 『밤의 약국』.

"당신의 머리에 사탕수수 순으로 관을 씌워드리오니,

나를 버리지 마소서."

— 힌두교 경전 『아타르바베다』 중에서

Part. 1

　세상엔 세 종류의 설탕이 존재한다. 바로 백설탕, 황설탕, 흑설탕이다. 그리고 내가 지금부터 하려는 이야기는 오직 흑설탕에 대한 것이다. 만약 누군가가 나에게 왜 다른 설탕에 대하여 얘기하지 않느냐고 묻는다면, 할 말은 없다. 그런 건 지극히 개인적인 취향의 문제이니까. 그러니 이 글을 읽는 이여, 제발 이상한 오해는 하지 말길. 내가 흑설탕에 대해 가지고 있는 광적인 집착의 원인에 대하여. 그런 식의 편견과 오독에 나는 지긋지긋함을 넘어 거의 혐오감, 아니 살의까지 느끼는 사람이니까.

하긴 오늘도 의사는 나에게 말했다. 지금 당장 설탕을 끊으십시오. 그러지 않으면 이 증세는 점점 심해질 것입니다. 그는 내가 슈거블루스라는 증후군을 앓고 있다고 했다. 슈거블루스……라고요? 그래요, 말 그대로 슈거블루스입니다. 굳이 우리말로 옮기자면 설탕에 대한 광적인 집착과 그로 인해 발생하는 온갖 불유쾌한 증상, 이라고 해야 할까요. 이 증후군을 앓는 사람은, 설탕을 탐닉하고 온종일 설탕만 생각한 끝에 우울해지고 끝내는 조현병 증세까지 발현되지요. 나는 피식 웃었다. 그런 병은 처음 들어보네요. 그것 역시 신경증적인 현대 의학이 빚어낸 괴상한 촌극 아닐까요? 세상을 둘러보라고요. 사방에서 뭐든 먹지 말라, 마시지 말라, 피우지 말라고들 합니다. 그런데, 그렇게 해서 남는 게 뭔가요? 기껏해야 질병 없는 지루한 삶 아닌가요? 나는 그런 생을 원하지 않아요. 설탕을 끊고 싶지 않다, 이 말입니다.

의사는 말없이 앉아서 모니터를 들여다봤다. 그는 그저 설탕의 해로움에 대해서만 생각했고 어떻게든 나를 설탕에서 떼어놓겠다는 계획으로 머릿속이 가득 차 있었다. 그래선지 그는, 내가 책상 아래서 주먹을 꽉 움켜쥐고 있다는 걸 알지 못했다. 그리고 그 안에, 꽉 쥔 주먹 안에, 날카로운 면도날을 숨기고 있다는 것 역시 눈치채지 못했다. 어쨌든 눈치 없는 의사는 계속해서 중얼거렸다. 알고 있겠지만, 당신은 설탕에 중독될 수밖에 없는 환경에서 자랐습니다. 믿고 싶지 않겠지만 통계는 사실만을 말해주거든요. 빈곤, 부모의 무관심, 결핍감. 그런 환경에서 자라는 애들은 단맛을 갈구하게 됩니다. 그 애들에게 단맛이란, 뭐랄까, 삶을 포기한 실업자에게 헤로인이 주는 것과 비슷한 위안을 주는 법이니까요. 그러므로 당신은 지금……. 하지만 의사는 더 이상 말을 잇지 못했다. 제길, 사람을 그렇게 단순화시키지 말란 말이야. 이렇게 외치면서 내가 그를 덮쳤기 때문이다. 나는 전광석화처럼 빠르게 그의 목을 면도날로 그었다. 처음에 의사는 자기에게 무슨 일이 일어났는지 몰랐고, 잠깐 어리둥절한 얼굴로 눈을 껌뻑이더니 다시 말을 이었다. 아니, 정확히는 말을 이어가려고 했다. 그러나 곧 그의 눈이 화등잔처럼 커졌다. 의사의 목에 가느다란 빨간 선이 생기더니 잠시 후 붉은 피가 주르륵 흘러내렸다. 그러고는 아래로 뭔가가 툭 떨어졌다. 난 그게 데굴데굴 굴러 발 앞에 올 때까지 가만히 있었다. 그러다가 조용히 바닥에 쭈그리고 앉아 발밑에 떨어진 그의 머리에 손을 얹었다. 눈을 감겨주기 위해서. 그때 의사의 머리가 천천히 움직였다. 그는 눈을 크게 뜨고 나를 노려봤다. 뭐지? 넌 죽었잖아. 난 부들부들 떨며 뒤로 물러섰다. 그러면서 손으로 여기저길 더듬었다. 어디 있을 텐데, 설탕이. 그래 맞아, 아까 저 의사가 커피를 탈 때

설탕 한 스푼을 넣는 걸 봤어. 그러니까 그건 아마도……. 나는 온 힘을 다해 진료실 구석에 있는 테이블 쪽으로 기어갔다. 머리 위, 둥근 대리석 테이블 위에 설탕 단지가 놓여 있었다. 손을 뻗었지만 닿지 않았다. 조금만, 조금만 더. 하지만 팔을 길게 뻗으면 뻗을수록 대리석으로 된 테이블은 점점 높아졌다. 마침내 모든 걸 포기하고 바닥에 주저앉는 순간, 누군가가 나의 어깨를 잡았다. 이봐요, 정신 차려요. 눈 좀 떠보라고요. 고개를 들자, 의사가 걱정스럽게 내 눈을 들여다보고 있었다. 그것 보세요. 갑자기 정신을 잃는 것도 다 슈거블루스 증상이라니까요. 이래도 설탕을 끊지 않겠다는 건가요? 그리고 손에 그건 뭡니까? 왜 면도날을 그렇게 꽉 쥐고 있지요? 이런, 피가 흐르잖아요. 자, 진정하고…… 천천히 손을 펴세요. 하나둘, 하나둘, 숨을 고르면서…… 괜찮아요. 아무도 당신에게 뭐라고 하지 않는다고요. 의사는 내 손에서 조심스럽게 면도날을 집어 들고는 휴지로 잘 감싸 쓰레기통에 던졌다. 그러고는 책상 위에 있던 탈지면을 내밀었다. 이걸로 닦아요, 어서. 그리고 이따 나갈 때 소독이라도 받고 가세요.

솜으로 손바닥을 문지르는 나를 물끄러미 바라보던 의사가, 파일을 들추더니 종이 한 장을 꺼냈다. 이거 당신이 쓴 거지요? 어디 보자……, **세상엔 세 종류의 설탕이 존재한다. 바로 백설탕, 황설탕, 흑설탕이다.** 흠, 독특한 시각이로군요. 그런데 말입니다, 당신에게 알려주고 싶은 게 하나 있어요. 사실 흑설탕이나 백설탕, 황설탕은 모두 동일합니다. 같은 공정으로 생산된다, 이거지요. 물론 아주 오래전, 공장식 설탕 산업이 발달하기 전엔 얘기가 달랐을지도 모릅니다. 그땐 가장 많이 정제된 것이 백설탕, 그 중간치가 황설탕, 끝으로 가장 원시적인 게 흑설탕이었을 테니까요. 하지만 이젠 아니에요. 모두 똑같은 백설탕에 캐러멜을 조금씩 덧입혀서 색깔을 내는 거라고요. 그러니까 공장에서 최초로 만들어지는 건 백설탕입니다. 그건 그냥 사탕수수즙을 정제한 것 그 자체지요. 지금 시대엔, 오히려 가장 많은 공정을 거쳐서 만들어지는 게 흑설탕입니다. 하얀 설탕 위에 캐러멜을 잔뜩 뿌려서 검고 어두운 색으로 바꿔버리는 거니까요. 그러니 이제는 그만 벗어나세요. 말도 안 되는 흑설탕에 대한 집착에서 말입니다.

그러나 내가 아무 대답도 하지 않자, 그는 파일을 덮더니 긴 한숨을 내쉬었다. 잠시 파일 표지를 손가락으로 문지르던 의사가 다시 물었다. 요즘도 글을 씁니까? 그제야 난 고개를 끄덕였다. 그러고는 주머니에 접은 채 갖고 있던 종이 한 장을 그에게 내밀었다. 아직은 미완성이에요. 의사는 안경을 벗더니 맨 첫 줄을 천천히 소리 내어 읽기 시작했다. **나는, 네가 곧 열고 들어올 저 문을 내다보며 분주히 흑설탕을 녹이고 있다.**

*

나는, 네가 곧 열고 들어올 저 문을 내다보며 분주히 흑설탕을 녹이고 있다.

그리운 당신, 기억하는가? 우리가 처음 만났던 그날을. 현관문이 열리며 네 등 뒤로부터 쏟아져 들어오던 저녁의 역광. 시간이 멈춘 듯한, 어쩌면 순식간에 1억 년 전 태고로 거슬러 올라간 듯했던 바로 그때, 너는 문을 열고 들어섰지. 그 순간 나는 한 마리 물고기가 되어 드넓은 바다로 곧장 뛰어들었다. 부드럽게 물결을 가르며 헤엄칠 땐 천 개의 물방울이 수면 위로 날아올랐고, 나는 눈이 부셔 얼굴을 찡그리며 하늘을 바라보았다. 너무 오래 물속에 있던 탓일까. 갑자기 숨이 가빠왔고, 헐떡이는 나에게 넌 부드러운 목소리로 물었지. 괜찮으세요? 나는 겨우 고개를 끄덕이며 주머니에 있던 흡입기를 꺼내, 있는 힘껏 들이마셨다. 괜찮습니다, 그저 천식이 좀 있을 뿐이니까요.

너는 작업하는 내내 나를 돌아보았다. 마지막으로 정수기 버튼을 눌러 물줄기를 확인하더니, 환히 웃으며 네가 말했지. 10분쯤 물이 흐르게 두세요. 참, 여기에 사인을 해줄 수 있으실까요? 나는 당연하다는 듯 고개를 끄덕였고 떨리는 손으로 내 이름을 적었다. 다음 달에도 오실 건가요? 여전히 헐떡이며 내가 묻자, 너는 현관문 앞에서 또 한 번 환히 웃었다. 그럼요. 아마도 이렇게 대답하면서. 현관문이 또 한 번 열렸다 닫히며, 등 뒤로 비쳐들던 저녁 빛이 네게 황금빛 아우라를 만들어주던 어느 가을 오후의 일이었다.

이제 곧 도착할 너.

나는 너를 기다리며 커다란 냄비에 물을 가득 담아 끓인다.
흑당시럽을 만들기 위해서. 너는 흑당시럽을 좋아한다고 말
했다. 기억하고 있을까? 어느 찻집에서 누군가에게 그렇게 말
하며 환히 웃던 자신의 모습을. 나는 모르는 사람처럼 모자를
눌러쓰고 책을 읽는 척하며 너의 의자와 등을 맞댄 채 앉아
있었다. 흑당시럽을 컵에 따르다가 너는 문득 이상하다는 듯
사방을 둘러봤다. 나는 재빨리 고개를 숙였지만, 이미 내 온몸
은 떨리고 있었다. 나는 주먹으로 다리를 눌렀다. 그러나 떨림
은 점점 커져 결국엔 찻집 전체가 흔들리기 시작했다. 테이블
에 놓인 유리잔이 흔들리기 시작했고 책은 바닥으로 떨어졌
다. 냅킨들이 회오리바람에 날리듯 일제히 떠오르더니 공중
을 가득 메웠다. 유리잔은 점점 더 세게 흔들리더니 결국 엎어
졌다. 검고 끈적한 버블티가 테이블을 타고 흘러내려 다리로
떨어졌다. 나는 당황했다. 그러나 다행히 너는 그런 내 모습을
눈치채지 못했고, 그저 웃고 있을 뿐이었다. 그러다가 나와 눈
이 마주친 너. 너는 문득 웃음을 멈추더니 의아하다는 듯 나를
바라봤다. 우리 어디서 본 적 있나요? 네가 물었을 때, 나는 아
무 대답도 하지 않았다. 그러는 사이 서서히 떨림은 멈춰갔고
찻집도 더 이상 흔들리지 않게 되었다. 떠올랐던 냅킨들이 내
려앉더니 쏟아졌던 버블티가 도로 빠르게 잔으로 흘러들어
왔다. 나는 책을 집어 옆구리에 끼고 찻집을 빠져나왔다.

오늘 찾아올 너에게 어떤 이야기를 하면 좋을까. 흑설탕을 좋아하십니까? 이렇게 묻는다면 넌 뭐라고 대답할까. 어쨌든 난 대화를 이끌어갈 것이다. 흑설탕에 대한 이야기, 내가 너에게 해줄 수 있는 유일한 이야기를. 그거 아세요? 오래전 인간이 처음 사탕수수를 정제해서 먹기 시작했을 땐, 설탕은 귀하디귀한 향신료였다는 사실 말입니다. 하긴, 근대에 이르기까지 설탕은 일종의 만병통치약이나 마찬가지였습니다. 중세 독일의 의사이자 식물학자였던 야코부스 테오도루스가 쓴 『건강을 위한 자연적이고도 인공적인 지식』이란 책에 자세히 나와 있지요. 그러면 너는 생각에 잠긴 듯 고개를 한쪽으로 기울이며 나의 얘기를 듣겠지.

이제 부글부글 끓는 물에 계피와 정향을 쓸어 넣고, 마지막까지 미뤄뒀던 의식을 준비한다. 그것은 바로 흑설탕을 집어넣는 일. 오늘의 주인공, 우리의 만찬을 위한 검고 달콤한 흑설탕. 나는 냉동고 문을 연다. 안에는 오직 흑설탕 봉지들만 가득하다. 네모로 반듯하게 차곡차곡 쌓인 흑설탕들. 거대한 검은 벽돌처럼 딱딱한 흑설탕 덩어리가, 뜨거운 물속에 부드럽게 녹아들며 세상에서 가장 달콤한 갈색의 끈적이는 시럽으로 변하는 과정을, 너는 본 적 있을까?

네가 왔다. 문밖에서 울리는 경쾌한 초인종 소리. 안녕하세요. 벌써 한 달이 지났네요. 현관문을 들어서며 네가 말한다.

흑설탕의 마지막 용도에 관하여

나는 짐짓 웃으며 대답한다. 그러게요. 시간이 참 빠릅니다. 어서 들어오세요. 신발을 벗고 들어오는 너에게, 나는 앉으라고 권한다. 소파 같은 것도 없이 거실엔 그저 작은 방석이 놓여 있을 뿐이다. 너는 괜찮다며 어깨에 메고 온 가방에서 정수기 필터를 꺼낸다. 아주 바쁘다는 듯, 분주한 손놀림으로. 나는 만류하며 다시 한번 방석을 권한다. 날씨도 더운데 시원한 음료라도 한 잔 드시고 하시죠. 오실 줄 알고 미리 준비해둔 게 있습니다. 그제야 너는 못 이기는 척 방석에 앉는다. 나는 돌아서서 흑당시럽이 끓고 있는 가스레인지의 불을 끈다. 재빨리 유리잔을 꺼내고, 미리 얼려둔 얼음을 담는다. 그러면서 너에게 준비한 이야기를 시작한다. 흑설탕에 대해서 어떻게 생각하십니까……. 아니, 뭐였더라, 그래, 중세 독일의 의사, 잠깐, 누구였지? 갑자기 모든 게 뒤엉키기 시작한다. 어쩌면 내가 하려던 말은 이게 아니었을지도 모른다. 사실 나는 아무 말도 하지 않는 편이 나았을 수도 있다. 나오지 못한 이야기는 내 안에서 점점 커져 덩어리가 되더니 기도를 누르고 성대를 압박한다. 그럴수록 나는 뭔가 말을 하려고 하지만 그 소리는 자꾸만 꺽꺽대는 이상한 헛떡임으로 나타날 뿐이다. 동시에 손은 점점 더 심하게 부들부들 떨리더니 마침내 두 개의 유리잔은 바닥으로 떨어져 산산이 부서지며 흩어진다. 너는 그런 나를 보며 당황한다. 뭔가 잘못된 건 아닌지 싶어 어쩔 줄 모르며 거실을 둘러본다.

실수로 잔을 떨어뜨렸을 뿐입니다. 앉아 계세요. 나는 중얼대며 바닥에 엎드려 유리 조각을 치운다. 무릎을 찔려 피가 흐르는 것도 모른 채. 동시에 흡입기를 찾지만, 어디 있는지 알 수 없어 허공을 휘저을 뿐이다. 그때 네가 옆으로 다가온다. 도와드릴까요? 나는 구세주라도 만난 듯 반갑게 대답한다. 여전히 꺽꺽대는 목소리로. 저기 위 어딘가에 흡입기가…… 있을…… 겁니다……. 그걸 좀.

그러나 나의 말은 이어지지 못한다. 왜냐하면, 너의 머리엔 어느새 사탕수수로 된 관이 씌워져 있고, 두 손엔 흑설탕이 가득하기 때문이다. 이럴 수가. 우리는 이미 서로를 알아보게 된 것인가. 나는 손을 내민다. 하지만 그뿐. 갑자기 네 손은 한없이 멀어지고 크고 검은 파도가 밀려와 뒤통수를 때린다. 어떻게 파도가? 깜짝 놀라 고개를 드니 거실 전체를 뒤덮은 검고 고운 흑설탕 입자들. 바닥에 쓰러진 채, 나는 잠시 몸을 뒤척여 그 맛을 보려다가 이내 포기한다. 왜냐하면 세상에서 가장 무거운 잠이 나를 덮쳐 왔으니까.

Part. 2

―그 후로 오랜 시간이 흘렀군요. 이렇게 인터뷰에 응해주셔서 감사합니다. 그럼, 첫 질문을 드리겠습니다. 당신은 그

흑설탕의 마지막 용도에 관하여

날, 왜 그 집에 간 겁니까?

―아시다시피, 전 정수기 필터를 교환하는 일을 하고 있었어요. 물론 이제는 관뒀지만 말이에요. 그는 고객 중 하나였는데, 사건이 있기 며칠 전 전화를 걸어왔어요. 이번엔 좀 빨리 필터를 교체하고 싶다고. 나는 사흘 뒤 가겠다고 대답했어요. 그러자 남자는 시간을 정해주더군요. 오후 세 시에 오라고요. 네, 그렇게 해서 나는 그 집으로 찾아가게 되었던 겁니다.

―다시 떠올리고 싶진 않겠지만, 그때의 일을 좀 더 자세히 말해줄 수 있겠습니까? 그러니까, 당시 기사화되었던 일반적인 이야기들 말고, 지극히 내밀한 당신만의 기억 같은 것들에 대해서 말입니다.

―지금 생각해보니, 그 집 문 앞엔 벨 대신 조그만 종이 달려 있었어요. 청동 종을 흉내 내어 만든 싸구려 모조품인데, 그걸 흔들자, 따르릉, 하고 엄청나게 큰 소리가 울려서 깜짝 놀랐던 게 떠오르네요. 여하튼, 종이 울리는 순간 남자가 기다렸다는 듯 문을 열더군요. 그때 어디선가 끼익끼익 기분 나쁜 소리가 들렸어요. 위를 올려다보고, 그게 현관문에 매달아둔 새 장식에서 나는 소리라는 걸 알았죠. 그건 둥지에 앉아 있는 까마귀들이었어요. 뭐, 어쩌면 까치나 개똥지빠귀였을지도 모르지만요. 하여간, 무척이나 음산하게 생긴 것들이었어요. 뾰족한 부리는 부자연스럽게 구부러졌고 눈은 너무 밝은 노란색으로 조악하게 칠해져 있었으니까요. 사실 나는 새를 싫

어해요. 조류라면 질색이죠. 언젠가, 아주 어린 시절, 새 떼에게 쫓긴 적이 있거든요. 그러니까 아마도 다섯 살 정도 됐을 때 일어난 일이었을 거예요. 놀이터에서 놀다가 혼자 집으로 돌아가는데, 멀리서 검은 새들이 한꺼번에 푸드덕대며 나에게 몰려왔지요. 난 비명을 지르며 도망쳤어요. 뭐라고요? 혹시 영화의 한 장면 아니냐고요? 아니, 절대 그렇지 않아요. 그건 정말로 내가 겪은 일이었어요. 그때 넘어져서 다친 무릎의 상처가 아직도 남아 있는걸요. 하지만 나중에 난 그게 새 떼가 아니라 그저 검은 물나비 무리였다는 걸 알게 됐어요. 가까이에 조그만 시내가 하나 흘렀는데, 거기서 날아온 것들이었죠.

　─잠깐만요. 당신은 새를 좋아하지 않나요? 그때, 그러니까 당신이 초등학생일 때 그 사건, 그것도 새를 위해서 그랬다고……. (그러다가 인터뷰어는 입을 다문다. 여자의 얼굴이 순간적으로나마 험악해졌다고 느낀 건 그의 착각일까?) 아니, 됐습니다. 그 이야기는 꺼내지 않기로 하죠. 당신으로서도 힘든 일이었을 테니까요. 계속 말씀해주세요.

　─내가 새 장식을 쳐다보자, 남자가 빙긋이 웃었어요. 마음에 드십니까? 아마도 이게 그가 처음 건넨 말이었을 거예요. 그런데 참 이상하네요. 그동안은 내가 모든 걸 잊는 데 성공했다고 믿어왔는데, 이렇게 자잘한 장면들까지도 다시 생생히 떠오르는 걸 보면요. 아니, 아니, 잠깐만요. 그게 아닌 것 같아요. 어쩌면 나는 지금 좀 이상한 영화를 보고 있는지도 몰라

　　　흑설탕의 마지막 용도에 관하여

요. 내가 주인공으로 나오는, 그리고 앞으로 어떤 식으로 전개될지 전혀 알 수 없는, 그런 괴상한 영화 말이에요. (여자가 땀을 흘린다. 인터뷰어는 조심스레 묻는다. "괜찮습니까? 만약 너무 힘들다면, 무리할 필요는 없어요. 나중에 다시 올 수 있으니까요." 그러나 여자는 완강히 고개를 젓는다. 그러면서 주머니에서 약병을 하나 꺼내 보여준다.) 나는 괜찮아요. 잠깐 횡설수설했지만, 그럴 땐 이걸 먹으면 금방 좋아지죠. 이게 뭐냐고요? 신경안정제예요. 그런데 누구라도 나 같은 일을 겪고 나면 이런 식으로 변하지 않을까요? (결국 인터뷰어는 다시 수첩을 펼치며 고개를 끄덕인다.) 어디 보자, 내가 어디까지 얘기했죠? 아, 맞아요. 남자가 처음 나에게 말을 건넸을 때. 그래요, 그때 그는 또 이렇게도 말했어요. 그것은 당신을 환영하는 의미에서 달아놓은 겁니다. 내가 뭐라고 대답했는지는 기억나지 않아요. 어쩌면 그때 뭔가 이상하단 걸 느꼈을지도 모르지만…… 애써 부정하며 안으로 들어갔을지도 모르죠. 집 안에선 독특한 냄새가 풍겼어요. 달콤한 한약 냄새 같다고 해야 하나. 내가 코를 킁킁거리자, 남자는 또 말했어요. 흑당시럽을 만들던 중입니다. 이제 거의 다 됐으니, 곧 맛볼 수 있을 거예요. 어떻습니까? 당신은 흑당시럽을 듬뿍 넣은 음료를 좋아하지 않나요? 난 좀 오싹했어요. 어떻게 내 취향을 알고 있지? 그렇지만 곧 머리를 저으며 속으로 중얼거렸어요. 하긴, 흑당시럽을 싫어하는 사람은 거의 없잖아. 그래서 난 별말을 하지 않았죠. 속으론, 얼른 필터를 갈아 끼우고 이 집에서 나가야겠단 생각뿐이었어요. 나중에 알고 보니, 그는 (여자는 다시 이야기를 멈춘다. 그리고 혼란스러운 표정으로 맞은편의 인터뷰어를 바라본다. "그런데 우리 언젠가 본 적 있나요? 왠지 너무 낯이 익어서요." 인터뷰어가 고개를 젓는다. "초면입니다. 누군가 다른 사람과 착각하셨나 보네요." 그러자 여자는 "하긴, 그렇겠지"라고 말하며 한숨을 내쉰다. "이미 들으셨겠지만, 그 일 이후로 난 계속 치료를 받고 있어요. 일종의 심리 치료 프로그램 같은 거죠. 글쎄, 난 잘 모르겠는데, 의사는 그러더군요. 내 안에 거대한 균열이 생겼다고 말이에요. 그리고 그것 때문에 난 자주 환상에 사로잡히죠. 방금, 처음 본 당신이 마치 언젠가 만났던 사람으로 보였던 그 순간처럼.") 오랫동안 나를 따라다녔더라고요. 내 우편물을 뒤지고 내 뒤를 밟고 내가 하는 말을 엿들으며, 그 모든 것들을 노트에 기록하고 있었던 거예요.

—들어갔을 때 집 분위기는 어땠나요? 혹시 뭐 기억나는 건 없어요?

—맞아요. 이상했어요. 아아, 생각해보면 그때 바로 돌아서서 나왔어야 하는 건데. 그랬더라면 이런 어둠 속에 갇히지도 않았을 텐데.

—지금은 어둠 속에 갇혀 있지 않잖아요. 당신은 그곳에서 용감하게 탈출했죠. 그러니 걱정하지 마시고, 집이 어땠는지

만 자세히 말해주겠어요?

　—그러니까 그 집엔, 아무것도 없었어요. 거실은 텅 비어 있고, 소파나 탁자 같은 것도 보이지 않았죠. 공기 중엔 어떤 위화감이 감돌았어요. 내 불안을 눈치챘는지, 남자가 방석을 가져왔어요. 그는 친절하게 웃으며 내게 앉으라고 권했죠. 아직 소파가 없습니다. 이사 온 지 얼마 되지 않아서요. 내가 앉자, 그는 주방 쪽으로 갔어요. 그러고는 뭐라고 중얼거리며 냉장고 문을 여닫고 유리잔을 꺼냈죠. 잠깐만요. 여기서부턴 내 기억이 마구 뒤섞여요. 그가 음료를 권했던가? 아니, 그는, 그래, 맞아. 그는 시커멓고 끈적끈적한 뭔가를 냄비에 휘저었어요. 그러면서 무슨 중세 독일의 의사가 어쩌고 하면서 알 수 없는 말을 중얼거리더군요. 나는 필터를 갈아야 하니 정수기 위치를 알려달라고 했어요. 지난번에 왔을 땐 분명 주방 구석에 있었던 것 같은데, 암만 찾아도 보이지 않았으니까요. 그러자 그가 갑자기 뒤돌아봤어요. 그러더니 유리잔을 집어 던지며 소리치더군요. 그놈의 필터, 필터, 필터! 그런 얘긴 좀 나중에 하면 안 되나? 응? 내가 이렇게 너를 위해, 아니 당신을 위해 뜨거운 시럽을 열심히 휘젓고 있는데 말이야. (말을 멈춘 여자가 숨을 헐떡인다. 인터뷰어는 수첩을 든 채 가만히 기다린다. 잠시 후 여자는 피식 웃는다. "왜 웃나요?" "그가, 그놈이 생각나서요. 결국 그렇게 되고 말았잖아요. 결국엔 말이에요.") 다행히 남자는 곧 정신을 차렸어요. 미안해요. 미안합니

다. 잠깐씩 이럴 때가 있어요. 몸이 안 좋아서 먹는 약이 있는데, 그것 때문에 생기는 부작용이지, 당신에게 별다른 악감정이 있어서 그런 건 아닙니다. 떨리는 목소리로 변명하며, 그는 바닥에 엎드려 허둥지둥 깨진 유리를 줍기 시작했어요. 자기무릎에서 피가 줄줄 흐르는 것도 모른 채.

— 자, 여기서부터 진짜 중요한 쟁점이 등장하죠. 그렇지 않은가요? 힘들겠지만. 조금만 더 자세하게 말해줄 수 있어요? 사실 이 인터뷰는 당신의 결백을 증명하기 위해 기획된 거나 마찬가지니까요. 어떤가요? 당신이 먼저 그걸 손에 들었나요? 그랬다면, 이유가 뭐죠?

— (여자의 얼굴이 일그러진다. 마치 피안을 바라보듯 초점이 사라지는 눈동자. 인터뷰어는 자기도 모르게 의자를 살짝 뒤로 밀며 물러나 앉는다. 그리고도 한참 동안 이어지는 침묵) 글쎄요. 그건 나도 몰라요. 몇 번을 말했잖아요. 모른다고요. 생각해봐요, 그런 순간을 어떻게 다 기억할 수 있겠어요? 중요한 건, 그가 나를 공격하려고 했다는 점이에요. 적어도 마음속으로 그런 상상을, 혹은 결심을 하고 있었다는 사실이라고요. 안 그래요? 어떤 인간들은 그 후 멋대로 떠들어댔죠. 모두 내가 꾸민 일이라고. 내가 먼저 그놈에게 전화해서 그 집을 찾아갔고, 미리 봐뒀던 냉동고에서 그걸 꺼내 내려쳤다고요. 퍽, 퍽, 퍽, 퍽. 머리가 완전히 깨질 때까지. 그러면서 어릴 때 실수로 저지른 일을 다시 가져와 날 공격하고, 나를, 나를…… (이

번에 여자는 가슴을 움켜쥔다. 숨을 쉬기 힘든지 헐떡이고 있다. 인터뷰어는 여자의 태도가 왠지 연극적이라고 생각한다. 그러다가 얼른 고개를 젓는다. 그의 목적은 편견 없는 인터뷰다. 여자는 벌써 너무나 많은 고통을 겪었다. 보통 사람이라면 일생에 단 한 번도 경험하지 않을 일을, 이 여자는 두 번이나 겪은 셈이다. 그럼에도 그는 여자를 만나러 오기 전 읽었던 신문 기사를 떠올리지 않을 수 없다. **캣대디 살해 사건의 범인은 초등 여학생으로 밝혀져/이혼한 부모에게서 버림받고 할아버지 손에 키워진 아이/설탕에 중독된 비만 여아의 끔찍한 범행/왜 옥상에서 그걸 던졌니? 머리에 맞을 걸 몰랐던 거야? ……길고양이들이 새를 잡아먹잖아요. 새를 구하고 싶어서 그랬어요. 아저씨에게 던질 생각은 없었다고요. 그냥 고양이 먹이 그릇을 깨뜨리고 싶었을 뿐이에요. 그런데 왜 하필 그걸 던진 거야? 그건, 그건…… 나도 모르겠어요. 우앙. 아이는 울음을 터뜨린다./촉법소년. 심신미약. 불우한 환경. 설탕이 뇌에 끼치는 영향에 대해 중얼거리는 전문가들.**

　―그러고 보니 기억이 나요. 내가 남자에게 다가가던 장면이. 나는 휴지를 들고 갔어요. 피를 닦아주려고 그랬던 것 같아요. 깨진 유리잔에 찔려서 무릎에 피가 흐르고 있었으니까요. 그런데 놈이 흡입기를 집어달라고 하더군요. 뭐라고요? 일부러 흡입기를 발로 차서 멀리 밀어버리지 않았느냐고요? 내가 왜요? 뭣 때문에 그런 짓을 하죠? 그냥 놈이 날 밀었다니

까요. 바닥에 넘어뜨렸다고요. 아니, 아니던가? 내가 미끄러져서 넘어졌던가? 잘 모르겠으면 그때 재판 기록을 찾아보세요. 변호사가 법정에서 다 말했으니까. 나는 심신미약이었고, 너무나 큰 충격과 혼란에 빠져 당시 일을 제대로 떠올리지 못했다고요, 알아요? 당신이라면 어떨 것 같아요? 누군가가 유리 조각을 들고 위협하는데, 그러면서 뜨겁고 시커먼 흑설탕 시럽을 온몸에 뿌리려고 하는데, 제정신일 수 있겠어요? 그건 재판장도 인정한 사실이라고요. 모두 내 편을 들어줬죠. 당연하죠. 그게 진실이고 정의니까. 그놈이 피를 닦아주러 다가간 나를 밀어서 넘어뜨리고 난 살기 위해 몸부림쳤는데, 그러다가 퍼뜩 고개를 돌리니 그게 눈에 띄었던 거죠! 맞아요, 이게 바로 사건의 실체라고요.

─잠시만요. 그가 당신을 넘어뜨렸고, 몸부림치다가 보니 그게 눈에 띄었다고 했나요? 내가 알기론, 어디 보자, 그건 냉동고에 들어 있었어요. 당신이 먼저 냉동고에서 그걸 꺼내 갖고 있던 거죠. 왠지는 모르겠지만. 안 그런가요? 혹시 이 기록이 잘못된 건가요?

─기록을 다 읽고 왔군요. 좋아요. 그렇다고 쳐요. 사실 아까부터 반복하는 얘기지만, 난 아무것도 기억하지 못해요. 생각해보니 문에 달려 있던 새 장식이며 구식 종, 텅 빈 거실, 이게 다 헛것을 봤던 걸지도 모르죠. 그리고 거기, 당신이 손에든 종잇장에 적힌 것처럼, 내가 그 남자의 냉동고에서 먼저 흑

설탕을 꺼냈는지도 모르고요. 내 안에 있던 생존본능이 뭔가 다가올 미래의 위험을 직감하고, 그를 공격하게 했을지 누가 알아요? 그런데 여기서 중요한 건, 바로 그 흑설탕 아닌가요? 냉동고에 흑설탕을 봉지째 차곡차곡 넣어두면 시멘트로 구운 벽돌보다 더 단단한 덩어리가 된다는 거. 그걸로 사람의 머리를 내리치면 돌멩이로 깨부수듯, 그렇게 두개골을 박살 낼 수 있다는 거. 깨진 머리에서 분수처럼 피가 솟고 뇌수가 이리저리 튈 때, 흑설탕 봉지도 같이 터져 사방으로 흩어진다는 거. 피와 뇌수와 흑설탕이 뒤섞여 미끌미끌한 바닥에서 남자가 마지막 숨을 부르르 내쉴 때, 그제야 난 안도하며 털썩 주저앉아 한숨 돌릴 수 있었다는 거. (여자는 자기 말을 받아 적는 인터뷰어의 손이 떨리는 걸 유심히 본다. 그러다가 갑자기 깔깔 웃는다.) 농담이에요, 농담. 다 그냥 해본 말이라고요. 피라니, 두개골이라니, 뇌수라니. 그런 건 다 너무 무서운 것들이잖아요. 그냥 난 그를 겨우 밀치고 거실 구석으로 몸을 피했을 뿐이에요. 그런 다음, 어떻게 하면 여기서 무사히 빠져나갈 수 있을지 생각했다고요. 그때 살짝 열린 냉동고 문이 보였고…… 그 안에 가득 쌓인 흑설탕 봉지들도 보게 된 거죠. 난 그렇게 얼어버린 흑설탕이 얼마나 단단한지 잘 알거든요. 정말이에요. 꽝꽝 언 흑설탕은 화강암보다도 단단하다고요. 어릴 때 할아버지네 냉동 칸에도 흑설탕이 가득했어요. 구두쇠 노인네, 대체 그걸 아껴서 뭐에 쓰려고 했던 건지는 모르지만요. 하여간 나는, 흑설탕을 조금씩 꺼내 몰래 녹여 먹으며 잠들곤 했어요. 그래서 이도 다 썩고 말았고요. 잠깐만요, 이건 적지 말아요. 하등 쓸모없는 기억에 불과하니까. 어쨌든, 난 냉동고에서 흑설탕을 꺼냈고, 그의 머리를 내려쳤어요. 그렇지만, 그가 조용히 입을 다물고 있었다면, 죽을 때까지 내려치진 않았을지도 몰라요. 하지만 그는 계속해서 중얼거렸죠. 뭔가 알 수 없는 말을. 그러면서 바닥에 쓰러진 채 웃고 있었다고요.

　─그는 뭐라고 했죠?

　─처음엔 사탕수수로 관을 씌운다는 둥, 이런 말을 웅얼댔어요. 그런데 점점 더 발음이 뭉개지더니 입을 오므리고 야옹야옹, 고양이처럼 울기 시작하더라고요. 그때 난 바닥에 쓰러진 남자가 사실은 옛날의 그 아저씨라는 걸 알았어요. 오래전 아파트 화단에서 고양이에게 먹이를 주던 아저씨. 내가 고양이 밥그릇을 발로 찼다고 뭐라고 했던 그 아저씨 말이야. 그런데 난 정말 새들을 구하려고 그랬던 거거든. 고양이가 새를 잡아먹는 걸 봤으니까. 그날도, 흑설탕 봉지를 던지기 전에 난 아래를 내려다보며 소리쳤어. 아저씨 저리 비켜요! 근데 아저씨는 들은 척도 안 하지 뭐야? 근데 이제 와서 복수를 한다고? 그것도 고양이를 시켜서? 난 소리쳤어. 입 다물어. 입 다물란 말이야. 조용히 하라고. 하지만 그놈은 조용히 하지 않았다고. 계속 울면서 아저씨가 되어, 아니 고양이가 되었나? 하여간 끝없이 야옹대면서 바닥을 뒹굴었다고. 그러니 어떻게 해? 어

떻게 해야 하냐고? 놈을 죽을 때까지 내리치는 수밖에.

(인터뷰어는 수첩을 덮는다. 이래서야 계속 인터뷰를 진행한다는 건 불가능하다. 여자는 극도로 흥분했고, 다시 이상 증세를 나타내고 있다. 문득 여자의 할아버지가 어떻게 죽은 채 발견되었는지를 떠올리며, 그는 수첩에 뭔가를 적어 넣는다. **할아버지는 왜 넘어지면서 냉장고에 머리를 부딪쳤나? 혹시 현장에 흑설탕 봉지가 있었는지 확인할 것.** 그때, 어느새 흥분이 가라앉았는지, 여자가 차분한 목소리로 말한다.)

—미안해요. 보다시피, 제가 이 모양이에요. 아직도 그 사건의 트라우마에서 벗어나지 못했죠. 인터뷰는 여기까지만 하기로 해요. 다음 주쯤, 다시 시간을 잡는 거 어때요?

—그러는 게 좋겠습니다. 그럼, 좀 쉬세요. 오늘 고마웠습니다.

(가방에 수첩과 볼펜을 넣고 지퍼를 닫은 다음, 일어서다 말고 인터뷰어가 묻는다. "그나저나, 어떻게 제 연락처를 안 거죠? 사실 당신을 만나보고는 싶었는데, 이렇게 먼저 인터뷰 제안을 해줘서 얼마나 고마웠는지 몰라요." 그러다가 문득 이상한 느낌에 사로잡힌 그가 새삼 사방을 둘러본다. 텅 빈 거실, 아무것도 없는 방. 바닥에 깔린 작은 방석. 어디선가 들리는 끼익끼익 소리. 그리고 거대한 냉동고. 여자는 냉동고 문 앞에 부자연스러운 얼굴로 기대 서 있다. 손을 뒤로한 채. 여자의 옷자락 사이로 흑설탕 봉지가 보이는 듯싶어, 그는 얼른

고개를 젓는다.)

　―잠깐만요. 어디로 나가면 되는 거죠? 좀 전엔 저쪽으로
들어온 것 같은데.

　(이렇게 말하는 인터뷰어의 뒤로, 여자가 천천히 다가온다.
아주 달콤한 냄새가 코끝을 스치는가 싶더니, 갑자기 불이 꺼
지고 암흑이 찾아든다.)

그들은 내게 속하고
나는 그들에게 속하고

박연준

1980년 서울 출생. 2004년 『중앙일보』 등단. 장편소설 『여름과 루비』, 시집 『속눈썹이 지르는 비명』 『아버지는 나를 처제, 하고 불렀다』 『베누스 푸더카』 『밤, 비, 뱀』, 산문집 『소란』 『밤은 길고, 괴롭습니다』 『인생은 이상하게 흐른다』 『모월모일』 『쓰는 기분』 『고요한 포옹』 등.

저는 작은 일들을 하고 있었습니다. 식탁 다리 밑에 종이를 끼워 균형을 맞추고 액자 기울기를 바로잡는 일, 그런 일들 말입니다. 구석구석 걸레질을 하고 거실 창문과 현관문을 열었습니다. 창문과 현관이 마주 보는 구조라 시원하더군요. 남편에게 바람이 시원하지 않으냐고 물으려고 보니, 벌써 자기 방에 들어가 있었습니다. 그 사람은 원래 말이 많지 않아요. 혼자 있는 것을 좋아하고, 좀 소심합니다.

걸레를 내려놓고 거실 한가운데 누웠습니다. 시세보다 2천만 원이나 싸게 들어온 건 행운이지만 매달 갚아야 할 대출이자를 생각하면 갑갑했습니다. 사지를 뻗은 채 이런저런 생각에 골몰해 있는데, 누가 현관문을 두드렸습니다. 주먹으로 두 번. 보니까 웬 남자가 문 앞에 서서 이쪽을 바라보고 있지 않겠어요? 저도 모르게 낮은 비명을 질렀습니다. 방에 있던 남편도 나와 봤지요.

　남자는 50대 초중반쯤 되어 보였습니다. 마른오징어 같은 피부색에, 비쩍 말랐더군요. 오른쪽 눈 아래 옅은 반점이 있고, 양쪽 이마 끝이 벗겨진 상태였습니다. 호감형은 아니었습니다. 남자는 자신을 402호 거주자이자 관리인이라고 소개했습니다. 관리비를 걷고 빌라에 생기는 크고 작은 하자를 보수하고 관리한다고요. 어째서 402호 남자가 그런 일을 하게 된 건지, 건물주의 친척인지, 그것까지는 모르겠습니다. 옆집에 사냐고요? 아니요. 저희 집은 502호고 그 사람은 402호, 그러니까 바로 아랫집에 사는 사람이지요. 5층 빌라에서 저희가 제일 윗집이고, 위에는 옥상이 있는 구조입니다.

　남자는 주의사항을 알려주겠다고 했습니다. 음식물쓰레기는 골목 입구에 놓인 음식물 전용 수거함에 버려라, 쓰레기는 건물 앞이 아니라 건물 뒤쪽 화단 옆에 놓아야 한다, 관리비는 쪽지에 적혀 있는 계좌로 입금해라…… 저는 고개를 끄덕이며 뒷걸음질을 쳤습니다. 그 사람, 입 냄새가 고약했거든요. 입을 벌릴 때마다 누렇고 까만, 뭐랄까…… 부식되어 작아진 치아가 보였는데, 그것으로는 묵 한 조각도 씹기 어려울 것 같아 보였어요. 그걸 치아라고 할 수 있을까요. 입속에 고약한 도깨비가 살아서 말할 때마다 입술 주변으로 작고 삐죽한 뿔이 드러나는 것 같았습니다. 서둘러 인사하고 문을 닫으려는

　　　　　　그믈은 내게 속하고 나는 그믈에게 속하고

데 그가 문틈에 손을 넣으며 말했습니다.

—여기 이사 들어오기 전에 나랑 얘기라도 좀 하시지, 이거
참…….

무슨 얘기냐고 물으니 바로 덧붙이더군요.

—이 빌라에서 여러 집이 경매에 넘어갔었는데, 그건 아시
죠?

문제가 많았다는 둥, 자기가 나서서 뭘 해결했다는 둥 듣고
싶지도 않은 이야기를 늘어놓았습니다.

—이 집도 문제가 좀 있었는데, 다 해결됐어요. 뭐 괜찮습
니다.

이런 말을 하는 저의가 뭔지 알 수 없었습니다. 남편도 얼
굴을 찡그리고 있었지요. 우리가 기분 나쁜 내색을 보이자 그
사람, 들리지도 않는 말을 혼자 중얼거리며 내려갔습니다. 외
모부터 말투까지 기분 나쁜 사람이라고 생각했습니다. 문 앞
에 소금이라도 뿌려야 할 것 같아 굵은소금을 찾았습니다. 집
안 어른들이 안 좋은 일이 생기면 꼭 그렇게 하셨거든요.

—그냥 둬. 요즘 세상에 이웃 얼굴 몇 번이나 보고 산다고.
또 부딪칠 일 있겠어?

남편 말도 일리는 있었습니다. 첫 만남에 텃세를 부리는 거
라고 생각하며 넘어가기로 했습니다.

—건물주도 아니면서, 무슨 완장이나 찬 것처럼 으스대기
는.

대놓고 말할 수 없으니 닫힌 문에 대고 쏘아붙이고 넘겼습니다.

그런데요, 소금을 뿌릴 걸 그랬나 봅니다. 그날 저녁에 일이 있었거든요.

이사 첫날이라 밥을 해 먹을 정신이 없었습니다. 남편이 김밥을 사 오겠다며 나갔어요. 그런데 음식을 사 온 사람의 표정이 굳어 있더군요.

―귀신이라도 봤어? 왜 넋이 나갔어?

―쓰레기.

―쓰레기?

―아까 내다 버린 쓰레기, 봉투가 뜯어져 있어.

―길고양이 짓인가?

―누군가 일부러 봉투를 열어 쓰레기를 죄다 밖으로 꺼내 놓았어.

처음엔 믿지 않았습니다. 누가 종량제 봉투에 담긴 남의 쓰레기를 풀어 일일이 내용물을 꺼내놓겠어요? 저는 배고픈 길고양이의 저지레일 거라고 주장했지요. 남편은 쓰레기봉투가 뜯긴 자국이 없고 손으로 매듭을 푼 것이며, 내용물도 마구잡이로 쏟아진 게 아니라 누가 손으로 하나하나 끄집어낸 것처럼 '가지런하게' 놓여 있었다고 말했습니다.

―어떤 종이는 손으로 잘게 찢어놓기까지 했다고.

　　　　　　그늘은 내게 속하고 나는 그늘에게 속하고

─종이?

─가계부랑 영수증 같은 것.

─아니 그걸 왜, 당신 그냥 쓰레기통에 버렸어?

─그럼 어디다 버리냐? 재활용할 때 내놓으라고?

관자놀이에 소름이 돋았습니다. 누가 우리를 노리고 있는 건지도 모르지요. 이사하면서 필요 없는 것들을 잔뜩 버렸습니다. 오래된 고지서들, 메모들, 영수증과 잡동사니들, 낡아빠진 속옷도 몇 개 버렸습니다. 우리는 402호 남자를 의심했습니다. 아닐 수도 있겠지만 아무래도 의심이 갔지요. 남편에게 쓰레기를 건물 뒤 화단 쪽에 버렸냐고 물었더니 건물 앞쪽에 버렸다고 하더군요.

─아까 못 들었어? 뒤로 돌아가 화단 쪽에 버리랬잖아!

─언제? 그런 얘기 못 들었는데?

─그러니까 당신은 사람 말을 좀 제대로 들어야 한다니까. 혼자, 자기 생각에만 빠져 있으니까 남의 얘기를 못 듣잖아.

─지금 나한테 화를 내는 거야? 쓰레기 버리는 위치 좀 틀렸다고, 쓰레기를 밖으로 죄다 꺼내 늘어놓은 사람이 잘못이지, 내 잘못이란 거야?

그때 우리는 서로에게 화가 난 것이 아니었습니다. 우리에게 닥쳐올지도 모르는 불행의 씨앗을 보고 두려움에 떨었던 거지요. 뭔가 일이 잘못되어가고 있는 것을 느낄 때, 마음이 사나워져 서로를 탓할 때가 있지 않습니까?

범인은 보란 듯이 쓰레기를 파헤쳐놓은 겁니다. 우선 내려
가서 쓰레기를 치우기로 했습니다. 집의 내부를 밖에다 흘리
고 온 것처럼 찝찝했으니까요. 남편과 옥신각신한 지 10분, 아
니 15분이나 지났을까요? 새로 종량제 봉투를 들고 내려가 보
니, 파헤쳐놓은 쓰레기는 어디론가 사라져 흔적조차 없었습
니다. 남편은 건물 뒤 화단 쪽으로 가보기도 하고, 이리저리
기웃거리며 쓰레기를 찾았습니다. 뛰는 것도 걷는 것도 아닌
어정쩡한 자세였지요. 저는 남편에게 쓰레기를 내다 버린 게
확실한가 물었습니다.

—내가 정신병자냐? 그건 틀림없이 우리 집 쓰레기였다
고!

—그렇다면 이건 범죄행위야.

—오버하지 마.

—당신이 탐정이라면, 누군가에 대해 조사해야 한다면? 뭘
뒤져보는 게 빠르겠어? 쓰레기를 보면 그 사람의 취향, 행적,
사생활이 다 드러나잖아. 이건 명백한 사생활 침해야. 신고해
야 해.

남편은 저를 말렸습니다. 이사한 첫날부터 이웃을 범죄자
취급해 소란을 피우면 앞으로 이 빌라에서 어떻게 편히 살겠
느냐고 말입니다. 사실 누가 그랬는지 알 수는 없습니다. 심증
은 있지만, 그건 어디까지나 심증이니까요.

그날 밤 쉽게 잠들지 못했습니다. 인터넷 검색창에 '사생활

침해' '쓰레기 뒤지기 범죄' '사생활 침해 민사' 이런 말들을 쳐보다 잠들었습니다.

며칠 뒤, 가구가 들어오는 날이었습니다. 오전 열한 시쯤 가구를 실은 차가 도착했습니다. 레인지 장은 3단짜리고, 소파도 2인용이라 부피가 크지 않았습니다. 승강기로 두 번만 옮기면 되었지요. 가구는 잘 옮겼습니다. 기사님께 수고하셨다고, 주스를 한 잔 따라 드리려는데 아래층에서 어떤 여자가 고함을 질렀습니다. "저거 짐! 저거 다 내리실 거예요?" 트럭에 실린 다른 가구들을 보고 하는 말 같았습니다. 저는 얼굴도 안 보이는 누군가를 향해, 그러니까 아래층에 대고 대답했습니다. "아닙니다!" 그런데 제 말이 안 들렸는지 아래에서 또 한 번 소리를 지르더군요. "아니 저거, 짐 다 내리실 거냐고요!" 어른이 아이를 혼내듯 엄하게, 못마땅하다는 듯 소리를 질렀습니다. 저도 불쾌해져 "아니! 아니라고!" 소리치듯 대답했습니다. 아래에서 문을 쾅 닫는 소리가 나더군요. 제가 잘못을 저지른 것도 아니고, 아래층에 집주인이 사는 것도 아닌데 왜 눈치를 봐야 하는지 화가 났습니다. 가구를 배송해준 기사님이 신발을 신으며 말했습니다.

—거참 인색하네요. 1층 게시판 보셨어요? 승강기로 짐을 옮길 때 돈을 내라고 쓰여 있던데요.

아저씨를 배웅한다는 핑계로 1층에 내려가 봤습니다. 게시

판에 커다란 정자체로, 그것도 빨간색으로 적혀 있는 글씨가
보였습니다.

이삿짐,
엘리베이터 이용 시 20만 원

어른 몇 명 합친 무게보다도 덜 나가는 짐을 한 번 옮긴다
고, 20만 원이나! 승강기는 하루에도 몇 번씩 오르락내리락하
는 거 아닙니까. 전기세? 그것도 관리비에 다 포함되어 있는
거고요. 그런데 게시판 맨 위쪽에 붙어 있어 제대로 보지 못했
던 글씨가 눈에 띄었습니다.

층간 소음이 심하니
조심합시다. 제발. 아래층도 생각해야죠.

또 이런 것도 있었습니다.

담배꽁초, 누가 버리는지 CCTV 까서 확인해볼까요?
벌금 한번 매겨볼까요?

글씨체에 표정 같은 것이 있을 리 없지만 히스테리와 악의
가 느껴지는 글씨였습니다. 담배꽁초 이야기보다 층간 소음

대목이 걸렸습니다. 402호 사람들이 관리하는 게시판일 텐데, 그들 입장에서 아래층이라면, 윗집은 우리 집 아니겠습니까? 미리 예민하게 굴 필요는 없다고, 스스로를 설득했습니다. 괜찮을 거라고요.

새로 산 소파를 마른걸레로 닦고 있을 때 초인종이 울렸습니다. 나가보니 50대로 보이는 여자가 서 있더군요. 네, 402호 여자였습니다. 붉은 뿔테 안경을 쓴 여자는 제가 인사를 건네기도 전에 대뜸 소리를 질렀습니다.

—아까 저에게 반말로 '아니라고!' 막, 이렇게 반말하셨어요?

저는 무슨 소리인지 모르겠다는 듯 눈을 동그랗게 뜨고 시치미를 떼었어요.

—내가 분명히 들었는데, 아까 아니라고! 어? 아니라고! 이렇게 반말했잖아요.

여자는 염탐하듯 집 안쪽을 흘깃거리며 말했습니다. 그때 생각이 들었습니다. 보아하니 402호 사람들, 무식하고 막무가내이고 말이 안 통하는 사람들 같은데 다른 것으로 좀 눌러줘야겠다, 이런 생각이 든 겁니다. 저는 그들에게 없는 것, 좀 더 힘이 세고 우아한 것을 무기로 꺼내 들기로 했습니다. 바로 '교양과 여유' 말이지요.

—402호에 사시는 선생님이시군요? 안녕하세요? 인사가

늦었습니다. 저는 엊그제 이사 온 사람이고요. 번역 일을 하고 있습니다. 저희가 이사하면서 뭔가 불편하게 하고, 심려를 끼쳐드렸다면 송구합니다. 진작 떡이라도 돌리며, 정식으로 인사드렸어야 하는데 일이 많아 예의를 차리지 못했네요.

가슴에 손을 얹고 목례를 하며, 최대한 목소리를 낮춰 말했습니다.

─오해가 있었나 봐요. 유감스럽지만 저는 아까 통화를 하고 있어서요. 제가 어떤 말을 했는지 기억이 나지 않네요. 고의가 아니었으니 괘념치 마세요.

402호 여자는 제 얼굴에 점이 몇 개인지 세어보기라도 할 것처럼 뚫어지게 바라보더니, 애는 없냐고 물었습니다. 애는 없다는 말을 듣자마자, 여자는 등을 돌려 내려갔습니다.

다음 날, 402호 여자가 또 벨을 눌렀습니다. 남편은 출근하고, 저는 청소기를 돌린 뒤 책을 보고 있었습니다.

─저희 집에 한번 와보실래요?

402호 여자가 말하더군요.

─지금요? 왜 그러시죠?

─한번 와서 들어봤으면 좋겠네. 정말이지 너무나!

한 호흡 쉬고는 이렇게 덧붙였어요.

─시끄러워요.

─저희 집엔 그렇게 시끄러울 일이 없는데. 무슨 소리가 그

그들은 내게 속하고 나는 그들에게 속하고

렇게 크게 들리시는지…….

—그게 궁금해서 왔잖아요. 뭐 때문에 이렇게 시끄러운지.

우리는 서로를 노려보았습니다. 섣불리 사과하고 싶은 생각은 없었습니다.

—사람 사는 집이 쥐 죽은 듯 조용할 수 있나요? 무슨 소리가 들려 봤자 생활 소음일 텐데. 무척 예민하다 하시니, 알아는 두겠습니다.

—우리 남편이랑 딸이랑 나랑, 그러니까 우리는 셋 다! 장수술을 한 사람들이에요. 셋 다! 몸이 지독히 안 좋아서, 우리는 집에 있을 때 셋 다! 항상 누워 있어요. 셋이 나란히, 누워 있다고요. 알기나 해요? 게다가 우리 애는 불치병에 걸렸다고요.

—불치병이요?

—골수암이에요.

여자는 마치 너희 집엔 이런 거 없지, 하며 자랑이라도 하듯 턱을 내밀며 '골수암'이라고 강조하더군요. 그 집의 초등학교 5학년 딸이 골수암을 앓고 있다는 것은 몰랐습니다. 머리가 아프더군요.

—이런 말까지는 안 하려고 했는데. 전에 이 집에 태권도 관장이 살았어요. 밤마다 사람들을 데려와 어찌나 시끄럽게 술을 마시는지. 밑에 사는 아픈 사람들은 생각도 안 하고. 많이 싸웠어요. 그 사람 웃통 벗고 우리 집에 내려와 1.5리터짜

리 생수통 알죠? 그걸 방바닥에 두드리며 소리 지르고 난리를 치며 싸웠어요. 뭐, 우리 남편도 보통이 아니니까. 서로 안 좋다가 결국, 그 양반이 이사 갔습니다! 세 든 것도 아니고 자기 집이었는데, 갔어요.

이런 얘기를 왜 하는 거겠어요? 저 들으라고, 앞으로 조심하라고, 너네도 쫓겨날 거라고 협박하는 거겠지요. 불쾌했습니다. 동시에 아, 된통 걸렸구나! 생각했습니다. 402호 여자는 자기들 세 식구는 너무나 예민한 사람들이니, 제발 조용히 살자는 말을 한 번 더 하고 돌아섰습니다. 자다 올라왔는지, 여자의 뒤통수가 납작하게 눌려 있었습니다.

저는 머리를 쥐어뜯으며 후회했습니다. 이사를 잘못 왔다, 집을 잘못 골랐다 싶었거든요. 그러니까 402호 남자가 이상한 말을 하고 내려간 이사 첫날부터요. 쓰레기가 봉투 밖으로 다 꺼내져 있던 첫날부터 불길한 느낌은 있었습니다. 그렇지만 생각을 입 밖으로 표현하는 순간 내 잘못된 선택이 드러나고, 불행이 기정사실화될까봐 아닌 척 누르고 있었던 거지요. 이건 현실이야. 정신병자 같은 이웃을 만난 거야. 다시 이사를 해야 하나, 고민하다 친구에게 전화를 걸었습니다. 제 하소연을 듣고 친구는 별일 아닌 듯 웃어 젖혔어요.

—너무 예민하게 생각하지 마. 요새 층간 소음 안 겪고 사는 사람이 어디 있냐? 며칠 전 우리 아랫집에서도 시끄럽다고

인터폰 했어. 영주가 놀러 와서 술 마시고 노래 불렀거든. 요새 사람들 쩨쩨해. 이게 다 사는 게 팍팍해서 그렇다니까. 네가 이해해.

전화를 끊으려는데 친구가 재빨리 덧붙이더군요.

—어제 뉴스 보니까 층간 소음 때문에 칼에 찔린 모녀 얘기 나오더라. 피 칠갑한 채 거리로 뛰쳐나왔대. 근데 일본 이야기야, 일본! 그 나라는 원래 좀 과격하잖아?

이런 말을 위로라고 듣고 나서 전화를 끊었습니다. 두통이 심해져 아스피린을 한 알 삼키고 잠들었어요.

낮잠을 오래 자는 바람에 저녁 준비가 늦어졌습니다. 식전에 토마토 주스를 만들어 먹으려고 믹서기를 돌리고 남편에게 주스를 건네는데, 별안간 위에서 벼락 치는 소리가 났습니다. 제 머리 바로 위에서요. 우리는 얼어붙은 채 서로를 바라보았습니다. 거대하고 묵직한 것이 쪼개지는 소리에 어깨가 절로 움츠러들었어요. 천장에 금이라도 가지 않았는지 눈을 치켜뜨고 살펴보았습니다. 소리는 한 번으로 그치지 않았고 두 번 더 이어졌습니다. 저는 자리에 주저앉았습니다. 남편은 천장을 노려봤어요. 몇 분간 둘 다 꼼짝 않고 있었습니다. 충격에서 벗어나자 불쾌했습니다. 누가 위에서 바닥을 향해 돌덩이를 내려치고 있다고 생각해보세요. 아, 그건 분명히 돌덩이를 내리치는 소리 맞습니다. 옥상에 커다란 돌이 두 개 있었거든요. 바지랑대를 받쳐놓는 돌이요. 수박만 한 크기의 돌인데, 분명히 그 돌을 내리치는 소리였습니다.

—402호 남자야.

남편이 말했습니다.

—여자일지도 몰라.

남편이 퇴근하고 들어오는 길에 1층에서 402호 남자를 만났다고 하더군요. 너무 시끄러워서 살 수가 없으니 좀 조용히 해달라고 말했답니다.

—아무래도 잘못 걸린 것 같아.

—지금 와서 그런 얘기가 무슨 소용이야. 어떻게 대처하느냐가 중요하지.

낮에 402호 여자가 왔다 간 일이며, 전에 살던 태권도 관장이 싸우고 이사를 갔다는 얘기를 남편에게 해줬습니다.

—소음 측정기를 사자. 도대체 소음이 얼마나 들리는데 저 난리인지, 측정해서 보여주자고.

남편의 말에 저는 코웃음을 쳤습니다.

—그게 뭐가 중요해? 저 사람들은 소음 수치가 궁금한 게 아니라고. 그냥 정신병자들 같아. 셋 다 아프대. 아프다는 핑계로 드러누워, 윗집에서 무슨 소리가 들리지는 않는지, 물어뜯고 싸울 일이 언제 생기는지만 관찰하는 미친놈들 같단 말이야.

—그러니까 소음 측정기로 재서 보여주자고. 논리적으로

그늘은 내게 속하고 나는 그늘에게 속하고

반박해야지.

　—논리가 통하지 않는 사람들이라고. 전에 살던 사람을 이사하게 만들었다니까?

우리는 감정이 상할 정도로 다퉜습니다. 그 와중에 속삭이는 소리로 싸웠습니다.

인터넷으로 소음 측정기를 검색하는 남편에게 다가가 말했습니다.

　—이 사람들은 세게 나가면 세게 나갈수록 전투력이 상승하는 인간들 같아. 내가 해결할게.

이사하고 한동안 우리 부부는 사이가 안 좋았습니다. 작은 일에도 눈을 흘기며 다퉜고, 문제가 생기면 서로를 원망했고, 의지하지 않고 의심했습니다. 혹시 소리라도 들릴까봐 부부 관계도 피했습니다. 관계를 하려고 할 때마다 아래에서 위를 노려보며 누워 있을 세 식구가 떠올랐습니다. 저는 도저히 할 수 없다고 남편을 밀쳐냈습니다. 우리는 등을 맞대고 누워 어둠을 노려보다 잠들었습니다.

돌벼락을 맞은 다음 날, 저는 사과 세 개를 접시에 받쳐 들고 아래층으로 내려갔습니다.

　—저희 남편도 소음 얘기를 듣고 해서, 사과하려고 내려왔어요. 요즘 지어진 집들이 대부분 문제가 많잖아요. 제대로 지을 틈도 없이 대충 공사를 마무리하니까, 방음도 안 되고요.

저희가 시끄럽게 했다면 정말 죄송합니다.

402호 여자는 사과를 받아 들고 어정쩡한 자세로 서 있었습니다. 반바지를 입었는데, 다리가 퉁퉁 부어 코끼리 다리 같아 보였습니다. 그전에는 긴 치마를 입어 몰랐거든요. 어디가 아프긴 아픈가 보다 생각이 들었습니다. 402호 남자는 집에 없고, 골수암에 걸렸다는 딸은 슬그머니 나와 보고는 인사도 않고 방으로 들어갔습니다. 집은 깔끔하고 정리가 잘되어 있었는데 좀 음침해 보였습니다. 조도는 낮고, 습도는 높은 집이었어요. 얘기를 마치고 돌아갈 때 괜히 제 옷이 꿉꿉하게 느껴졌던 게 기억납니다. 제가 공손한 태도로 사과의 뜻을 전하자 402호 여자가 조금 높은 톤으로 이야기하더군요.

―저희가 좀 예민한 건 있어요. 그런데 어쩌나요. 위에서 오줌 누는 소리, 양치하는 소리도 또렷이 들리는걸요. 사실 저요, 워낙 예민해서 오줌 방울 소리만 듣고도 오줌 누는 사람이 남자인지 여자인지 알 수 있거든요.

이때가 좀 고비였습니다. 그런 건 관심을 갖고 듣지 않는 한 무감하게 넘어가는 일 아닌가요? 신경을 써서 들으니까 남자가 누는지, 여자가 누는지 생각하고 있는 거지요. 아, 그러면 이제부터 저희가 오줌을 가능한 한 조용히, 조신하게 싸겠습니다, 할 수는 없지 않겠습니까?

괜찮았습니다. 사과를 들고 굽신거린 뒤로 평안한 날들이

그들은 내게 속하고 나는 그들에게 속하고

이어졌습니다.

저는 청소기 대신에 밀대에 부직포를 붙여 소음 없이 청소할 수 있는 도구를 이용했고, 믹서기 사용을 자제했습니다. 마트에서 소음방지용 매트를 사다 깔았습니다. 남편에겐 오줌을 눌 때 소리가 덜 나도록, 앉아서 볼일을 보라고 시켰습니다. 큰 소리로 웃거나 떠들지 않도록 주의했습니다. 가끔 바닥에 귀를 대고 누운 남편을 발견하기도 했습니다.

—뭐 하는 거야?

—아랫집에서 무슨 소리가 들리는 것 같아서.

—미쳤니? 제발 상식적으로 살자, 응?

어느 날부터 남편은 이상한 소리를 했습니다.

—들어보라고. 진짜라니까. 누가 은박지 같은 것을 자꾸 살살, 벗기는 소리가 난다고. 살살. 은박지 같은 걸 찢는 소리.

남편이 아랫집 사람들처럼 이상해지는 게 아닐까 걱정했지만, 신경 쓰지 않았습니다. 소리를 내지 않으려고 조심하다보니 너무 예민해진 거라고 생각했어요.

일요일 오후, 점심으로 라면을 끓여 먹고, 모처럼 한가하게 남편과 텔레비전을 보며 웃고 있었습니다. 별안간 또 소리가 들리는 거예요. 천장에서! 이번에는 주먹만 한 자갈돌을 떼굴 떼굴 굴리는 소리 같은 게 들렸습니다. 크고 작은 돌들을 누가 이쪽에서 저쪽으로, 자꾸만 굴리는 거예요.

—나, 이렇게는 못 살겠어.

저는 얼굴을 두 손으로 감싸 쥐며 울먹였습니다.

—402호 이 정신병자들을!

남편도 벌떡 일어나 씩씩댔습니다.

—내가 그렇게 자존심을 굽히고, 굽신거렸는데 너무하는 거 아니야? 이러다 천장이 무너지겠어.

위에서는 작은 돌들이 쉬지 않고 우르르, 우르르 굴러다니는 소리가 났습니다.

—도대체 우리가 뭐가 그렇게 시끄럽다는 거야? 자기네는 은박지를 벗기는 소리, 한밤중에 꺼억꺼억 트림하는 소리, 방귀 소리, 별 이상한 소리도 다 내면서! 내가 못 참겠는 소리들!

—별 이상한 소리라니?

남편은 방으로 뛰어들어 가더니 소음 측정기를 들고 나왔습니다.

—그거 샀어? 언제? 내가 사지 말라고 했잖아.

남편은 의자 위로 올라가더니 천장 가까이에 소음 측정기를 가져다 대며 중얼거렸습니다. 말을 안 해서 그렇지 요새 아랫집에서, 옆집에서, 때로는 어디에선지 방향을 짚어낼 수 없는 곳에서 이상한 소리가 들려서 미치겠다고 말했습니다.

—개가 헉헉거리는 소리, 지포 라이터를 자꾸 열었다 닫았다 하는 소리가 들려. 아니, 그건 어쩌면 발톱 깎는 소리인지

그들은 내게 속하고 나는 그들에게 속하고

도 모르지. 또 발톱을 깎다가 튕겨 날아가는 소리도 들린다고. 전동칫솔 소리 있지? 그건 정말 사방에서 들려. 아니 어쩌면 전기면도기일지도 몰라. 수챗구멍 청소하는 소리, 그거 되게 시끄러워. 화장실에서 자주 들리는데 당신은 몰랐어? 어젯밤에는 누가 고장 난 기타를 튕기는 소리가 들렸다고. 댕, 댕 울리는 소리 때문에 자다 깰 정도였어. 이게 다 402호 때문이야.

—여보, 제발 조용히 좀 해. 조용히 말하라고!

남편의 말을 듣고 있기가 힘들었습니다. 천장 위에서는 아직도 작은 돌들이 사방으로 굴러다니는 소리가 계속되고 있었거든요.

—이제 겨우 괜찮아졌다고 생각했는데. 평화가 왔다고 생각했단 말이야.

정말 울고 싶었습니다.

—가만있어봐. 이 미친 새끼를 내가…….

남편은 옥상으로 올라갔습니다. 뒷모습이 결연해 보였습니다.

—여보, 흥분하지 마! 그들은 미쳤다고!

남편이 올라가고 얼마 후, 돌 굴러다니는 소리가 멈췄습니다. 드디어 402호 남자와 한판 붙었겠구나. 올라가 봐야 하나. 경찰에 신고를 해야 하나. 휴대전화를 쥐고 어쩔 줄을 몰라 하며 서성였습니다. 더는 기다리지 못하고 올라가 보려는데 남편이 문을 열고 들어왔습니다. 표정이 묘했어요. 웃는 것 같기도 하고 우는 것 같기도 하고, 간지러움을 참는 것 같은 표정이기도 했습니다.

—402호가 뭐래?

—402호가 아니었어. 501호야.

—501호? 501호가 우리한테 시끄럽대?

—그런 게 아니라 501호 아들 둘이 롤러스케이트를 타고 있더라고. 참 어이가 없어서…… 내가 애 아빠한테 주의를 줬어. 자갈 굴러가는 소리가 들려 살 수가 없으니, 옥상에서 못 타게 하라고.

남편은 방으로 들어가 문을 닫았습니다.

그날 밤 자려고 누웠습니다. 그런데 제 귀에도 소리가 들리는 겁니다. 어디선가 은박지를 삭삭, 벗겨내는 소리요. 누군가 자꾸 불규칙적으로 사그락사그락 은박지를 벗기는 소리가 자꾸만, 들리는 거예요. 사실 조금 전에도 들렸는데 못 들으셨어요? 이 소리는 도대체 어디서 나는 걸까요? 빌라 전 층을 돌아다니며 물어봤는데 아무도, 은박지 같은 것은 벗긴 적이 없다는 거예요. 402호 같기는 한데, 어쩌면 501호일지도 모르고요.

남들이 못 보는 것

송 섬

1995년생. 2022년 〈박지리문학상〉 등단. 장편소설 『골목의 조』.

어렸을 때부터 나는 남들이 보지 못하는 것을 보곤 했다.

최초의 기억은 다섯 살 무렵의 일이다. 나는 혼자 집을 보는 중이었다. 때는 늦은 오후—공기는 무겁고, 집 안 깊숙이 파고드는 햇볕은 거실 바닥에 오렌지색 빛 웅덩이를 그리며, 오래된 선풍기는 입김 같은 바람을 불어대는 여름날 오후—, 더위와 지루함의 시간이었다. 나는 텔레비전 채널을 몇 바퀴 돌려보다가 그대로 드러누워버렸다. 시계의 짧은바늘이 8을 가리키면 엄마가 온다는 사실은 알고 있었으나 그것은 5와 6 사이에서 움직일 줄을 몰랐다.

그때 소파 밑에 있던 언니가 물었다.

애, 심심하니?

나는 흠칫 놀라 고개를 끄덕였다. 언니가 내게 말을 건 것은 처음이었다. 소파 밑에 엎드려 있는 것을 종종 보긴 했지만, 한 번도 말을 건 적은 없었다. 언니는 소파나 마찬가지로 조용했다. 언니는 빙긋 웃더니 소파 밑에서 얼굴만 빼꼼 내밀었다.

저녁이 되어 돌아온 엄마는 하루 종일 뭘 했냐고 물었다. 소파 밑에 사는 언니랑 놀았어, 나는 신이 나서 설명했지만 엄마는 잘 알아듣지 못했다. 얼굴이 하얗게 질려 이것저것 묻더니 밖에서는 절대로 그런 말을 하지 말라고 당부할 뿐이었다 (소파 밑 언니는 조금 슬픈 표정을 지었다). 그리고 그 주 일요일부터 엄마는 나를 교회에 보내기 시작했다. 십일조를 낼 수 없어 금방 그만둬버리기는 했지만.

아무튼 내 눈에 보이는 것이 전부 산 사람은 아니라는 사실을 그즈음 알게 된 것 같다.

유령을 보는 일 자체는 별로 힘들지 않았다. 이따금 책상 밑에 앉아 있거나 창문 너머로 불쑥 얼굴을 내미는 유령을 보고 깜짝 놀랄 때도 있지만 그뿐이다. 사실 대부분의 유령들은 평범한 사람과 별반 다르지 않다. 눈에 띄는 차이라면 몸의 가장자리가 약간 흐릿하고 그림자가 없다는 점 정도일까. 어쨌든 그들도 전에는 평범한 사람이었던 것이다. 아주 가끔은 도저히 눈 뜨고 봐줄 수 없는 꼴을 한 유령도 있긴 하지만, 그건 특수한 경우라고 봐도 될 것 같다.

유령과 사람을 구별하는 것은 외모보다는 오히려 행동이

다. 유령들은 대체로 한자리에 가만히 있는다. 혹은 같은 동작을 하염없이 반복하기도 하는데, 그런 경우엔 어떤 생각에 푹 빠져 있는 것처럼 보인다. 그러니까 몇 시간이고 화단 사이에 서 있거나, 하염없이 횡단보도 위를 왔다 갔다 하는 것은 보통 유령이다. 사람에게 말을 거는 일은 거의 없고, 보통은 쳐다보지도 않는다. 애초에 관심이 없는 듯하다. 산 사람에게 죽음이란 사건이지만, 죽은 이에게 그것은 상태니까.

그러나 아주 가끔씩, 자기를 볼 수 있는 사람에게 달라붙는 유령도 있다. 내 경험상 죽은 지 얼마 안 된 유령들이 대체로 그렇다. 내가 뭔가 해주기를 바라는데, 뭘 원하는 것인지 그들도 잘 모른다. 유령으로 지내야 할 상황에 처해 당황한 것일까 싶다.

이를테면 이 여자 유령이 그렇다.

나는 버스 안의 전광판을 힐끔 확인하고 창밖으로 시선을 돌렸다. 집까지는 이제 열 정거장쯤 남아 있었다. 유령은 나를 빤히 바라보는 중이었다. 최대한 모른 척하려 애쓰고는 있지만 얼굴에 닿는 시선이 따가웠다. 젊은 여자 유령. 회사원이었던 건지 깔끔한 정장 차림이다. 유령에게는 필요 없을 가방도 하나 가지고 있다. 아마 죽은 지 얼마 되지 않았을 것이다. 몸 전체가 묘한 분홍빛을 띠는 것 외엔 산 사람과 거의 다를 바가 없다.

언제였을까? 잠시만요, 하고 말하며 자리를 비집고 앉았을 때? 아니면 하차벨을 누르려는 줄 알고 힐끔 쳐다보았을 때? 아니야, 됐어. 그런 건 아무래도 상관없다. 중요한 건 이 유령은 내가 자기를 볼 수 있다는 걸 알아버렸다는 사실이다. 그리고 아예 이쪽으로 몸을 돌리고 앉아 간절한 눈빛을 보내는 중이다. 매우 곤란한 상황이다. 나는 창밖에 시선을 고정한 채 가방을 더듬었다. 이어폰이라도 꽂고 있자.

「너, 내가 보이지?」

유령이 으스스한 말투로 물었다. 나는 모른 척 이어폰을 찾아 꼈다. 그러나 유령은 다 안다는 듯 씨익 웃더니 내게 더 바싹 붙어 앉았다. 쳐다보지 않아도 유령의 얼굴이 바로 옆에 있다는 것이 느껴졌다.

「너, A여고 다니지? 노란색 명찰을 보니 3학년일 테고. 나도 그 학교 나와서 잘 알거든. 졸업한 지 벌써 9년이나 됐지만 말이야. 이 시간에 집에 가는 거 보니 보충수업 했니? 아니면 야자?」

유령이 신나게 떠들었다. 나는 이어폰을 빼지 않고 창밖만 하염없이 바라보았다. 간간이 전광판을 곁눈질하며 몇 정거장이나 남았는지 확인했다. 유령은 아랑곳 않고 말을 이었다. 너 말이야, 그냥 죽는 게 어떻겠니?

「내 말 좀 들어보렴. 죽는 건 생각보다 나쁜 일이 아니야. 이왕이면 일찍 죽는 게 마음도 편하고 몸도 편해. 나만 해도

남들이 못 보는 것

꽤나 일찍 죽은 편이지만, 누가 이걸 알려줬다면 훨씬 더 일찍 죽어버렸을걸. 왜 진작에 죽지 않았나 후회가 될 지경이라니까. 얘, 너 입시 스트레스 심하지? 부모든 선생이든 하루 종일 공부만 하라고 몰아붙이지? 지금 하는 공부가 네 인생을 통째로 바꿔줄 거라고 입버릇처럼 말하지? 그런데 사실을 말하자면 그렇지도 않단다. 인생은 출발선에서부터 이미 결정이 된 시합이거든. 서울대라면 또 모를까 좀 좋은 대학에 가는 것 정도로는 어림도 없어. 오히려 더 안 좋을지도 몰라. 네 부모님이 등록금 내줄 형편이 안 되면 빚을 안고 시작해야 하니까. 네 꼴을 보아하니 형편이 좋지는 않은 것 같구나. 남들 다 갖고 있는 에어팟 하나 없구. 응?」

나는 입술을 자근자근 씹으며 창밖만 내다보았다. 휙휙 지나치는 가로수를 헤아리며 집에 도착하기만을 기다렸다. 여러 유령을 만나보았지만 다짜고짜 죽으라고 부추기는 유령은 처음이었다. 대답은커녕 눈길조차 주지 않았지만 유령은 별로 신경 쓰지 않는 듯했다.

「너 아무것도 안 듣는 거 다 알아. 이어폰만 꽂고 음악 트는 기색도 없던데 뭐. 얘, 내 말 좀 들어봐. 죽으면 말이야…….」

버스에서 내려 집까지 걸어가는 동안에도 유령은 나를 따라오며 떠들어댔다. 길가에 있는 모든 것이 그에게는 죽어야 하는 이유로 보이는 듯했다. 나는 이어폰으로 귀를 틀어막은 채 묵묵히 걸었다.

「참 거지 같은 동네네. 어휴, 저 꼬부랑 할머니 좀 봐. 저렇게 늙어서도 먹고살아야 하니 폐지를 줍고 다니네. 저러면 얼마나 번다고……. 얘, 살아 있으면 너도 언젠간 저렇게 늙는단다. 얼마나 지겹고 구질구질하니? 까딱하면 너도 꼬부랑 할머니가 되어서까지 리어카를 끌어야 하는 거야. 저 할머니는 뭐 젊을 때 열심히 안 살았겠니? 누구보다 열심히 살았을걸. 그냥 운이야 운. 너는 이미 운이 안 좋은 동네에 태어났고. 저기 저 아파트 보이니? 저게 몇십억이나 하는지 알아? 너는 이런 거지 같은 동네에 살지만, 누구는 저런 집에서 태어나서 죽을 때까지 이런 덴 와보지도 않을걸. 참 불공평하다고 생각하지 않니? 응? 죽는 게 낫겠지.」

"제발 조용히 좀 해요."

집 앞까지 왔을 때 나는 도저히 참지 못하고 유령에게 말했다. 그러나 실수였다. 유령은 내가 반응하자 더욱 신이 나서 얼굴을 들이밀었다.

「신난다! 너 정말 내가 보이는구나? 한 번을 쳐다보지도 않길래 내가 사람을 잘못 봤나 했네. 그럼 너 내가 하는 말 전부 들었지? 응? 죽을 생각이 좀 드니?」

"전 죽을 생각 없어요. 도대체 왜 이러시는 거예요?"

「거짓말. 너도 죽고 싶잖아. 나는 표정을 보면 딱 알아. 네가 버스에 탔을 때부터 알았단다.」

남들이 못 보는 것

말이 통하는 상대가 아니었다. 어쩌다 이런 유령한테 걸린 걸까, 한숨을 푹 내쉬며 열쇠로 문을 열었다. 집 안에는 아무 도 없는지 불이 다 꺼져 있었다. 나는 바로 방으로 들어가 컴 퓨터 전원을 넣고 교복을 갈아입었다. 그사이 집 안을 슬쩍 둘 러본 유령이 또 조잘거렸다.

「참 구질구질한 집이네. 너 생각보다 더 가난한 집 애구나? 어쩐지 얼굴에 그늘이 가득하더라니. 내가 너라면 그냥 미련 없이 죽어버리겠어. 컴퓨터도 되게 오래된 거네.」

오래되긴 했지. 초등학교 때 산 거니까. 물론 새 컴퓨터가 있으면 좋겠지만, 그게 죽어야 할 이유는 되지 않는다. 그러나 이렇게 말해봤자 유령은 들은 척도 하지 않을 게 뻔했으므로 나는 아무 말도 하지 않았다. 시계를 보니 벌써 아홉 시였다. 그러고 보니 배가 고픈 듯했다. 뭔가 좀 먹어야겠다고 생각하 고 거실로 나가 냉장고를 열었다. 냉장고엔 달걀과 김치뿐 당 장 집어 먹을 만한 건 없었다.

「역시나 구질구질한 냉장고네.」

유령이 냉장고 문 사이로 얼굴을 쑥 들이밀며 조롱했다.

다음 순간, 픽 하는 소리에 놀라 뒤돌아보니 아빠가 서 있 었다.

나는 얼얼한 뒤통수를 붙잡고 흠칫 뒤로 물러났다. 아빠에 게서는 술 냄새가 났다. 낮에 술을 마시고 잠들어 있었던 모양이다. 집이 어두워서 아빠가 있다는 사실을 몰랐던 것이다. 유령도 깜짝 놀랐는지 입을 다물었다.

"넌 집에 왔다고 인사도 안 하냐?"

아빠가 말했다.

"아빠 계신지 몰랐어요."

내가 말했다.

"현관을 보면 딱 알잖아. 멍청하긴. 네 엄마 어디 갔어?"

"엄마 일 아직 안 끝나서……."

"똑바로 말 안 해? 답답해가지고."

아빠가 손을 들어 나를 위협했다. 나는 눈을 질끈 감고 몸을 움츠러뜨렸다. 실제로 손이 날아오지는 않았다. 그냥 위협하는 제스처일 뿐이었다.

"야, 핸드폰 가져와. 엄마한테 전화 걸어봐."

아빠가 말했다.

"저 핸드폰 고장 났어요. 액정 깨져서 전화는 못 걸고 받을 수만 있어요. 그리고 엄마 아직 일이 안 끝나서 아마도……."

"이게 어디서 따박따박 말대꾸야?"

아빠가 목소리를 높였다.

"대체 가정교육을 어떻게 시킨 건지. 지 어미가 밖으로만 돌아서 그런가. 야, 슈퍼 가서 소주 두 병 사 와."

"슈퍼에서 이제 외상 안 된다고……."

"사 오라면 사 와!"

　　　　　　　　　남들이 못 보는 것

아빠가 소리쳤다. 더 이상 말하면 안 될 것 같아 나는 쏜살같이 현관을 빠져나왔다. 유령도 쫓아 나왔다.

슈퍼에 갔다 돌아오니 아빠는 거실에서 자고 있었다. 차라리 다행이었다. 나는 소주를 냉장고에 넣어두고 조용히 방으로 들어갔다. 컴퓨터 앞에 앉아 스피커를 죽인 채로 게임을 했다. 컵라면이라도 먹고 싶었지만, 괜히 부스럭거리지 않는 편이 좋을 것 같아서 참았다.

게임하는 내내 유령은 옆에서 재잘거렸다. 아빠에게는 제 목소리가 들리지 않는다는 걸 알면서도 속삭이는 투였다.

「너는 정말 그냥 죽는 게 낫겠다. 가난한 집구석에 알코올 중독 아빠라니. 이렇게 암담한 인생이 어디 있을까. 네 인생이 앞으로 어떻게 돌아갈지 나는 안 봐도 다 알 것 같아. 왜냐하면 나도 다 겪어봤거든. 나는 말이지, 대학까지 나와서 2년을 놀았어. 남들처럼 바로 취업하고 싶었지만 나를 뽑아주는 회사가 없었거든. 스펙도 부족하고, 토익 점수도 부족하고, 경력도 부족하다나. 그래서 그거 만드느라 2년 걸린 거야. 그런데 이번에는 뭐라고 하는지 아니? 애매하대. 스펙도 애매하고, 토익도 애매하고, 경력도 애매하대. 나이도 많은데 왜 여태 아무것도 안 하고 놀았냐면서 사람을 막 몰아붙이더라니까. 그다음엔 공무원 시험으로 눈을 돌려서 3년을 허비했어. 그런데 번번이 낙방이야. 딱 한 번은 면접까지 갔는데 미흡으로 탈락

했고. 그렇지만 고마운 점도 하나 있어. 면접에서 떨어진 날 죽었거든. 얘, 내가 죽고 나서 제일 먼저 날 발견한 사람이 누구인지 알아? 원룸 주인아줌마야. 방 안에서 담배 피우지 말라고 시비 걸러 왔다가 내가 죽은 걸 본 거야. 날 딱 보자마자 이러더라. 재수가 없으려니—. 그런데 내가 태어났을 때 맨처음 들은 말도 그거거든. 계집애라니, 재수가 없으려니—. 사람 죽은 방이라고 굿을 한다는데, 그 무당인가 하는 사람이 어찌나 바쁜지 예약이 꽉 차 있대. 웃기지? 그래서 내 방은 아직 치우지도 않았어. 아, 그래. 너 죽을 곳이 없으면 내 방에 가서 죽어라. 이문동 126-39번지, 비밀번호도 그대로야. 번개탄이랑 청 테이프를 사다가 창문을 다 막은 다음에…….」

다음 날 등굣길에도 유령은 나를 따라왔다.

유령의 레퍼토리는 어제와 거의 같았다. 나는 가난하고, 미래는 암담하고, 그것은 절대 바뀌지 않을 테니 그냥 죽는 것이 낫다는 소리였다. 거기에 아빠의 알코올중독까지. 학교에는 다른 유령이 몇 명 더 있었지만 유령은 내게만 달라붙었다. 어찌 된 것이 유령들은 서로를 알은체하지 않는다. 누구나 죽으면 영원히 혼자인 걸까.

오늘은 모의고사 날이었다. 시험을 망치면 내가 순순히 죽을 것이라고 생각했는지 유령은 쉴 새 없이 조잘거렸다. 시끄러운 노래를 부르고, 미래에 대해 경고하고, 시험지를 들여다

남들이 못 보는 것

보며 잘못된 답을 짚어주기도 했다. 대체로 참을 만했지만 영어 듣기 평가를 볼 땐 정말로 방해가 되었다. 할 수만 있다면 입을 틀어막아 버리고 싶을 정도로.

시험은 그럭저럭 보았다. 문제는 3교시가 끝난 쉬는 시간에 일어났다. 가채점을 마치고 화장실에 갔다가 생리가 시작되었다는 사실을 알아차렸다. 일단 휴지로 응급처치를 하긴 했으나 생리대는 없었다. 유령은 화장실 칸 안까지도 따라왔기 때문에 내 사정을 금세 눈치챘다.

「너 생리대 살 돈 없지?」

아니나 다를까 유령은 야비한 미소를 지으며 물었다.

"돈 있어."

나는 얼굴을 찌푸리고 조그맣게 말했다. 그러나 돈은 엄마가 아침에 식탁에 올려두고 간 2천 원뿐이었다. 학교 자판기에서 뽑는다고 쳐도 겨우 네 개. 일주일을 버티기엔 턱없이 부족했다.

불안한 기분으로 4교시 시험을 치른 후 나는 보건실로 향했다. 생리대를 얻으러 왔다고 하자 보건 선생님은 별말 없이 생리대 두 개를 쥐여주었다. 두 개로 어쩌라고? 유령은 불만이라는 듯 옆에서 꿍얼거렸다. 그러고는 얼른 표정을 바꾸어 싱긋 웃었다.

「역시 죽는 게 낫지 않겠니?」

학교가 끝난 뒤 전단지 아르바이트를 하러 갔다. 집 근처 헬스장에서 전단지를 받아 옆 동네 대단지 아파트로 갔다. 300장 돌리면 만 5천 원을 주는데, 아파트 공동현관 근처에서 서성거리다가 주민이나 택배기사 아저씨가 들어갈 때 얼른 뒤따라가는 것이 요령이다. 운이 나쁘면 몇십 분씩 기다려야 하는 날도 있다.

한창 전단지를 붙이며 계단을 내려가던 중 아래층에서 도어록 소리가 들렸다. 나는 계단 중간에 서서 잠시 기다렸다. 전단지를 붙이던 중에 집주인과 마주치면 좀 곤란해진다. 학생이 아르바이트를 한다고 좋게 봐주는 사람도 있지만, 화를 내는 사람도 더러 있다. 나는 올라오는 엘리베이터 소리를 들으며 창문 밖을 내다보았다. 평소 같으면 얼른 뛰어내리라고 부추길 타이밍이었으나 유령은 생각에 잠긴 듯 말이 없었다.

「너 말이야, 공부는 안 하니?」

유령이 물었다. 갑자기 이게 무슨 소리람?

「오늘 모의고사 가채점하는 거 봤는데, 너 생각보다 공부 잘하더라. 딱히 학원도 안 다니는 것 같던데 말이야.」

"학교 수업은 열심히 들어."

나는 아래층에 들리지 않도록 조그만 목소리로 말했다.

「학교 수업으로 돼? 요즘은 초등학생들도 학원 두세 개씩 다니던데. 너 3학년 맞지? 공부는 언제 해? 어제도 새벽 늦게까지 게임하다 잤고, 오늘도 전단지 아르바이트나 하고 있잖아.」

"학원 다닐 돈 없어. 그리고 더 공부할 필요도 없고. 난 간호대에 갈 거라 이 정도만 해도 안정권이야."

「간호사가 꿈이야?」

"딱히 그런 건 아니지만 간호대를 졸업하면 바로 일할 수 있고, 돈도 꽤 버니까. 그럼 집 구해서 엄마랑 따로 나가 살 거야."

「간호대라⋯⋯. 성적이 아깝네. 나라면 좀 더 노력해서 의대를 목표로 할 텐데. 너 의사 되면 이 아파트에 살 수도 있어.」

"언제는 죽으라며?"

나는 얼굴을 찌푸리고 물었다. 유령은 자기가 무슨 말을 하고 있었는지 문득 알아차리고 화들짝 놀랐다. 당황해서 횡설수설하는 유령을 내버려두고, 나는 스카치테이프를 떼며 계단을 내려가기 시작했다.

오늘따라 아파트 건물을 들락거리는 사람이 많아서, 한 시간 반 만에 전단지를 다 돌릴 수 있었다. 운이 좋은 날이었다. 그러나 너무 빨리 돈을 받으러 가면 전단지를 버렸다고 의심할 테니 적당히 시간을 때우다 가야 했다. 나는 푹신푹신한 우레탄 바닥이 깔린 아파트 놀이터에 앉아 해가 지기를 기다렸다. 벌써 일곱 시 반이었지만 여름이라 해는 아직 건물 사이에 걸려 있었다.

유령은 아까의 실수를 만회하려는 듯 지치지도 않고 죽어야 하는 이유에 대해 떠들어댔다. 몸이 없으니 지칠 것도 없겠지. 좀 시끄럽긴 했지만 이젠 나도 익숙해져서 아무 생각 없이 흘려들을 수 있었다. 오히려 심심하지 않아서 좋았다. 어차피 핸드폰이 망가져서 음악도 못 들으니 라디오를 틀어둔 셈 치면 될 것이었다.

한참 유령의 말을 듣고 있으려니 누군가 슬그머니 옆으로 다가왔다. 아파트 경비 아저씨였다.

"학생, 여기 안 살지?"

경비 아저씨가 물었다.

"친구네 집 온 거예요."

나는 말했다.

"친구 몇 동 사는데?"

"1113동이요."

"그래? 아저씨가 CCTV로 봤는데, 1113동 말고 1114동이랑 1115동도 들어가던데."

"잘못 들어가서 그래요. 건물이 다 똑같이 생겨서."

"1113동 몇 호인데? 아저씨가 전화해본다."

경비 아저씨가 짐짓 엄한 투로 말했다.

"전단지 붙이지 마, 학생. 비밀번호 있는 아파트에 몰래 들어가면 무단 침입이야. 오늘은 그냥 봐주지만, 다음에 걸리면

남들이 못 보는 것

학교에 전화할 거야. 알았니?"

나는 그냥 대답하지 않았다. 아저씨는 내가 주눅이 든 줄 알았는지 이번에는 부드러운 말투로 타이르기 시작했다. 용돈이 필요하면 떳떳한 일을 해야지. 그거 다 결국 부모님 욕보이는 짓이야. 다음부터는 제대로 된 아르바이트를 하렴. 어휴, 나는 한숨을 푹 내쉬고 그냥 일어섰다. 아직 좀 일렀지만 여기 앉아 잔소리를 듣는 것보다는 나을 것 같았다. 한창 말하는 도중에 자리를 뜨자 아저씨가 뒤에서 꿍얼거렸다.

"어른이 말하는데 버르장머리 없이."

「너 버르장머리 없대.」

뒤쫓아 온 유령이 쿡쿡 웃으며 말했다.

"무슨 상관이야."

「하긴 상관없지. 저 아저씨가 먼저 재수 없게 굴었으니까. 그런데 넌 경비 아저씨한텐 뻔뻔하게 말도 잘하면서, 왜 네 아빠한텐 한마디도 못 하냐?」

"안 하는 게 나으니까."

「겁먹어서 그런 건 아니고?」

당연히 겁먹었지. 맨날 쥐어 패는데. 나는 속으로만 생각했다. 그래도 작년보다는 낫다. 코로나 때문에 학교에 못 가고 집에 갇혀 있을 땐 진짜 지옥 같았다. 그러나 이 이야기를 하면 유령이 신이 나서 죽으라고 부추길 게 뻔했으므로 그냥 입을 다물고 있기로 했다.

"아무리 부추겨도 난 안 죽을 거야. 그러니까 당신도 그냥 다른 사람한테 붙어. 헛수고야."

「다른 사람들은 나를 못 보잖아. 그리고 언제부터 반말이야?」

"기분 나쁘면 다른 사람한테 가. 아니면 다른 유령들처럼 혼자 있든지. 혼자 있기 싫으니까 괜히 달라붙어서 귀찮게 하는 거겠지만."

「넌 무슨 말을 그렇게 하냐? 난 다 너 좋으라고 조언해주는 건데…….」

"아무튼 나는 지금 죽을 생각 없어. 잘 살다가 자연사할 거야."

「그럼 그때까지 옆에 붙어서 괴롭혀야겠다.」

나는 한숨을 푹 내쉬었다.

헬스장에 가서 아르바이트비를 받고, 그 돈으로 생리대를 사 집으로 돌아갔다. 아빠는 거실에서 자고 있었다. 또 술을 마신 모양이었다. 속옷을 갈아입고 싶었지만 서랍은 텅 비어 있었다. 엊그제 빨래를 한 다음 아직 걷지 않은 탓이었다. 나는 아빠가 깨지 않도록 주의하며 거실을 가로질러 베란다로 향했다.

속옷과 수건을 걷어 거실로 들어오니 아빠가 일어나 있었다. 나는 흠칫 놀라 작은 소리로 인사했다.

남들이 못 보는 것

"다녀왔습니다……."

"네가 잘못한 게 뭔지 말해봐."

아빠가 말했다.

내가 잘못한 것? 그게 뭐지? 인사는 했는데. 우물쭈물하며 고민하고 있으려니 바로 손이 날아왔다. 나는 얻어맞아 얼얼해진 머리를 손으로 감싸며 몸을 웅크렸다.

"잘못한 게 뭐야. 없어?"

아빠가 화난 목소리로 다그쳤다.

"잘못한 것……."

"웅얼거리지 말고 똑바로 말해."

대체 뭘 잘못했을까. 생각해보았으나 짚이는 점은 없었다. 평소보다 늦게 온 것? 들어오자마자 인사하지 않은 것? 아니면 빨래를 다 걷지 않고 수건이랑 속옷만 가져온 것?

"어디 아버지 몸 위를 함부로 넘어 다녀?"

아아, 그거였구나. 나는 이제야 이해하고 고개를 끄덕였다. 바로 죄송하다고 하지 않았다고 한 대 더 얻어맞았다. 유령이 발을 동동 구르며 호들갑을 떨었다.

「어떡해. 안 아프니? 뭐 그런 거 가지고 애를 때려? 세게도 때리네. 이거 멍들겠다. 어떡한담…….」

조금 전까지 죽으라고 부추겨놓고서는 몇 대 얻어맞았다고 걱정해주는 꼴이 웃겨서 나는 피식 웃어버리고 말았다. 그게 아빠의 화를 돋우었다. 네가 요새 덜 맞았구나, 아빠는 말했다. 그런 게 아니라고 말해봐야 소용없었다.

내가 우습냐? 너도 네가 우스워? 네가 아버지 알기를 우습게 아는구나. 아버지 말씀하시는데 중얼거리기나 하고. 가정교육이 잘못된 거지. 어미가 밖으로 나다니는데 애새끼가 제대로 클 리가. 그래, 오늘 너 죽고 나 죽어보자. 이리 와. 큐대 가지고 이리 와. 도망을 가? 가만있어. 잘못 맞으면 뼈 나간다.

아빠의 말 위로 매타작이 쏟아졌다. 정신이 아득해질 무렵 현관문 열리는 소리가 들렸다. 아빠를 말리는 엄마의 비명 뒤로 나는 기억을 잃었다.

다음 날, 일어나 보니 집엔 아무도 없었다. 시계는 오전 열시를 가리키는 중이었다. 학교에 가기는 너무 늦었고, 얼굴에 멍도 들어서 오늘은 결석하는 편이 나을 것 같았다. 어찌나 맞았던지 온몸이 화끈거렸다.

나는 라면을 끓여 끼니를 때웠다. 그리고 컴퓨터 앞에 앉아 게임을 시작했다. 어제 매타작을 했으니 아빠는 오늘 하루 종일 외출할 것이다. 아니, 안 들어올지도 모른다. 실컷 때리고 난 다음에는 곧잘 그러니까. 유령은 내 옆에서 눈치를 보고 있었다. 무슨 생각인지 오늘은 죽으라고 부추기지 않았다.

엄마는 여느 때처럼 밤늦게 돌아왔다. 방으로 들어온 엄마의 손엔 멍 빼는 연고와 후시딘이 들려 있었다. 상처 위에 연고를 발라주며, 엄마는 나직이 물었다.

　　　　　　　　남들이 못 보는 것

"어제 아빠한테 말대꾸했다며?"

"말대꾸는 안 했는데. 베란다 나가다 몸 위를 건너갔다고 맞았어."

내가 말했다.

"아빠가 말하기를 네가 아빠 말씀하시는 중에 웃었다던데."

"실수였어."

나는 티 나지 않게 유령을 흘겨보며 말했다.

"엄마, 야간조 언제까지 해?"

"글쎄. 다음 달 스케줄 나오는 거 봐야 알지. 야간조가 좀 힘들긴 한데, 돈은 많이 줘서 할 만해."

"난 엄마 밤까지 일하는 거 싫은데. 아빠도 자꾸 엄마 찾고."

"어쩔 수 없어. 안 그래도 요즘 공장 다 자동화로 바뀌어서 까딱하면 잘리거든."

엄마가 말했다.

"어제 시험 봤지? 잘 봤어?"

"그럭저럭."

나는 어깨를 으쓱했다.

"간호대 갈 수 있겠어?"

"간호대야 가지."

"그래, 그래. 우리 딸이 엄마 자랑이야. 공장 사람들이 다 대단하다고 해. 학원도 하나 못 보내는데 공부를 그렇게 잘한다고. 아빠도 말은 안 하지만 자랑스러워하셔."

나는 대답할 말을 찾지 못해 침묵했다. 유령도 할 말이 없는지 가만히 있었다. 엄마는 얼굴의 상처 위에 약을 마저 발라주며 말을 이었다.

"네 아빠 어제 엄청 울었어. 너한테 미안하다고 자기 뺨을 막 내려치더라. 앞으로 다시는 술 안 마시겠대. 너도 알다시피 아빠가 술을 마셔서 그렇지, 마음이 여리잖니."

나는 여전히 대답할 말을 찾지 못했다. 엄마가 계속 말했다.

"오늘도 일자리 찾겠다고 수원 친구네 가신 거야. 아마 하루 자고 올 거야. 일거리가 있어야 할 텐데⋯⋯. 아무튼 아빠도 이제 가족을 위해 잘하겠다고 하셨으니까 너도 좀만 잘하자."

「뭘 잘하라는 건데?」

유령이 기가 차다는 듯 말했다. 그러나 그 말은 엄마에겐 들리지 않았다. 오직 나만 들을 수 있을 것이었다. 나는 눈물이 나오려는 것을 참고 고개를 끄덕였다.

엄마가 안방으로 돌아간 다음 나는 다시 컴퓨터 앞에 앉았다. 그러나 게임을 하고 싶은 마음은 들지 않았다. 잠도 오지 않았다. 그냥 죽어버릴까, 나는 멍하니 중얼거렸다. 그러라고 부추길 차례였으나 유령은 아무 말도 하지 않았다.

결국 한숨도 잘 수 없었다. 새벽 네 시, 나는 일어나 거실로

남들이 못 보는 것

나왔다. 집 안은 통째로 잠들어 있는 것처럼 조용했다. 오직 유령만이 내가 일어나 있다는 사실을 알았다.

나는 냉장고를 열어 소주 한 병을 꺼냈다. 그것을 들고 조용히 현관을 나섰다. 유령이 뒤쫓아 오며 어딜 가느냐고 물었다. 버스 정류장까지 달려가 이문동으로 가는 버스를 탔다. 버스 기사 아저씨가 내 손에 들린 소주병을 힐끔 쳐다보곤 얼굴을 찌푸렸다. 그러나 별말을 하진 않았다. 첫차를 탄 사람들은 전부 저마다의 생각으로 바빠 보였고, 역시나 내게 어디 가는 길이냐고 묻진 않았다.

유령이 살던 원룸은 그의 말대로 비어 있었다. 비밀번호도 그가 알려준 대로였다. 창문을 막았던 테이프의 흔적이 여기저기 남아 있었고, 바닥에는 까만 자국이 나 있었다. 방 안 여기저기를 기웃거리자 유령은 왠지 불안한 투로 물었다.

「너, 정말 죽으려고?」

나는 대답하지 않고 싱크대 찬장을 뒤졌다. 그가 쓰던 물건들은 아직 처분되지 않은 채 그대로 남아 있었다. 곰돌이 푸가 그려진 다이소 접시와 양은 냄비, 그릇과 수저 두 벌. 굿인지 뭔지를 한 다음 치운다고 했다.

「그래. 넌 정말로 죽는 편이 나을 수도 있겠다. 네 엄마조차 네 편이 아니던데. 얘, 거긴 아무것도 없어. 번개탄은 내가 다 썼거든. 죽으려면 차라리…… . 아니다, 다시 생각해봐.」

유령이 내 앞을 막아섰다.

"비켜."

나는 힘없이 말했다.

「죽지 마. 응? 내가 자꾸 이랬다저랬다 해서 미안한데 죽으면 아무것도 없어. 어디 갈 곳도 없고 목적도 없이 그냥 외롭게 있어야 하는 거야. 우리 엄마는 나 죽은 다음 바로 절에 가서 제사를 지냈는데, 그래도 성불할 수 있는 건 아니더라. 그러니까 제발 죽지 마. 지금은 좀 힘들겠지만……」

나는 유령의 말을 무시하고 찬장을 계속 뒤졌다. 촌스러운 꽃무늬 유리컵 두 개를 찾아내 번개탄 자국 앞에 앉았다. 유령은 여전히 발을 동동 구르며 횡설수설하는 중이었다.

나는 소주 뚜껑을 열어 유리컵 두 잔에 가득 채웠다. 한 잔은 유령 앞에 놔 주고 한 잔은 내가 들었다. 잠시 망설이다가 단숨에 들이켰다. 처음 마셔보는 소주의 맛은 이상하게 달고, 아리고, 끈적했다. 유령은 소주를 마시지는 못하지만 그것을 계속 보고 있었다. 죽고 싶지 않아, 나는 조용히 웅얼거렸다. 눈물이 나올 것 같아서 무릎을 세워 끌어안고 얼굴을 파묻었다. 유령의 온기 없는 손이 내 등을 가만히 두드려주는 듯했다. 느껴지지는 않았으나 나는 그것을 알 수 있었다.

까무룩 잠들었다 일어나니 현관 앞이 분주했다. 몇몇 사람들이 웅성거리고 있었다. 황당한 표정의 아줌마 하나와 소복 차림의 여자 둘이었다.

남들이 못 보는 것

"얘, 여기서 뭐 하는 거니?"

아줌마가 인상을 쓰며 물었다.

나는 여전히 알딸딸한 머리를 양옆으로 휘저었다. 입안에서 진한 알코올 냄새가 났다. 주변을 둘러보았으나 유령은 보이지 않았다. 어딘가 좋은 곳으로 간 것이기를 바라며, 나는 비척비척 일어나 현관을 나섰다.

또,

안 윤

1982년 부산 출생. 2021년 〈박상륭상〉 등단. 소설집 『방어가 제철』,
장편소설 『남겨진 이름들』.

또.

머리카락이 빠질 때마다 수진은 소리를 들었다. 입을 작게 오므려 속삭이듯 뱉는 또, 하는 소리를. 처음 며칠은 잘못 들은 걸 거라고 무심히 넘겼다. 일주일쯤 지나자 불시에 들려오는 소리 때문에 신경이 곤두섰다. 또, 소리가 날 때마다 수진은 주변을 찬찬히 둘러보았다. 처음에는 아무것도 발견하지 못했다. 그러다 매번 자신의 짙은 갈색 머리카락이 떨어져 있다는 것을 알아차렸다. 한번은, 머리카락에서 소리가 날 리 없다고 생각하면서도 한 가닥을 잡아당겨 뽑아보았다. 뚝. 두피에서 모근이 뽑히는 느낌이 나긴 했지만 그것은 또, 하는 소리와는 달랐다. 환청을 듣나? 수진은 자문했다. 소리를 의식하기 시작한 지 보름이 지나자 수진은 확신할 수밖에 없었다. 샴푸 거품을 샤워기로 씻어내거나 젖은 머리를 드라이어로 말릴 때, 흘러내린 머리를 쓸어 올리거나 다시 묶을 때, 잠자리에서 몸을 일으킬 때, 조용한 사무실에서 업무에 집중하고 있을 때 그러니까, 머리카락이 저절로 빠지는 순간마다 또, 하는 소리가 누군가의 귓속말처럼 작지만 분명하게 수진의 귀에 들렸다.

수진은 가슴께까지 내려오는 생머리를 매일 저녁 시간을 들여 감았다. 작년부터는 모발 건강과 탈모에 효과가 있다는 맥주 효모가 함유된 샴푸를 썼다. 트리트먼트도 하고 에센스도 꼬박꼬박 바르는 편이라 미용실에 가면 머릿결 좋다는 칭찬을 종종 들었다. 머리카락이 빠지는 개수가 눈에 띄게 늘어난 것도 아니어서 탈모가 의심되지도 않았다. 그저 머리카락이 빠질 때마다 소리가 들릴 뿐이었다.

수진은 틈틈이 '머리카락 소리'를 검색해보았다. 머리카락에서 소리가 나는데 이유가 뭔지 묻는 글이 여럿 있었다. 툭툭, 토독, 뚝, 뚝뚝. 질문자들이 들었다는 소리는 다양했는데 답변으로 달린 글들에서 소리의 원인은 두 가지로 나뉘었다. 모발 건조로 인한 정전기와 탄력 부족으로 인한 모발 끊김이었다. 수진이 듣는 '또' 소리에 관한 글은 찾아볼 수 없었다. 검색하면 할수록 계속 새로운 연관 검색어가 나타났다. 머리카락 소리, 머리카락 빠지는 소리, 머리카락 빠지는 꿈, 탈모, 여성 원형 탈모, 스테로이드, 클리닉, 데일리 케어, 스트레스. 수진은 그중에서 자신의 경우와 딱 맞는 답을 얻지 못한 채

또,

검색창을 닫아버리곤 했다.

행복주택 퇴거 1년 전

휴대폰에 뜬 알림을 확인하며 수진은 역시 스트레스 때문인가, 혼잣말로 중얼거렸다. 사람들은 흔히 원인이 불분명한 신체 증상들을 스트레스 때문이라 여겼다. 스트레스는 이제 일상적인 수준을 넘어 남용되는 단어이자 상태가 되어버려서 삶의 모든 문제 원인이 스트레스 때문인 것 같았고, 그래서 삶 자체가 스트레스가 되어가는 것도 같았다.

수진은 주 5일 출퇴근 만원 지하철에서 사람들 어깨에 이리저리 치이다 내릴 역에서 겨우 출입문을 빠져나왔다. 점심시간에는 회사 앞 백반집에서 분주한 식당 소음을 들으며 간이 센 음식을 15분 남짓 동안 서둘러 삼켰다. 오후 업무가 시작되기 전에는, 화장실 세면대 앞에서 이를 닦으며 오가는 직원들이 소곤거리는 온갖 뒷담화와 소문을 들었다. 그리고 납품을 코앞에 두고 끊임없이 수정을 요청하는 클라이언트들, 입사 이래로 한결같은 상사들과 업계의 불합리들. 그 모든 것, 수진의 생활을 이루는 가닥들은 거의 평소와 다름이 없었다. 최근 같은 팀 강 주임의 업무가 수진에게 몰리면서 야근이 잦아진 것만 제외하면. 아무래도 스트레스인 건가, 수진은 되뇌었다.

난 스트레스라는 말이 싫어. 개별적 고통을 간단하게 싸잡는 거잖아.

스마트 워치가 오르락내리락 파형을 그리며 스트레스 지
수를 측정하는 동안 수진은 언젠가 치완이 했던 말을 떠올렸
다. 측정 결과, 스트레스 지수는 초록색 영역 맨 끝을 가리키
고 있었다. 스트레스가 전혀 없다는 의미였다. 수진은 시곗줄
을 단단히 조이고 다시 측정 버튼을 터치했다. 액정 화면 속
파형이 먼저 것보다 불규칙하게 이어졌다.

그 생각을 멈출 수가 없어요. 내가 모자라서 당한 건가, 바
보라서.

강 주임이 휴가계를 내던 날, 회사 1층 카페에서 강 주임은
고개를 푹 숙인 채 수진에게 말했다. 그녀는 터져 나오려는 울
음을 간신히 참고 있었다. 커피를 몇 모금 마시지도 않고 이제
법원에 가봐야 한다며 일어섰다. 수진은 돌아서는 강 주임을
잡아 세우고 도움이 필요하면 언제든 연락하라고, 식사와 잠
을 잘 챙겨야 한다고 그녀 귀에 들릴 리 없는 당부를 했다. 강
주임이 선선히 고개를 끄덕이긴 했지만 아마도 먼저 연락하
지는 않을 거라고 수진은 짐작했다. 한 달이나 자리를 비우는
게 이미 민폐라고, 죄송하다고 그녀는 여러 차례 말했다.

어떻게 지내고 있을까. 수진은 문자라도 보내볼까 싶어 휴
대폰 연락처에서 강 주임 이름을 찾다 그만두었다. 무슨 말을
할 수 있을까. 그렇지 않아도 제정신으로 버티기 힘든 사람에
게 수진은 괜한 부담을 주고 싶지 않았다. 열어둔 베란다 창으

로 늦봄의 나른한 햇살이 들이쳤다. 일요일 오후, 개 짖는 소리, 뛰노는 아이들의 깔깔거리는 웃음, 눈부시게 화창한 날씨. 모든 것이 더없이 평화로워서 누군가에게는 야속한 날일 것 같았다.

수진은 편백나무 큐브가 든 베개를 베고 베란다 창 앞에 누웠다. 목과 어깨가 결릴 때마다 쓰는 방법이었다. 자그마한 베개를 목 뒤에 괴고 누우면 경추와 척추가 반듯하게 펴지며 몸이 바닥과 수평을 이루었다. 그렇게 온몸을 쭉 펴고 요가의 사바아사나 자세로 눈을 감고 있노라면 수진은 마치 편백나무 관 속에 누워 있는 느낌이었다. 어둠 속을 유영하듯 숨을 들이쉬고 내쉬면 온전히 지금, 여기에 있을 수 있었다. 하지만 가끔은 되레 정념에 사로잡혀 눈을 뜨고 말았다. 그러고는 괜스레 누군가의 눈이라도 되는 것처럼 천장의 스프링클러를 노려보았다.

편백나무 큐브가 든 베개는 치완이 수진의 집에 남기고 간 유일한 물건이었다. 왜 하필 베개를 두고 갔을까. 쓰던 칫솔과 일회용 면도기까지 챙겨 간 그가 왜 베개만 빠뜨리고 갔는지 수진은 이따금 궁금했다. 치완과 헤어졌을 때만 해도 수진은 이런 딱딱한 베개는 베지 않았다. 디자이너숍에서 비싼 값을 주고 샀다는 치완의 말이 기억나 아까운 마음에 버리지 않던 것뿐이었다. 헤어진 마당에 베개를 가져가라고 연락하기도 껄끄러웠다. 그러던 것이 어느새 목이나 어깨가 뻐근할 때면 딱딱한 베개를 찾아 뻤다. 치완의 것이었던 베개를 베면서도 수진은 치완에 관해서는 거의 생각하지 않았다. 3년 넘게 사귀고 두 계절을 함께 살았던 사람에게 어떻게 이토록 무감정할 수 있는 것인지, 간혹 그립거나 사소한 추억조차 떠오르지 않는 것인지, 수진은 그런 자신이 의아했고 무섭다는 생각마저 들었다. 치완과의 이별에 수진은 일말의 미련도 죄책감도 없었다. 헤어진 지 3년 반이 지난 작년 가을까지만 해도.

수진은 손목을 들어 스마트 워치를 보았다. 이번 측정 결과는 빨간색 영역 맨 끝을 가리켰다. 스트레스가 극심하다는 의미였다. 사람의 스트레스라는 게 단 몇 분 사이에 극과 극을 오갈 수 있는 것인지 의심스러웠다. 수진은 휴대폰 달력을 열어 오늘 날짜의 알림을 다시 확인했다. 행복주택 퇴거 1년 전. 그러니까 1년 후에는 이 1인 가구 아파트를 떠나 다른 집에서 살아야 한다는 의미였다. 행복주택이라는 명칭이 새삼스러웠다. 이곳에서 행복했나, 수진은 떠올려보았다. 행복하기도 불행하기도 했지만 적어도 사는 동안 불안하지는 않았다. 그 '불안하지 않음'은 최장 6년의 기한이 있었다. 벌써 5년이 흘렀다는 사실이 믿기지 않았다. 수진은 휴대폰으로 주변 월세와 전세 시세를 살펴보았다. 또. 몸을 돌려 모로 누웠다. 또, 하는 소리가 수진의 귀에 또 들렸다.

26일째, 수진은 머리카락이 빠지는 소리를 들었다. 이 문제

또,

에 관해 어떠한 해결 방법도 찾지 못한 채 전과 다름없는 일상을 보냈다. 물론 소리가 거슬리기는 했지만 통증도 없고 남들 눈에 띄는 것도 아니어서 생활에 방해가 될 만큼 큰 지장을 주지는 않았다. 회사에서는 온 신경을 업무에만 집중하려고 애썼다. 그 무렵 강 주임의 업무까지 맡게 된 것이 수진에게는 차라리 도움이 되었다. 처리해야 할 일에 정신이 팔려 있으면 소리에 조금은 둔감해졌다. 건축사사무소에서 보낸 설계도와 자료를 바탕으로 타운 하우스나 전원주택, 아파트 단지의 투시도와 조감도를 만들고 있노라면, 수진은 자신이 있는 곳이 고해상도 모니터 세 대가 놓인 사무실 책상 앞인지, 한 번도 가본 적 없는 도시의 신축 건물 앞인지 무감각해졌다.

3D로 구현한 건물들은 하나같이 매끄럽고 아름다웠다. CG에는 대부분 건물만 있고 사람은 없다. 건물은 사람을 위해 짓는 것이지만 투시도나 조감도에서는 건물이 돋보여야 한다. 그것은 실내 투시도나 아이소ISO에서도 마찬가지였다. 사람들은 어디에 있을까. 수진은 그런 의문을 품곤 했다. 언뜻 촘촘한 줄무늬처럼 보이는 아파트 창문을 그려 넣을 때면 이렇게 많은 집에 정말 사람이 다 들어가 사는 걸까 싶었고, 고급 타운 하우스의 공동 정원을 꾸밀 때는 이런 집에는 어떤 사람들이 사는 걸까 싶었다. 그렇게 화면 속 이곳저곳을 다각도로 누비다 보면 자신이 유령이 되어 세상을 떠돌고 있다는 착각마저 들었다.

수진은 뻑뻑해진 눈에 인공 눈물을 떨어뜨리고 몇 번 깜빡였다. 다시 펜 마우스를 잡고 오피스텔 외부 투시도에 신록의 활엽수 여러 그루를 배치했다.

깡 주임 담당이던 신도시 오피스텔 건 어떻게 돼 가나?

윤 과장이 물었다. 그는 어느 틈에 기척도 없이 수진의 뒤에 서 있었다. 마무리 단계라고 수진이 대답했다.

그래, 깡 주임 돕는다고들 생각하고 애 좀 써줘.

윤 과장은 커피를 홀짝이며 수진의 등 뒤에서 어슬렁거리다가 다른 직원의 등 뒤로 슬며시 발걸음을 옮겼다.

과장님이 기척도 없이 뒤에 서 계실 때마다 진짜 깜짝깜짝 놀란다니까요. 아직도 적응이 안 돼요.

올해 초, 백반집에서 점심을 먹다가 강 주임이 불만을 토로했다.

좀 그런 면이 있으시지? 근데 강 주임.

된장찌개에서 두부를 건져 올리던 강 주임이 수진을 쳐다보았다.

그런 말 할 땐 앞에 앉은 사람이 누군지 잘 생각해야 해.

순간 강 주임의 낯빛이 당황과 억울로 하얗게 질렸다.

어떤 사람들은 앞에서는 맞장구를 치고 뒤에서는 주임이 과장 욕하고 다닌다고 그러거든. 속마음을 드러내면 약점 잡히기 쉬워.

강 주임의 얼굴이 스르르 풀리더니 곧 평소 모습으로 돌아

또,

왔다. 그녀 얼굴에는 늘 뭔가 억울한 기색이 스며 있어 잘 놀라는 어린아이 같은 구석이 있었다.

에이, 대리님은 그런 분 아니시잖아요.

또 모르지.

네?

수진은 밥을 한술 떠 삼키며 소리 없이 웃었다. 강 주임도 곧 농담을 알아들었다는 듯 씩 웃었다.

근데 과장님이요, 왜 직원들 성을 된소리로 발음하시는 걸까요? 전 들을 때마다 기분이 좀 그래요. 뭐랄까. 은근한 모멸감이 느껴진달까요?

강 주임의 말에 수진은 크게 웃어버렸다. 짐짓 충고랍시고 한마디 하긴 했지만 사실 수진은 강 주임의 그런 꾸밈없는 면모를 좋아했다. 상대방이 감추고 있는 경계선을 조금의 악의도 없이 슬쩍 넘어버리는 천진함을.

강 주임은 수진이 주임 2년 차일 때 인턴으로 들어와 반년 뒤 정직원이 되었다. 수진이 그녀의 사수였다. 신입 시절의 강 주임은 손이 빠른 편은 아니었지만 일 처리가 꼼꼼하고 실수가 적어 가르치는 보람이 있는 후배였다. 직급이 달라 절친하다고 할 수는 없었지만 직장에서 만난 관계가 으레 그렇듯 적당한 거리를 두면서도 가깝게 지냈다.

강 주임은 종종 스무 살에 서울로 올라온 자신과 토박이인 수진은 다르지 않겠느냐며 서울살이에 관해 수진에게 이것저

것 묻고 고민 상담을 했다. 그녀는 걸어서 출퇴근할 수 있는 거리의 오피스텔에 살고 있었는데 월세와 관리비가 자꾸만 올라 고민이라고, 도대체 월급은 다 어디로 사라지는 건지 돈이 모이지를 않는다고 털어놓기도 했다. 강 주임은 청약홈 앱을 자주 드나들었고 부동산 관련 영상도 틈날 때마다 찾아보았다.

3년 전 여름이었다. 부서 전체 회식이 있던 날, 회식을 마치고 집으로 돌아가는 길에 그때는 사원이던 강 주임이 수진의 팔을 붙잡았다.

도 주임님, 아이스크림 드실래요? 제가 사드릴게요.

두 사람은 근처 산책로 벤치에 앉아 아이스크림콘을 먹었다. 그날은 수진도 제법 취해서 열대야의 공기가 더 뜨겁고 끈적하게 느껴졌다. 강 주임은 수진의 옆에 앉아 혀끝으로 아이스크림을 핥다가 돌연 앞가슴의 옷자락을 잡아당겨 킁킁거리며 냄새를 맡았다.

오늘도 삼겹살 냄새 맡으면서 자겠네요.

원룸 살면 좀 그렇지.

역시 저만 그런 거 아니죠?

샤워를 해도 빨래를 해도 계속 냄새나는 거 같고.

여름엔 더 심하잖아요.

수진도 원룸에서의 생활이 어떤 것인지 잘 알았다. 대학교 2학년 때 본가에서 독립해 행복주택에 당첨되기 전까지 그녀도 여러 원룸을 전전했다. 원룸은 집이라기보다는 칸이었다. 작고 소중한 나만의 칸이긴 했지만, 그래서 원룸에서는 생활의 경계가 쉽게 흐트러지기도 했다. 빨래를 널어놓은 자리에서 밥을 해 먹고, 밥을 먹은 자리에서 잠을 잤다. 같은 자리를 맴돌 듯 하루하루를 지내다 보면 자신이 이 거대 도시에 의해 사육되고 있다는 생각을 떨쳐내기 어려웠다. 금액과 거리의 적정선을 찾는 것도 풀리지 않는 문제였다. 회사와 가까운 원룸에서 살려면 월세가 비쌌고, 그보다 저렴하고 좀 더 넓은 곳에서 살려면 회사에서 거리가 멀었다. 출퇴근 시간에 소모되는 에너지를 아낄 것인가, 월세를 아끼고 조금이라도 쾌적한 공간에서 지낼 것인가, 어느 쪽을 택하건 결과는 늘 만족스럽지 않았다. 근소한 차이로 최악보다는 차악이라고 판단되는 쪽을 선택할 따름이었다.

주임님, 저요. 내년에는 꼭 투룸으로 이사 가려고요. 전세자금대출 받아서.

학자금대출은 다 갚았어?

그럴 리가요. 그래도 저, 이젠 다른 방에서 따로 말린 옷을 입고 싶어요.

강 주임은 아이스크림이 묻은 입술을 몇 번이고 핥았다. 배시시 웃으며 캄캄한 하늘을 올려다보았다. 마치 그 위에 투룸집에 살게 될 자신의 달콤한 미래를 그려보기라도 하듯이.

깡 주임 아니야?

윤 과장이 유리벽 너머 복도를 건너다보며 한마디 툭 던지자, 사무실 공기가 일순 술렁였다. 강 주임이 느릿한 걸음으로 복도를 가로질러 대표실로 향하는 모습이 보였다. 그녀의 등장에 직원들의 수군거림이 웅성거림으로 바뀌었다. 강 주임은 2주 연차에 이어 2주 무급 휴가를 내고 한 달간 출근하지 않았었다. 대표 결재가 곧바로 떨어진 일이긴 했지만 매일같이 정신없이 돌아가는 회사 분위기에서는 흔치 않은 경우였다. 그 일로 직원들 사이에서는 근거 없는 소문이 돌았고 강 주임이 자리를 비운 사이 소문은 날로 무성해졌다. 그러나 그녀가 출근할 수 없었던 사정이 공공연하게 알려진 뒤에는 흉흉했던 소문도 언제 그랬냐는 듯 잠잠해졌다. 대신 직원들이 모였다 하면 강 주임의 일을 두고 한숨 섞인 대화가 오갔다.

2년 전 여름, 강 주임은 전세자금대출을 받아 다세대주택의 투룸 전셋집을 계약했다. 난생처음 해보는 전세 계약이라 걱정이 많았지만 그보다는 설렘이 더 컸다. 당시에는 대출 이자가 주변 월세보다 저렴해 적어도 앞으로 2년 동안은 적금 부을 수 있는 금액도 늘고, 전보다 넓은 집에서 살 수 있게 되었다며 첫 전셋집에 대한 기대감에 부풀었다. 그녀는 이사 전후로 등기부 등본을 발급해 확인하고 이사 당일에는 주민센터에 가 확정일자도 잊지 않고 받아두었다. 지금까지의 인생에서 가장 큰일을 해낸 것만 같았다. 이삿짐이 정리되었을 즈음 강 주임은 언제 한번 집에 놀러 오라고 수진에게 말했다. 이제 한시름 놓았다고 요즘 좀 행복하다고도 했다. 퇴근하는 강 주임의 발걸음이 예전보다 가벼워 보였다. 작년 여름 경찰서로부터 연락을 받기 전까지는. 전셋집 주인이 주변 일대 건물을 수백 채 소유하고 수십억의 세금을 체납했다는 사실을 알게 되기 전까지는.

그 사기꾼은 잡혔대요?

잡으면 뭐 해? 돈 없고 죄 없는 사람들은 계속 생고생인데.

얼마 전에 경매는 전면 중지됐다던데요.

그래도 막막하지. 보증금이 한두 푼도 아니고. 대출받은 것도 문제고.

어떡해요. 강 주임님 너무 안됐다.

남 일이 아니라고 이거, 진짜. 강 주임은 뭐 멍청해서 당했겠어?

직원들은 진심으로 강 주임을 걱정했고, 동시에 자신들을 피해 간 불행에 관해 남몰래 안도했다.

대표실에서 나온 강 주임이 직원들의 질긴 시선을 받으며 유리문을 밀고 들어왔다. 그녀가 나타나자 직원들은 동요하면서도 누구 하나 선뜻 알은체하거나 말을 건네지는 못했다. 강 주임은 몰라보게 수척해졌고 옆머리가 하얗게 세어 있었다. 대표와의 면담을 마치고 사직서를 낸 모양이라고, 빠른 퇴직금 정산을 요청했다는 얘기가 벌써 사내 채팅방에 올라와 있었다.

강 주임은 자신의 자리로 천천히 걸어왔다. 윤 과장과 장 차장이 일어나 어색하게 인사를 건넸다. 그녀는 아무 말 없이 목례를 하고 의자에 앉았다. 한동안 멍하니 앉아만 있던 강 주임은 느릿느릿 책상 위며 서랍 속 물건들을 메고 온 배낭에 집어넣었다. 사무실이 쥐 죽은 듯 괴괴했다. 윤 과장이 과장된 손짓으로 강 주임을 쳐다보고 있는 직원들에게 각자 자기 일이나 하라는 눈치를 보냈다.

수진은 맞은편 자리로 가 강 주임의 어깨를 살며시 짚었다. 강 주임은 수진을 잠시 올려다보더니 희미하게 미소 지었다. 그녀는 포장을 뜯지 않은 드립백 커피 한 상자를 물끄러미 보다가 불쑥 수진에게 내밀었다.

그동안 감사했어요, 대리님. 그리고 죄송해요. 갑자기 이렇게 돼서.

강 주임이 뭐가 죄송해.

제가 드릴 건 없고.

수진이 난감한 표정으로 상자를 내려다보았다. 상자를 건네는 강 주임의 손이 심하게 떨렸다. 그녀에게서 옅은 소주 냄새가 풍겨왔다. 수진은 마지못해 상자를 받아 들었다. 강 주임은 좀 전처럼 다시 고개를 숙이고 배낭 속을 정리했다. 옆얼굴로 흘러내린 희끗희끗한 단발머리를 무심하게 귀 뒤에 꽂았다. 왜. 그 순간 수진은 들었다. 입을 작게 오므려 속삭이듯 뱉는, 귓속말 같은 왜, 하는 소리를 분명히 들었다. 왜.

강 주임이 상사들과 팀원들 그리고 다른 팀 직원들을 향해 깊이 허리를 숙였다. 누구도 잘 가라거나 그동안 수고했다는 말을 꺼내지 못했다. 그녀는 말없이 배낭을 어깨에 걸치고 사무실 문을 나섰다. 모두가 복도를 걸어가는 강 주임을 유리벽 안쪽에서 지켜보았다. 수진은 그런 뒷모습을 어디선가 꼭 본 것만 같은 느낌에 휩싸였다. 그것은 기시감이 아니라 일종의 예감이었다. 순간 불길한 예감에 수진의 몸이 굳었다. 수진은 슬리퍼를 벗고 단화로 갈아 신었다. 곧장 복도로 뛰쳐나갔다.

또 대리, 어디 가?

등 뒤에서 윤 과장이 소리쳤다. 수진은 있는 힘껏 뛰었다. 대답할 겨를조차 없었다. 중앙 복도로 나왔지만 강 주임은 보이지 않았다. 세 대의 엘리베이터 중 두 대는 멈춰 있고 나머지 한 대는 위층으로 올라가고 있었다. 엘리베이터가 꼭대기 층에서 멈추었다. 수진은 엘리베이터를 타고 15층 버튼을 눌렀다.

만약.

할 수만 있었다면, 작년 9월 29일에도 수진은 이렇게 달려가고 싶었다. 있는 힘껏 뛰어가고 싶었다. 사랑했고 증오했고 끝내 헤어졌지만, 그래서 앞으로도 영영 보지 않을 완전한 타인이 되기를 바랐지만, 수진은 치완이 사라지기를 바란 적은 없었다. 치완이 무리한 코인 투자로 퇴직금과 오피스텔 보증금 일부를 날리고 두 계절 동안 수진의 집에 들어와 지낼 때, 밤낮으로 에너지 드링크를 들이켜며 온라인 게임에 열중하고 어질러진 방을 방치하고 화장실 배수구에 엉킨 머리카락을 단 한 번도 치우지 않을 때, 치완이 자신의 눈앞에서, 그리고 인생에서 사라져버리기를 바란 적이 있었지만 진심은 아니었다. 치완이 캐리어를 끌고 수진의 집 현관문을 나서던 아침, 그가 한마디 말도 없이 돌아설 때 넌 평생 그렇게 살다 죽으라고 속으로 저주의 말을 퍼붓고 저런 인간을 믿고 결혼까지 생각했던 자신을 바보라며 한탄했지만 결단코, 그가 그런 식으로 사라지는 것을 바란 적은 없었다. 그렇다고 수진은 낙하하듯 멈출 줄 모르고 떨어지기만 하던 치완의 상황에 관해, 그가 그런 상황에 이르게 된 근본적인 이유에 관해 깊게 생각해본 적도 없었다. 무엇이 그토록 그를 끊임없이 떠밀듯 내몰았는지, 그가 무엇을 계속해서 요구받았는지 수진은 알지 못했고, 치완에게 물어본 적도 없었다. 아니, 물어볼 생각조차 하지 못했다.

자신의 인생에서 치완은 계속 나쁜 놈으로 기억되는 편이 나았을 거라고 수진은 생각했다. 이따금 친구들과 술을 마시다가 만취하면 욕할 수도 있는 전 애인으로 기억되는 편이 더 나았을 거라고. 결혼까지 생각했던 애인의 집에서 나와 다시 새로운 직장을 구하고 새로운 사람을 만나 결혼하게 되었다는 소식을 대학 동기들을 통해 전해 듣는 편이 훨씬 더 나았을 거라고. 그랬다면 치완은 어디에선가 평범한 직장인으로 살아가고 있는 것일 테니까. 수진은 그날 이후 하루에도 수십 번씩 생각했다. 편백나무 큐브가 든 베개를 베고 누워 눈을 감고 되새겼다. 그때 치완의 바람처럼 그가 회사를 관두기 전, 그러니까 그의 아버지가 퇴직하기 전 서둘러 결혼식을 올렸다면 어땠을까. 그랬다면 그들의 미래는 어떻게 달라졌을까.

만약이라는 말로 달라질 수 있는 것은 아무것도 없었다.

수진은 대학 동기에게 연락을 받고 장례식장 앞까지 갔지만 안으로는 들어가지 못했다. 차마 들어갈 수가 없었다. 치완의 죽음은 한 줄의 기사 제목을 달고 인터넷을 떠돌았다.

전세 사기 피해자 30대 K씨 극단 선택

치완의 휴대폰 메모장에서 이런 글이 발견되었다고 했다.

주거안정 주거복지 주거정책 주거 주거 주거주거주거주우거 어어어

수진은 비상계단을 통해 옥상으로 뛰어 올라갔다. 온몸이 후들거리고 심장이 빠르게 뛰었다. 옥상 철문을 열자마자 수진이 외쳤다.

강 주임.

난간 밑에 배낭을 가지런히 내려놓고 강 주임은 소주를 병째 들이켜고 있었다.

강 주임!

수진이 더 크게 소리쳤다. 난간 앞에 서 있는 강 주임의 구 깃구깃한 셔츠와 바짓자락이 바람에 위태롭게 펄럭거렸다.

민주 씨!

불어오는 바람에 수진의 머리카락이 이리저리 흩날렸다. 또. 또. 수진은 거칠게 머리를 쓸어넘기며 난간 가까이로 걸 어갔다. 강 주임이 천천히 수진을 돌아보았다. 거무스름한 눈 밑이 젖어 있었다. 그녀가 얼굴을 일그러뜨리며 애써 웃어 보 였다.

대리님, 여긴 뭐 하러 올라오셨어요.

말끝을 올리지 않아 혼잣말처럼 들렸다. 수진은 강 주임 곁 으로 다가가 섰다. 뛰어오느라 거칠어진 숨을 고르며 그녀의 옆얼굴을 바라보았다.

꽤 높네요. 와보는 건 처음이에요.

강 주임이 소주를 한 모금 마셨다.

안주라도 사다 줄까?

강 주임 얼굴에 설핏 웃음이 스쳤다.

제가 어떻게 되기라도 할까봐 오신 거예요?

수진은 허리를 숙여 15층 아래 아득한 도심 풍경을 내려다 보았다. 그만 내려가자, 그렇게 말하려다 입을 다물었다. 제가 더 내려갈 데가 있을까요? 혹시나 강 주임이 그렇게 묻는다면 뭐라고 대답해야 할지 수진은 알지 못했다.

아니, 이거 주려고.

수진은 휴대폰 케이스 뒤에 꽂아 두었던 명함 크기의 쿠폰 여러 장을 꺼내 내밀었다. 강 주임이 즐겨 가던 회사 근처 카페와 디저트 가게 쿠폰들이었다. 빼곡하게 스탬프가 찍혀 있었다.

그거 아세요? 대리님 가끔 진짜 엉뚱하신 거.

수진과 강 주임은 함께 피식 웃었다.

조감도로 보면요. 어디든 나무가 무성하잖아요. 근데 올라와 보니 알겠어요. 실제 세상엔 나무가 별로 없네요.

그러네, 없네.

어떻게 한 사람이 건물 수백 채를 가질 수 있었던 걸까요. 그런 사람들을 왕이니 신이니 그렇게 부르면 안 되는 거잖아요. 그냥 사기꾼일 뿐인데.

강 주임이 빌딩숲 너머 보이지 않는 지평선을 바라보듯 눈을 가늘게 떴다.

대리님.

수진이 고개를 돌려 강 주임을 쳐다보았다. 아무것도 느껴지지 않는 표정이었다. 그녀의 그런 얼굴을 수진은 처음 보았다.

저 죽으면 어떡해요. 죽지 못해서 살면 어떡해요.

강 주임의 목소리가 떨렸다. 수진은 살자, 하고 말하려다 그 말도 삼켜버렸다. 돌려받아야 할 전세보증금을 전부 잃고

갚을 길이 요원한 빚을 지게 된 사람에게 그래도 살자고, 힘내라고 말하는 것이 어쭙잖게 여겨졌다. 수진은 마른 입술을 자꾸만 혀로 축였다.

멀리 서쪽 하늘 끝에서 시커먼 비구름이 몰려오고 있었다. 곧 한바탕 소나기가 쏟아지려는 모양이었다. 옥상으로 거센 돌풍이 불어왔다. 뭔가가 연신 펄럭거리고 흔들리고 넘어지는 소리가 들려왔다. 수진과 강 주임의 머리카락이 사방팔방으로 나부끼며 두 사람의 얼굴로 마구 달라붙었다. 눈을 제대로 뜰 수가 없었다. 툭, 툭. 빗방울이 떨어지기 시작했다. 꼭 하늘이 침을 뱉는 것 같았다. 바람에 맞서며 버티고 서 있던 강 주임의 어깨가 들썩이기 시작했다.

무서워요.

수진이 손을 뻗어 강 주임의 손을 잡았다. 축축하고 차가웠다. 두 사람은 마주 보았다. 그때 수진과 민주는 동시에 들었다. 서로의 소리를.

또.

왜.

또,

재 미

우다영

1990년 서울 출생. 2014년 『세계의 문학』 등단. 소설집 『밤의 정조와 연인들』 『앨리스 앨리스 하고 부르면』, 중편소설 『북해에서』.

아기는 다행히 한 가지 재능을 타고났다. 딸이 가진 재능의 징후를 가장 먼저 눈치챈 사람은 물론 열아홉에 미혼모가 된 어린 엄마였다. 그녀는 보호시설에서 두 시간마다 아기에게 양쪽 젖을 번갈아 물리는 법을 성실히 배웠는데, 그때 자신이 체질적으로 젖이 잘 나오지 않는 몸이며 그러므로 자기 가슴은 아기의 입장에서 생애 시작부터 주어진, 헤쳐 나갈 길이 묘연한 난코스임을 알게 되었다. 처음엔 아기가 거의 아무것도 먹지 못한 채 지쳐버렸기 때문에 보호시설의 다른 미혼모들이 숟가락에 젖을 짜서 나눠주었다. 다음 수유 전까지 어린 엄마는 다른 여자들에게 젖먹이기 자세와 노하우를 또 배웠다. 결연한 마음으로 다시 젖을 물리는데 아기 역시 태도가 달라져 있었다. 아기는 마치 이 행위가 무엇을 위한 수순인지 파악하고 이것이 엄마와 자신이 함께 풀어야 하는 문제라는 사실을 이해한 듯 보였다. 아기는 기회가 오자 기다렸다는 듯이 향 긋한 젖 냄새가 나는 둥근 살결에 코를 박고 물기로 반짝이는 작은 입을 쩍 벌리며 어렵고 까다로운 젖을 빨기 시작했다. 아기가 정확한 목적을 알고 다양한 시도를 하고 있다는 사실을 오직 아기의 엄마만이 생생히 느낄 수 있었다. 또한 아기가 이모든 역경을 즐거워하고 있다는 조심스러운 추측은 당시에는 어디에도 꺼내놓지 못한 엄마 혼자만의 비밀이었다. 이내 아기는 요령을 터득했고 그녀의 가슴을 그야말로 능수능란하게 다뤘다. 아기는 보호시설의 어떤 아기보다 순하게 젖을 물고 재빠르고 깔끔하게 일을 끝냈으며 젖 먹기를 잘해낸 만큼 무럭무럭 자랐다.

"그래, 그게 시작이었지."

아기 엄마는 딸의 신비로운 재능을 이야기할 때면 딸에 대한 사랑과 자랑스러움으로 얼굴 가득 광채가 돌았다. 그렇게 라희는 끝없이 자신의 재능을 상기시켜주는 엄마의 이야기를 들으며 자랐다.

"어떤 여자가 시설을 나가며 주고 간 털실 모빌이 있었어. 역시나 너는 그걸 마음에 들어 했고 온종일, 정말 온종일 바라봤어. 이제 막 세상에 눈을 떴을 뿐인 아기라고는 믿기지 않는 무서운 집중력이었지. 뱅글뱅글 돌아가는 털실 비행기, 털실 나비, 털실 구름…… 잠에서 깬 네가 울까봐 달아둔 것이었는데 너는 영영 잠을 자지 않으려 들었어. 하는 수 없이 다른 여

재 미

자에게 모빌을 줄 수밖에 없었지."

라희는 이유식을 시작할 때도 뒤집기를 시도했고 벽을 잡고 서서 걸음마를 뗄 때도 어김없이 조그마한 몸 어디에서 솟아나는지 원천을 알 수 없는 낙관과 호기심을 발동시켰으며 그러므로 그 모든 일을 척척 잘해냈다. 보호시설의 미혼모들도 그런 라희를 신기하고 기특하게 여기며 눈을 떼지 못했다. 엄마는 일부러 여자들이 다 보는 앞에서 아기에게 말을 걸었다.

"우리 아가, 재밌어? 그게 그렇게 재밌니?"

엄마는 희망과 기대로 차오르는 감정을 주체하지 못하고 라희의 볼에 입 맞추며 웃음을 터트렸다.

"너는 재미의 재능을 타고났어. 무엇이든 재밌어한다는 건 놀라운 재능이야. 그건 시시한 세상을 견딜 필요가 없다는 뜻이지."

사실 엄마는 라희를 낳기 전에 재미 삼아 산달을 앞둔 다른 미혼모들과 아기의 축복을 비는 주술의식을 행한 적이 있었다. 성당의 후원을 받는 보호시설에서 그런 사특한 일탈은 특별히 매력적으로 느껴졌고 아직 채 어른이 되지 않은 소녀들에게는 대수롭지 않은 장난이었다. 주술의식에는 세 개의 제물이 필요했다. 거울과 칼, 그리고 자신에게 소중한 가치가 있는 한 가지를 적은 쪽지였다. 쪽지의 내용이 다른 이들에게 보이지 않도록 거울을 향해 신중히 엎어두면 의식이 시작되었다. 잠시 후 쪽지를 불에 태운 다음 재로 더럽혀진 거울을 칼로 깨트리고 그 칼을 아무도 찾을 수 없는 장소에 감추면 끝이었다. 깊은 밤 임신한 여자애들이 칼을 들고 이리저리 돌아다녔지만 누구도 잠에서 깨지 않았다. 여자들은 아기 이름도 함께 지었다. 엄마는 머리를 맞대고 라희의 이름을 지어준 그녀들이 지금 어디서 무얼 하는지 전혀 모르는 것은 물론 그 여자들의 이름도 여자들이 낳은 아기들의 이름도 모두 잊어버렸다. 그럼에도 어두웠던 주술의 밤, 은밀히 소곤거리던 웃음기 어린 목소리들과 눈물까지 글썽이게 했던 매캐하고 달짝지근한 탄내, 금방이라도 터져버릴 듯이 두근거리던 심장 박동을 기억하며 라희에게 들려주었다. 그게 바로 네가 가진 무한한 재미의 기원이라고. 라희는 자라며 이야기라는 속성에도 속수무책으로 매혹되었고 침대에 누우면 어김없이 엄마에게 이야기를 더 들려달라고, 충분히 들었지만 여전히 더 듣고 싶다고 잠이 쏟아지는 눈을 비비며 졸라댔다.

학교에 다닐 나이가 되었을 때 당연하게도 또래 중에 라희보다 우수한 아이는 없었다. 라희는 말을 떼기 시작한 순간부터 발화할 수 있는 모든 문장을 만들어내는 일에 심취했고, 이미 벽에 걸린 한글공부 포스터와 깊은 사랑에 빠진 바 있었다. 자신이 하는 말을 그 무엇이든 쓸 수 있고 또 읽을 수 있다는 사실에 전율하며 책과 텔레비전 자막과 세상 모든 간판의 활자를 탐독했다. 라희는 특히 동화와 위인전, 역사 만화를 반복해서 읽고 생각했다. 구구단과 알파벳 포스터와도 이와 같은

밀애의 과정을 밟았다. 선생들은 다른 아이들을 위해 라희를 향한 이채로운 시선을 애써 숨겼고 아이들은 라희를 무서워했다. 라희는 조금도 신경 쓰지 않았다. 실은 교실에서 무슨 일이 벌어지고 있는지 제대로 알지 못했다. 라희의 관심사는 오직 자신에게 재미를 유발하는 것들뿐이었고 그 밖의 것들은 거의 기억하지 못하거나 아예 인식하지도 못했다. 학교에서 배우는 기초적인 공부는 라희에게 너무 시시했지만 그럼에도 여전히 흥미로워서 미처 반 아이들에게 돌아갈 관심은 남지 않았다. 자신이 외톨이라는 사실도 전혀 중요하지 않았다. 그건 라희의 흥미를 끌 만한 문제가 아니었다.

3학년 담임이었던 나이 지긋한 선생님은 라희에게 방과 후에 교실에 남아 타자 연습을 하지 않겠느냐고 제안했다. 자신은 한두 시간 교실에서 처리해야 할 일을 할 테니 그동안 원하는 만큼 타자를 쳐도 좋다고 말했다. 젊고 가난한 엄마와 둘이 사는 라희 집에는 컴퓨터가 없었고 오직 컴퓨터 활용 시간에만 컴퓨터의 이런저런 기능을 탐색할 수 있었다. 라희는 선생님의 제안을 반겼고 단 일주일 만에 교실에 놓인 인터넷도 연결되지 않은 초기 윈도우 컴퓨터로 할 수 있는 대부분의 재미를 보았다. 메뉴의 정렬과 창을 열고 닫을 때의 스타일, 배경과 화면보호기를 설정하는 다양한 선택지들 그리고 비밀 통로처럼 숨어 있는 고급 기능들을 라희는 순전한 재미로 샅샅이 훑었다. 라희는 또한 타닥타닥 그럴듯한 소리를 내며 스크

린에 명령 내용을 입력하는 키보드를 이리저리 다루어보았다. 키의 기능을 외우고 단축키를 외우는 것도 재밌었지만 교실 키보드의 물성이 가진 고유한 사용감을 홀로 알아가는 것이 가장 라희를 고무시켰다. 낡은 키보드의 스페이스 키는 왼쪽 모퉁이를 눌러야 작동했고 'ㄹ' 키는 힘주어 누르지 않으면 입력되지 않았다.

"재밌니?"

어느 날 선생님이 물었다. 방과 후 시간 동안 그녀가 이렇게 말을 건 것은 처음이었다. 라희는 재밌다고 대답했다.

"혜지는 어때?"

"예지요?"

"홍혜지. 너랑 오래 짝을 했잖니."

라희는 선생님의 의도를 파악할 수 없어 입을 다물었다.

"친구들이 바보처럼 느껴지니?"

실제로 그런 생각을 한 적은 없었기 때문에 역시 대답하지 않았다.

"애들과 노는 게 재미없을 수도 있지."

"재미없어요."

그건 즉각 답할 수 있는 문제였다. 교실에서 재미있는 건 수업 내용을 전하는 선생님의 말과 책상 서랍에 든 교과서, 그리고 교실 뒤편에 마련된 간이 도서관뿐이었다.

"그게 티가 난단다."

"티가 나요?"

"눈치 빠른 애들은 다 알고 있을 거야. 너를 미워할 수도 있어."

라희는 충격을 받았다. 자신이 알지 못하는 사이 마음이 노출되고 그것을 아이들에게 들키고 그로 인해 미움을 받는다니. 교실 안에서 펼쳐지는 이런 흥미진진한 판세는 라희가 한 번도 상상해 보지 못한 전개였다. 이 문제에 접근하기 위해 라희가 새롭게 신경을 기울여야 할 것들은 그야말로 까마득하게 많았다. 집으로 돌아온 라희는 밤잠을 설치며 내일이 오길 기다렸다. 당장 학교로 달려가고 싶어 안달이 날 정도였다.

다음 날부터 라희는 교실을 면밀히 관찰하기 시작했다. 그곳에는 라희를 포함한 동일한 나이의 서로 다른 아이들이 있었고 그 아이들은 여러 무리로 나뉘어 팽팽한 긴장과 균형과 조화를 이루고 있었다. 라희가 무심히 드나들던 교실은 규율과 야성이 공존하는 질서의 정글이었고 사람들로 구성되었다는 점에서 보다 거대한 사회도 결국 교실과 다르지 않다는 사실을 라희는 깨달았다. 깨닫는 즉시 즐겁게 게임을 확장했다. 라희는 인간 관계망이 만드는 교실에서, 또 사회에서 할 수 있는 모든 걸 해보고 싶었다. 라희는 드디어 자신이 혼자라는 것을 인지했고 우선 무리 안으로 들어가야 한다고 판단했다. 익숙하지 않은 대인 능력으로 인해 시행착오는 있었지만 특유의 집념과 갈망이 뒤섞인 열정으로 더 적합한 방법을 찾아냈다. 무리의 환심을 사고 구성원들의 경계심을 허물어트리고 결국 그들의 일부가 되었다. 무리 안에서 단단한 신뢰를 쌓는 방법, 모두가 자신을 얕보지 않고 조심하게 만드는 방법도 금세 터득했다. 학년이 바뀌자 자연스럽게 학급 회장으로 뽑혔고 중학교에 들어갈 무렵엔 이미 전교생이 라희의 존재를 알고 있었다. 라희가 특히 흥미를 느낀 것은 불특정 군중에게 호감을 사는 일과 아무런 요구나 강압 없이 그들의 흐름을 움직이고 장악하는 일이었다.

아이들 사이의 보이지 않는 알력과 정치는 라희에게 다양한 문을 열어줬다. 라희는 무리에서 우위를 점할 수 있는 모든 분야에 눈을 떴다. 유행하는 음악과 패션을 알았고 아무도 모르는 음악과 패션을 알았다. 세련된 감각을 장착하는 일, 누구와도 닮지 않은 자신만의 이미지를 만드는 일, 동시에 누구나 자신을 모방하고 싶도록 만드는 일에 심취했다. 물론 외모를 가꾸는 일에도 재미를 느꼈다. 아름다워지는 것은 질리지 않는 놀이였다. 재미의 힘은 강력한 마녀의 솥단지 같아서, 얼토당토않는 그 무엇일지라도 일단 라희의 마음 안에 들어오면 뜨겁게 끓어오르고 진득하게 녹아내리다가 결국에는 라희를 전과 다르게 변화시키는 묘약이 되었다. 그리고 허영을 배웠다. 라희는 냉철하게도 자신을 경제적으로나 사회적 지위로나 메리트 없는 계층으로 보았기 때문에 친구들에게 보여줄 부분과 숨겨야 할 부분을 구분하며 때로는 어떤 사실을 부풀리거나 거짓말을 했다. 이때 남은 죄책감과 동시에 허영이 깨지는 순간에 대한 불안을 기껍게 곱씹었다. 라희는 이 모든 것이 재미있어 못 견딜 지경이었다. 친구들의 고민 상담도 빠트릴 수 없는 묘미였다. 라희는 어린 나이에 이미 인간의 마음과 관계에 대한 탁월한 통찰을 얻었고 이를 통한 최선의 해답을 내줄 수도 있었지만 주로 걱정 많은 친구가 듣고 싶어 하는 이야기를 들려주었다. 때로 그런 우회가 본질적인 문제를 해결하기도 한다는 점에서 마르지 않는 놀라움을 느꼈다. 연애 감정을 품고 다가오는 상대를 탐구하는 일 역시 매번 새로웠다. 라희는 아이들이 자랄수록 어떤 식으로 사랑을 갈구하고 또 어떤 식으로 스스로의 욕망을 다잡아 성숙해지는지 찬찬히 관찰했다. 라희는 사람을 감동시키고 사람을 매혹시키는 일을 도무지 멈출 수 없었다. 때로는 자기 감정에만 함몰된 이들과 불쾌하고 귀찮은 일도 더러 생겼다. 그러나 라희에게 이 모든 인간사의 소동은 흥미롭고 또 흥미로울 뿐이었다.

고등학교를 다니다가 유학을 가게 된 혜지가 울음을 터트렸다. 라희의 목을 끌어안은 채 너를 더 이상 볼 수 없다고 생각하니 너무 슬프다고 속삭였다.

"그래도 우리는 계속 친구지?"

"그럼."

"정말이지? 너도 나를 친구라고 생각하는 거지?"

라희는 깜짝 놀랐다. 혜지는 초·중·고 세 개의 학교를 함께 다닌 친구였고 늘 가까이 지냈지만 라희는 그제야 혜지가 거기 있다는 것을 알아차렸던 것이다. 말하자면 라희는 그 순간 처음으로 친구라는 말의 의미를 진지하게 검토하기 시작했다. 진정한 친구. 눈앞에서 울고 있는 친구 혜지는 언젠가 엄마의 병환 소식을 듣고 겁에 질려 라희를 찾아온 적이 있었다. 대화 내내 횡설수설하다 결과적으로 아무것도 함께한 것이 없는 하루였고 혜지는 그저 라희 곁에서 힘없이 그네를 타고 비틀비틀 걷다가 두려운 일들이 기다리는 집으로 돌아갔다. 라희는 단숨에 혜지의 눈물에 사로잡혔고 자신도 그런 눈물을 흘리길 열망하게 되었다. 그렇게 첫 번째 우정은 친구가 곁을 떠나며 싹을 틔웠고 마음속에서 절절히 자라났다. 나와 다른 상대를 이해하고 가닿으려는 마음. 내 마음과 너의 마음이 겹쳐질 때의 환희와 어긋날 때의 고통을 체감하며 라희는 이 세상 그 무엇도 사람의 마음보다 자신을 감동시킬 수 없다고 확신했다. 라희는 이제 마음을 가진 모든 사람들이 못 견디게 사랑스러웠다. 이토록 깊고 풍요로운 가능성을 가진 존재들을 체스판 위의 말처럼, 그저 자신을 둘러싼 세계의 배경처럼 대할 수 없었다. 이는 라희에게 선량함을 심어주었고 지독한 재미의 재능은 언제나처럼 라희가 그것에 깊이 빠져들도록 만들었다.

수와 우주를 유난히 사랑했던 라희는 그 어떤 수식보다, 그 어떤 은하보다 아름다운 인간을 사랑하기 위해 순례자의 길을 자처했다. 대학에 진학하지 않겠다는 의사를 밝혔을 때 비쩍 마른 뺨을 여전히 딸을 향한 부드러운 사랑으로 물들인 엄마는 아무 말 없이 받아들였다. 오래전 딸에게 무수한 이야기를 들려주었던 그녀는 저주로 목소리를 잃은 사람처럼, 겨우 마흔밖에 되지 않았지만 이미 오래전에 노파가 된 여자처럼 제자리에서 딱딱하게 굳어가고 있었다.

라희는 자신과 같은 생각을 가진 사람들, 비영리단체들을 전전했다. 누군가의 사랑과 도움이 필요한 이들이 있는 곳이라면 전국 각지 어디든 찾아갔고 어느새 지구 위에 어지러운 나선을 그리며 세계를 유랑하는 몸이 되었다. 라희는 고독한 사람들의 이야기를 들어주고, 병들고 굶주린 사람들의 사연을 널리 알리고, 전쟁과 분쟁으로 집을 잃은 사람들을 위해 임시 거처를 지었다. 마른 지역에 우물을 파고, 수해 지역에 널린 잔해를 처리하고, 가족 잃은 사람들이 향을 피우고 헌화를 할 수 있는 빈소를 차렸다. 지원금 마련을 위해 모금이 필요한 경우가 많았다. 수완 좋은 누군가는 일을 제대로 해야 했고 라희는 물론 적임자였다. 실현해야 마땅한 일들을 실현하는 일. 간절히 원했던 바를 이루는 순간, 언제나 곁에는 마음을 졸이다가 함께 환호성을 지르던 동료들이 있었다. 따뜻한 전구처럼 밝아지던 얼굴들. 라희는 동료들의 기쁨, 돕고 싶었던 사람들의 기쁨이 무엇보다 중요했다. 그들을 위해 때때로 공격적인 프로젝트 성사에 관한 강연을 하기 시작했다. 성공, 쟁취,

승리. 세상을 보다 이롭게 하기 위한 말을 내뱉는 순간 라희는
그 말에 도리어 마음을 빼앗겼다. 라희는 감동하고 또 감동했
다. 눈앞에서 끝없이 흘러가는 세계라는 아름다운 모빌에서
눈을 뗄 수 없었다. 세월은 흐르고 흘러 라희는 대담하고 치밀
한 기업 전략가로 이름을 알렸다. 결코 불가능해 보이던 상황
에서도 끝까지 포기하지 않고 흐름을 뒤바꾸는 것이 그녀의
특기가 되었다. 라희가 손을 대면 외따로 떨어져 있던 기업과
기업은 퍼즐처럼 배열되고 연계되고 합치되었다. 라희의 놀
라운 점은 그 모든 일을 즐겁게 해내고야 만다는 것이었다. 실
로 모든 일이 라희에게는 즐거웠다. 그녀의 행적을 주목해온
사람들은 그녀의 계속된 성공 신화에 강하게 이끌렸다. 그녀
라면 무엇이든 해낼 수 있다는 믿음이 퍼져나가자 슬슬 정치
계 유력 인사들의 러브콜을 받기 시작했다. 그리고 그즈음 아
무런 전조도 없이 라희는 재미의 재능을 잃었다.

시작은 입맛이었다. 중요한 오찬 미팅에서 라희는 갑자기
입맛이 뚝 떨어졌던 것이다. 평소 즐겨 찾던 가게였고 소고기
로 속을 채운 뭉근한 가지탕은 라희가 언제나 뜨끈하고 개운
하게 먹던 메뉴였다. 그 국물이 비릿하게 느껴지자 숟가락을
내려놓을 수밖에 없었다. 오후에 회사로 돌아와 비서에게 업
무 보고를 받는 동안에도 그에게 지시를 내리는 동안에도 정
체를 알 수 없는 기이한 이물감을 느꼈다. 그리고 점차 그것이

이물에 대한 감각이 아니라 상실에 대한 감각이라는 것을 분명하게 직감했다. 그날 저녁 평소처럼 운동을 하고 밤공기를 쐬며 아름다운 강가를 걸어도 그 무엇에도 마음이 동요하지 않는다는 사실에 라희는 완전히 얼어붙었다. 그대로 길 위에 멈춰 섰다. 손으로 텅 비어버린 가슴을 더듬었다. 늘 마음을 때리고 추동하던 열기가 더 이상 느껴지지 않았다. 그녀를 항상 즐겁고 신나게, 대담하고 집요하게 만들어주었던 익숙한 열기. 라희는 자기 안에 그런 불꽃이 있는 줄도 모른 채 평생을 살아왔다. 라희는 이제 절망에 물든 얼굴로 눈앞의 풍경을 바라봤다. 모두가 뜨거운 불꽃 없이 세상을 견디고 있었던 것이다.

라희는 필사적으로 일상을 버티다 3개월 만에 휴직을 선언했다. 그녀를 아는 사람들은 처음에는 놀랐지만 그럴 때도 되었다고 입을 모아 수긍했다. 라희의 인생은 지금껏 쉼표 하나 없이 내달려온 경주나 마찬가지였다. 재미를 잃은 뒤 삶의 관성이 이전과 비슷한 상태로 그녀를 작동시켰을 뿐 그건 모두 꾸며낸 모습이었다. 라희가 진정으로 원해서 파고들었던 모든 것들이 이제는 무색무취의 폐허가 되어 그녀를 기만하고 있었다. 내가 저 그림을 좋아했다고? 내가 저 사람을? 아니 내가 정말 이 일에 설레었던 순간이 있단 말이야? 하지만 누구도 라희의 변화를 알아채지 못했다. 사람들은 여전히 그녀에게서 과거의 신화만을 보고 있었고 그녀가 영영 잃어버린 재능은 처음부터 존재하지 않았던 것처럼 여겼다. 라희는 이 상황을 믿을 수 없어 자신이 사랑했던 모든 것들을 되짚어보았다. 먹어보고 입어보고 읽어보고 만나보고 해보아도 전혀 즐겁지 않았다. 재미를 잃은 라희에게 세상은 가짜 음식을 먹고 가짜 옷을 입고 가짜 사람들을 만나며 즐거운 척 연기하는 연극과 다를 바 없었다. 라희는 궁금했다. 대체 그 많은 재미는 어디로 사라졌을까?

겨울과 봄이 다 지나가도록 방 안에만 틀어박혀 참담한 시간을 보내고 있을 때 혜지가 찾아왔다. 혜지는 유학에서 돌아와 극작가가 되었다. 몇 번의 연극을 올렸지만 별다른 반응을 얻지 못하고 아르바이트로 생계를 이어가고 있었다. 세상만사에 넌덜머리가 난 라희가 냉담하게 구는데도 혜지는 꿋꿋하게 용건을 밝혔다. 새로 올리는 단막극이 있는데 보러 오라는 것이었다. 곧 사라질 폐가에서 단 하루만 상연되는 연극이라고 했다. 혜지가 전한 말은 정말 그게 다였고 그 옛날 심난했던 어린 날처럼 놀이터의 녹슨 그네를 조금 타다가 돌아갔다.

혜지가 일러준 폐가는 서울 중심에 위치한 적산가옥이었다. 이런 폐가가 눈에 띄지 않았다니 신기한 일이라고 라희는 생각했다. 지저분하게 풀이 웃자란 좁은 정원에 들어서니 활짝 열린 문으로 1층 내부가 보였다. 너른 거실과 부엌은 낙엽과 쓰레기로 가득했다. 오랜 세월 이곳에 들어왔던 침입자들, 딱한 사정이나 단순한 재미로 이 집이 필요했던 사람들이 남기고 간 흔적이었다. 2층은 의외로 상태가 잘 보존되어 있었다. 벽과 바닥과 천장은 온통 윤기 도는 원목이었고 아마도 마지막 거주자가 소지했을 자개 거실장과 읽을 수 없는 한자의 표구 액자가 그대로 남아 있었다. 라희는 관객의 수를 세어보았고 자신까지 아홉이라는 것을 확인했다. 암막 없이 어두운 밤이 찾아오자 연극이 시작됐다.

연극은 세 명의 배우가 특별한 무대장치 없이 암시적인 대사를 주고받는 식이었다. 라희는 멍하니 집중하지 못하다가 극이 한참 진행되고 나서야 자신이 아는 이야기라는 것을 눈치챘다. 라희의 엄마가 라희를 가졌을 때 보호시설에서 행했던 주술이 눈앞에서 다시 펼쳐지고 있었다. 세 명의 배우는 아무도 배가 부르지 않았고 심지어 한 명은 남자였다. 그들은 이 장난을 재미있어하며 각자의 자리에 쪼그리고 앉아 의식을 준비했다. 우선 쪽지에 소중한 가치가 있는 제물을 적는 것부터 난항을 겪었다. 그들은 자신에게 소중한 것을 모르거나, 소중한 것을 제물로 바치고 싶지 않거나, 알 수 없는 존재의 개입으로 바람이 불어 쪽지를 잃어버렸다. 거울 위에서 쪽지를 태울 때는 무대가 더 난잡해졌고 그것이 배우들의 진짜 실수인지 정해진 연출인지 분간하기 어려울 정도였다. 배우들은 손을 달달 떨고 땀을 흘리며 점점 하얗게 질려갔다. 가까스로 쪽지가 타오르자 그들의 행동이 거칠어졌고 거의 미쳐갔다. 배우들은 관객들에게 들리지 않는 각자의 리듬에 취해 몸을 흔들었다. 한 배우가 다른 배우의 배 위에 올라타 머리카락을 움켜잡았다. 둘은 웃음을 터트렸다. 흔들흔들 움직이는 허리. 기괴하게 꺾이는 팔. 그들은 서로를 공격하거나 탐하면서도 정작 자신이 무엇을 원하는지 몰랐다. 그들이 마침내 칼을 들고 거울을 겨냥했을 때, 모두가 소리 내어 울기 시작했다. 바닥을 구르고 옷을 찢는 곡성이었다. 우는 이 중에는 연극을 지켜보던 관객도 있었다. 라희는 가까스로 숨을 쉬고 있었다. 저 조명도 무대도 없는 곳에 선 자들에게서 눈을 뗄 수 없었다. 라희가 그토록 매혹되었던 모빌, 그 너머의 세상. 거기에 진실이 있었다. 장난치며 놀고 있는 여자들, 어쩌면 여자 아닌 자들, 아마도 유령이 된 자들은 그저 겁에 질려 울고 있었다. 아이를 가졌지만 여전히 아이 같은 얼굴로. 실은 이 모든 장난이 재미있지 않았다. 라희는 자신이 진실을 알고 있었다는 사실에 경악했다.

어느새 더럽혀진 거울을 깬 칼을 들고 유령들이 일어났다. 감정과 욕망이 깨끗이 소거된 채로. 그들은 칼을 늘어트리고 폐가의 어둠 속을, 관객들의 새카만 마음속을 휘젓고 돌아다녔다. 약속된 순간처럼 한 유령이 다가왔다. 라희는 유령이 내미는 작고 무딘 칼을 땀에 젖은 손으로 받아 들었다. 오래된 주술의 효험은 끝이 났고 이제 그녀가 칼을 삼킬 차례였다. 그것이 주술의 완성이었다. 그렇지만 도무지 재미없는 일이었다.

멜론

위수정

1977년 부산 출생. 동국대 국문과 졸업. 2017년 『동아일보』 등단.
소설집 『은의 세계』. 〈김유정작가상〉 수상.

나는 당신을 잃고 싶지 않다. 하지만 당신은 내가 어떤 사람인지 알면 혐오할 거야. 도망칠 거야. 나와 함께한 시간들을 후회하고 나를 잊으려 애쓸 거야. 나는 그게 두렵다. 그러나 그것보다 더 두려운 게 있는데, 그게 뭐냐면.

　나와 지운은 마흔이 넘어 만났고 1년 남짓 연애를 했으며 동거나 결혼 중 뭔가 결정을 내리는 것이 좋겠다고 느꼈을 때 지운은 결혼을 하자고 했다. 선택으로 만들어진 법적인 관계가 궁금하지 않아? 그는 내가 키우는 고양이 루카의 이마를 문지르며 물었다. 나는 루카의 초록빛 눈동자를 보다가 지운에게로 시선을 돌렸다. 응, 궁금해.

　제 남편이에요, 아내예요, 라고 말하면 그걸로 상대의 입을 닫게 만드는 분명한 관계. 지운은 혼자 살아온 시간이 길었고 집에 있는 것을 좋아했다. 개인주의적이라는 말을 종종 듣는다고 했다. 난 그냥 내 것을 잘 지킬 뿐인데. 지운이 말했다. 내 것 이외에 관심이 없는 나와 비슷했다. 나도 그도 비혼주의자는 아니었다. 우리는 오랜 고민 없이 서로에게 포함되는 삶을 선택했다.

우리는 함께 장을 보고 주말의, 한 달 후의, 미래의 계획을 세웠다. 회사에서 있었던 일로 혼자 우울해하지 않아도 되었고 몸살에 걸렸을 때는 지운이 운전하는 차를 타고 함께 병원을 찾았다. 비가 오는 휴일에는 스릴러나 슬래셔 무비를 보았다. 우리는 「살아 있는 시체들의 밤」과 존 카펜터와 다리오 아르젠토와 「엑소시스트」에 대해 시간 가는 줄 모르고 얘기했다. 「햄들의 침묵」이나 「새벽의 황당한 저주」 같은 패러디 영화를 보며 서로의 어깨에 기댄 채 낄낄대다가 누가 누구에겐지 모르게 키스했다. 누군가 배가 고프다고 말하면 둘 중 하나는 음식을 했고 하나는 정리를 했다. 그런 우리를 루카는 편안한 자세로 예의 그 깊은 초록색 눈을 빛내며 바라보곤 했다. 검고 긴 꼬리를 천천히 흔들며.

몰디브에 가자. 좀 있으면 사라진다던데. 남편의 말에 내가 되물었다. 사라진다니? 아, 가라앉는다고?

사실 가라앉는 게 아니라 잠기는 거지.

결혼한 지 어느새 일주년이 되었고 우리는 신혼여행 겸 여름휴가를 계획했다. 지난해 여름에는 남편의 아버지가 돌아가셨고, 나는 이직을 해서 정신이 없었다. 신혼집을 정리하고 각자의 습관에 적응하고 새로운 루틴을 만드는 데 1년이라는 시간은 길지 않았다.

사라진다는 걸 미리 알고 가보는 거, 괜찮지 않아? 남편이 건넨 휴대폰 안에는 햇살을 받아 반짝이는 아쿠아마린빛의 바다와 길고 얌전하게 펼쳐진 모래 해변이 있었다. 사진으로만 존재하는 것 같은 장소들이 있다. 화면으로만 익숙한 배경들. 가보지는 못한 곳. 나는 얇은 원피스 하나만 걸치고 남편의 손을 잡고 저 해변을 걸을 것이다. 발바닥에 따끈하고 부드러운 모래가 밟히는 느낌. 누가 봐도 신혼부부처럼 보이겠지. 밤에는 별도 많이 볼 수 있을까? 내 말에 그는 휴대폰을 받아 무언가 검색했다. 그리고 다시 화면을 내밀었다. 거기에는 수많은 별들이 빼곡히 박힌 밤하늘이 있었다. 우리가 정말 여기에 갈 수 있을까? 실제로 보면 더 끝내줄 거야. 나중에는 사진으로만 남겠네. 우리 신혼여행지는. 그렇게 나는 몰디브로의 신혼여행에 대한 동의를 표했다.

점점 잠기고 있는 땅에 사는 기분은 어떨까, 침대에 누워 남편에게 물었다. 이미 이주를 많이 했다고 들은 거 같아. 슬프겠지. 두렵고. 남편의 담담한 어조와 슬픔이나 두려움이라는 단어는 어울리지 않는다고 생각했다. 언젠가 사라질 섬으로 허니문을 간다는 건 좀 불길해. 내가 장난스레 말하자 그가 웃으며 답했다. 그게 우리 스타일이지.

몰디브로 떠나는 신혼여행은 유행이 지난 느낌이었지만 오히려 그래서 마음에 드는 구석이 있었다. 우리에게 잘 어울린다고. 나는 남편의 살냄새를 맡으며 행복하다고 말했다. 행복하다는 말을 꺼내어본 적이 아주 오래되어 마치 처음 해보는 말 같았다. 나는 그 말을 취소하고 싶었다. 말을 꺼내는 순간 모든 게 반대로 돼. 이루어지지 않지. 나는 남편에게 몸을 붙였다. 그래서 나는 진심을 잘 얘기하지 않거든. 하지만 이제 괜찮겠지. 당신이 있으니까.

우리는 휴가를 조율했고 항공편과 숙소를 알아보았다. 우리는 바닥이 작게 뚫려 있어 실내에서도 바닷속을 들여다볼 수 있는 방갈로를 골랐다. 투명한 바닷속에는 노랗고 빨간 열대어들이 헤엄치고 있었다. 그곳은 불길함과는 가장 거리가 먼 장소 같았다.

생리가 늦어졌을 때 나는 폐경기가 시작되는 것인지도 모르겠다고 생각했다. 생리 주기가 조금씩 짧아지거나 길어질 수 있다고 했는데. 나는 찜찜한 기분으로 며칠을 보냈다. 간혹 가슴이 찌릿했다. 나는 폐경기, 라는 단어를 검색창에 입력했다. 싫은 기분. 폐경기라니. 생리와 생리통, 생리 전 증후군 등등을 30년 넘게 매달 겪으며 괴로워했는데 폐경기라는 말은 다른 차원으로 거부감이 들었다. 인터넷에서 알려주는 몇 가지 증상들과 내 경우를 비교해보았다. 그게 어떤 병이든 검색을 하면 모두 나의 증상과 일치했다. 검색 기록을 삭제하고 창을 닫았다.

일주일이 지나도 생리는 시작되지 않았고 질염 증상이 보여 겸사겸사 산부인과를 찾았다. 낯익은 얼굴의 의사는 혹시 모르니 소변검사를 해보자고 했다. 임신하셨네요. 그가 한 손으로 마우스를 쥔 채 모니터와 나를 번갈아 보며 말했다. 그는 나의 표정을 빠르게 살폈고 나는, 네? 하고 되물었다. 임신이라는 말을 분명히 들었는데, 순간적으로 시간을 벌어야겠다는 생각을 했던 것도 같다. 생각할 시간을. 이 상황을 이해할 시간을. 의사는 내가 기뻐한다고 확신했는지 웃으며 축하한다고 말했다. 나는 소리 내어 웃었다. 내 귀에 들리는 나의 웃음소리가 낯설었다. 정말이에요? 나는 손을 가슴에 올렸다. 목덜미가 붉어지는 것을 느꼈다. 임신이라고요? 나는 재차 물었다. 요즘에는 워낙 노산이 많아서…… 관리 잘하시면 괜찮으실 거예요. 그래도 나이가 좀 있으시니까 미리 큰 병원으로……. 의사는 컴퓨터 화면으로 시선을 돌렸다. 의사가 하는 말이 공중에 떠다녔다. 나는 인사를 하고 진료실을 나왔다. 문이 닫히는 것과 동시에 의사는 미소를 지웠을 것이다. 대기실에는 젊은 커플 몇몇과 혼자 온 여자들이 띄엄띄엄 앉아 있었다. 이들 중에 아이를 낳으러 이곳에 온 사람은 아무도 없다. 여기는 부인과 진료와 임신 중지를 위한 이들을 위한 병원이었다. 몇 년간 이 병원에 다니면서 배부른 여자는 단 한 번도 본 적이 없었다.

아기 생기면 어떡하지? 섹스가 끝난 후 나는 가끔 물었다. 남편은 나의 볼을 쓰다듬으며 대답했다. 40대 중반에 자연 임신 가능성은 희박해. 그리고 가임기도 아니잖아?

그래도.

그래도? 그래도 생기면…… 축복이지.

축복?

그럼 그걸 뭐라고 부를 수 있어?

남편은 축복이라는 단어를 언제나처럼 특유의 담담한 어조로 말했다. 죽음이나 사고, 강아지나 고양이 아니면 새우깡이나 빼빼로를 말할 때와 별다를 바 없는 어조였다. 나는 운전석에 앉아 잠시 눈을 감았다. 수많은 생각이 떠올랐지만 먼지처럼 부유할 뿐 읽을 수가 없었다. 남편에게 전화를 걸었다. 통화 연결음이 영원처럼 여겨졌다. 어서 남편의 목소리를 듣고 싶었다. 치마를 움켜쥐고 다리를 떨었다. 남편에게 말하면, 그러면, 나는 이해할 수 있을 것이다. 이 감정의 정체를. 응, 준희야. 연결음을 끊고 내 이름을 부르는 남편의 목소리가 들려왔다. 그러나 그의 목소리를 듣는 순간 나는 마음이 바뀌었다. 얼굴을 보고 말해야겠다고. 남편의 표정을 보고 싶었다. 자기 오늘 언제 끝나? 나 스키야키 먹고 싶은데. 관서식으로. 남편은 선선히 그러자고 답했다. 그런데 어디야? 남편이 물었다. 그냥 좀 답답해서 밖에 나왔어. 만나서 얘기해요. 남편은 잠깐

말이 없었다. 마음을 들킨 것 같아 가슴이 두근거렸다. 이따 봐요. 나는 전화를 끊었다. 말하지 않기를 잘했다고 생각하며 차의 시동을 걸었다.

나는 나의 임신이 이렇게 축복받을 수 있다는 사실에 들떴다. 그 축복은 마흔다섯이라는 늦은 나이 때문인가. 아니면, 이제 남편이 있기 때문인가. 적법한 사이에서 생긴 아이이기 때문인가. 남편 역시 나처럼 어리둥절해하다가 몇 번이나 되묻더니 갑자기 일어서서 박수를 치며 환호했다. 감정 표현을 잘 하지 않는 남편이 얼굴까지 붉히며 좋아하는 모습을 보니 어딘지 뭉클했다. 나는 이것을 원했구나. 내가 원했던 건 이런 삶이었구나. 가슴속에 작게 박힌 석회질 같은 불안함은 이 모든 것이 낯선 것이기 때문이리라 여겼다. 임신이라니, 아기라니.

요리를 하면서 남편은 휴대폰으로 임산부에게 좋지 않은 음식을 검색했다. 날계란은 당분간 먹지 않는 게 낫겠고 고기도 완전히 익혀야 한다고 했다. 나는 좀 의아했지만 남편을 내버려두기로 했다. 결국 나는 관서식 스키야키 대신 물을 넣고 재료를 푹 익힌 샤부샤부를 먹게 되었다. 남편은 식사 도중에도 중간중간 나를 바라보며 미소 지었다. 평소보다 더 자주. 조금은 다른 표정으로.

처음 함께 병원에 다녀온 날, 남편은 나오지도 않은 내 아랫배를 쓰다듬으며 말했다. 태명은 축복이라고 하자. 괜찮지?

어쩌면 아이는 이렇게 생기는 게 맞는 건지도 몰라.

어떻게?

계획 없이. 자연스럽게.

나는 남편의 머리를 쓰다듬었다. 정수리에 숱이 없어 두피가 꽤 드러나 있었고 처음으로 좀 징그럽다는 느낌이 들었지만 쓰다듬는 손을 멈추지는 않았다. 몰디브로의 허니문은 안정기에 들어서면 가야겠다. 남편의 말에 나는 서운한 표정을 숨기지 못했다. 그때까지 몰디브가 사라지지는 않겠지? 나의 물음에 그는, 당연하지. 어쩌면 우리가 먼저 사라질지도.

난 사실 좀 불안해. 무섭고.

걱정하지 마. 내가 있잖아.

계획 없이 자연스럽게. 남편의 말이 걸렸다. 나는 20대에 한 번, 30대에 한 번 임신중절을 택한 적이 있다. 그때 나는 임신 계획은커녕 결혼에 대한 생각도 없었다. 피임에 실패해서 생긴 일이었고 실패는 바로잡을 수 있었다. 상대를 사랑하지 않아서가 아니라 계획에 없던 일로 서로의 계획을 어긋나게 하기에는 위험부담이 너무 컸다. 죄책감 같은 것은 없었다. 죄책감이 없는 것에 죄책감이 들었던 것 같기는 했다.

*

우리, 이제 더 이상 꿈 이야기는 하지 말자. 당신의 꿈, 당신 어머니의 꿈, 당신 동생의 꿈, 친구들의 꿈······. 반짝이는 별

멜론

이 떨어져 가슴에 안겼다는 이야기, 흠이라고는 없는 새하얗고 동그란 복숭아를 치마에 가득 받아 들었으며, 생전에 본 적이 없는 맑은 물에서 은빛 비늘을 뽐내는 잉어가 튀어 올랐고, 주머니에 손을 넣었는데 뭔가 잡혀서 꺼내어 보니 빨간 보석이었다는…… 그런 이야기들. 자신들이 대신 꿔주었다는 꿈들. 수많은 길몽들.

모든 이들이 태몽에 대해 말했다. 하지만 나는 나의 태몽을 들어본 적이 없다. 어머니는 잘 기억이 나지 않는다고 했다. 그러다가 금반지 한 꾸러미가 어쨌다는 말을 했지만 꾸며낸 이야기라는 것을 알았다. 나도 엄마를 닮아서일까. 남들이 꾸었다는 태몽을 나는 꾸지 못했다. 내 아이의 꿈을 왜 다른 사람이 꾸는가에 대해 의문은 갖지 못했다. 크게 드문 일이 아니라고 들었으니까.

나는 회사를 계속 다닐 생각이었다. 임신 7개월쯤 되면 출산휴가를 써야겠다고 계획했다. 하지만 임신이 그랬던 것처럼 회사 일도 마음대로 되지 않았다. 7주 차에 들어서자 입덧이 시작되었다. 나는 세상의 모든 냄새를 맡을 수 있는 능력이 생긴 것 같았다. 개 같은 기분……, 아니, 개가 된 기분이랄까. 동료들의 향수 냄새, 땀 냄새, 머리 냄새, 살냄새. 심지어 연필을 바라보기만 해도 연필심 냄새가 났다. 식사를 제대로 할 수 없었다. 팀장님, 요즘 피곤해 보이세요. 말간 피부의 막내가 조심스레 비타민 음료를 건네며 말했다. 평소에는 생각 없이 종종 마시던 음료였다. 나는 음료 뚜껑을 돌려 따려다 멈추었다. 돋보기를 꺼내어 쓰고 성분표를 유심히 보았다.

그날 오후에 소변을 보고 일어서는데 피가 묻어 나왔다. 의사는 당분간 가능하면 움직이지 않는 게 좋겠다고 했다. 산책도 당분간은 하지 마시고 누워 계세요. 이 기회에 푹 쉰다고 생각하시고.

언제까지요?

의사는 초기 유산율이 높으니 최소 3개월 지날 때까지는 주의하라고 당부했다. 게다가 자궁경부도 매우 짧은 편이라……. 나는 고위험 산모라고 했다. 고위험. 많은 주의 사항들. 조심해야 하는 것들과 하면 안 되는 것들. 특히 노산에는, 노산이라, 노산이서서……. 노산이라는 말은 마치 아이를 낳으면 안 되는데 억지로 어떻게든 낳게 해주겠으니 시키는 대로 하지 않아 생기는 문제는 모두 내 탓이라는 말로 들렸다.

나는 임신 사실을 예상보다 일찍 회사에 알려야 했다. 동료들은 축하해주었지만 그들이 고개를 돌리고 어떤 표정과 어떤 말들을 주고받는지 나는 알 수 있었다. 이미 아이가 둘인 동료 하나가 내게 말했다. 즐겨요, 무조건. 그래도 배 속에 있을 때가 천국이에요. 나오면 그때부터 헬……. 동료는 고개를 절레절레 흔들며 입을 다물었다. 그런데 선배가 엄마가 된다니, 정말 신기하네요. 그렇게 말하는 그녀의 눈빛이 마음에 걸렸다.

멜론

남편은 열심히 내 입맛을 살폈으나 나는 비린내는 물론이고 밥 냄새도 맡기 힘들었다. 남편은 구역질을 하는 내 등을 쓸어주었다. 그리고 더없이 안쓰럽다는 얼굴로 나를 안아 토닥였다. 남편에게서도 냄새가 났다. 나는 그의 품을 자연스럽게 밀어내고 자리에서 일어나 세면대의 물을 틀었다. 소독약 냄새. 나쁘지 않았다. 나는 수돗물로 입을 헹궜다. 고개를 들어 거울을 보았다. 피부는 누르죽죽했고 입 주변에 뾰루지가 돋아나 있었다. 주름이 도드라진 눈 밑에는 다크서클이 더 진하게 내려와 평소보다 늙어 보였다. 정수리에 몇 센티나 자라난 흰머리가 드러나 있었다. 뿌리 염색을 하러 갈 시기는 이미 지났다. 염색을 하고 싶다. 스파도 하고 네일도 받고 싶다. 눈물이 떨어졌다. 지켜보던 남편이 놀라 나를 안았다. 나는 목구멍이 쓰라릴 때까지 울었다. 미안한 마음이 들었다. 그 마음은 남편을 향한 것이었을까, 태아를 향한 것이었을까, 아니면 나를 향한 것이었을까. 눈물과 콧물이 목구멍으로 넘어갔고 나는 다시 토했다. 이러면 아가한테도 안 좋을 텐데. 남편의 목소리를 들었고 나는 내 등에 닿아 있는 남편의 손을 치우며 말했다. 오렌지 주스.

응?

오렌지 주스 마실래.

빈속인데 괜찮으려나.

펄 들어 있는 거. 그리고 배.

배?

응, 달고 시원한 걸로. 우유 식빵도. 그리고 투게더랑 에이스 크래커.

남편은 휴대폰을 켜고 다시 불러달라고 했다. 그리고 장을 보러 나갔다. 혼자 남은 나는 차가운 수돗물을 한 컵 가득 따라 마셨다. 약품 냄새가 좋았다. 속이 차분해졌다. 소파에 드러누운 나를 루카가 캣타워 위에서 내려다보고 있었다. 무슨 생각 하니 루카? 내가 이상하니? 루카는 긴 꼬리를 흔들, 흔들할 뿐 내가 손을 내밀어도 내려오지 않았다. 고양이는 표정이 없구나. 새삼스런 생각을 하며 나는 소파에 누워 루카를 계속 불렀다. 나는 내밀었던 손을 거두고 아랫배를 쓸어내렸다.

병원에서 시킨 대로 나는 거의 하루 종일 침대에 누워서 지냈다. 우리는 도우미를 구했다. 나는 낯선 이와 함께 있는 시간이 불편했지만 딱히 다른 방법이 없었다. 안방 청소는 남편에게 부탁했다. 가장 사적인 공간만은 남에게 보여주고 싶지 않았다. 도우미가 일하는 시간에 나는 방에서 나가지 않았다. 침대에 누워 유튜브나 넷플릭스를 보았다. 처음에는 임신 관련 자료를 찾아보았다. 나의 내부에 다른 생명이 자라고 있다는 사실을 상기할 때면 종종 놀라웠다. 입덧은 몇 달이 가기도 하지만 보통 16주 차 정도 되면 가라앉는다고 했다. 임신, 출산에 관련된 정보는 다른 정보들과 마찬가지로 차고도 넘치며 줄기줄기 뻗어나가 있어서 계속 보다 보면 지쳤다. 이론

멜론

상 입덧이 멈추려면 아직 한 달이 남았다. 그러나 조금씩 팽팽해지는 아랫배를 천천히 쓸어내리며 한가하게 지내는 시간이 나쁘지만은 않았다. 남들은 간절히 원해도 이루기 힘든 일을 나는 해냈다. 자연스럽게. 그렇게 생각하려고 애썼다. 먹고 싶은 것을 먹고 보고 싶은 것을 보고 자고 싶을 때 자고. 먹고 싸고 토하고 자고, 먹고 싸고 토하고 자고. 예상하지 못했던 삶이었다. 이렇게 갑자기 삶이 바뀔 수도 있구나. 아랫배와 달리 흐물흐물해지는 팔다리 근육과 여위어가는 몸을 보면 마음이 깊게 가라앉았다. 아기용품을 검색해보며 혼자 웃다가 이불을 뒤집어쓰고 울었다. 울고 나면 10년은 더 늙은 기분이었다. 그래도 이건 끝이 있어. 그리고 아기는 귀엽지. 남편을 닮으면 좋겠다. 나는 다시 힘을 내어 전복죽과 엽산과 철분을 먹었다.

누워 지낸 지 한 달이 흘렀고 나는 범죄 수사 관련 유튜브와 세계 각국에서 제작한 범죄 미스터리 시리즈를 섭렵했다. 범인은 결국 잡힌다. 잔인하고 끔찍한 사건들을 안전한 곳에서 관람하며 나는 현실을 잊었다. 너무 오래 화면을 보다 보면 두통이 찾아왔다. 그럴 때면 눈을 감고 앉아서 아이스바를 먹었다. 어떤 날은 홍시가 당겼다. 그리고 토했다. 입덧을 하는 동안 4킬로그램이 빠졌다. 남편이 출근하면 나는 디카페인 커피를 내려 마셨다. 그러면 속이 좀 괜찮았다. 차가운 맥주를 들이켜기도 했다. 너무 마시고 싶어서 반 잔 정도 마신 후에 곧바로 후회했다. 그걸 못 참다니. 나는 자책하며 남은 맥주를 싱크대에 쏟아부었다. 그러고 나면 담배가 피우고 싶었다. 하지만 남편이 알면 싫어할 것이다. 남편은 점점 걱정이 늘었다. 잘 먹지 못하고 힘들어하는 나를 보며 남편은 말했다. 임신 초기에는 흔한 일이래. 그러나 표정은 어두웠다.

자기는 나를 걱정하는 거야, 아기를 걱정하는 거야?

야……, 그걸 말이라고 하냐.

나는 정확한 답을 듣고 싶었지만 내가 원하는 답은 듣지 못했다. 남편은 내가 점점 유치해진다고 했다. 하지만 그건 당신 잘못이 아니니까.

그럼 누구 잘못인데?

남편은 웃으며 내 배를 소중히 쓰다듬었다. 호르몬. 이제 안정기 들어가면 좀 나아질 거야. 입맛도 돌고. 평소에 안 먹던 것도 막 땡긴다더라. 하지만 걱정 마. 난 준비가 돼 있어.

우리는 이제 비 오는 날 밤에도 호러 무비를 보지 않았다. 퇴근 후 남편은 자꾸 다큐멘터리를 보자고 했다. 자기가 나나 모르는 게 너무 많으니까. 남편은 출산에 관련된 책을 주문했고 임산부에게 좋다는 식품과 오일과 아기용품을 검색했다. 아들일까, 딸일까. 당신은 뭐였으면 좋겠어? 남편이 물었다. 뭐였으면 좋겠냐고? 나는 웃었다. 남편도 따라 웃었지만 내가 웃은 이유를 그는 영원히 알 수 없을 것이다. 그는 전과 다름없이 깔끔한 폴로 셔츠에 면바지를 입고 앉아 말했다. 헐렁한 원피스 차림의 나와는 달랐다. 나 이제 염색 좀 하면 안 될까?

　　　　　　　　　　　　　　　　　　　　멜론

천연 염색 같은 거 있잖아. 반백에 가까운 머리를 보며 내가 말했다. 임신한 할머니 같아. 기괴하지 않아? 남편은, 조금만 참아보자. 출산하면 내가 최고급 미용실이랑 피부과랑……. 나는 움직이는 그의 입술을 보았다. 저 입에 주먹을 날리면 이에 입술이 부딪혀 피가 흐르겠지. 내 주먹에 그의 이가 박힐지도 모르겠다. 나 역시 주먹이 아리겠지만 속은 시원하지 않을까. 그 순간만큼은 내 안에 아무것도 없이, 오롯이 혼자인 기분으로, 주먹에서 퍼지는 또렷한 통증에 집중할 수 있을 것이다. 앞니가 부러진 남편의 얼굴을 그려보자 쿡쿡 웃음이 났다. 오줌이 나올 것 같았다.

남편이 깊이 잠든 시간에 나는 조용히 집을 빠져나와 드라이브를 했다. 새벽 세 시가 넘은 도로는 한산했고 나는 창을 열어놓은 채 속도를 높였다. 그리고 갓길에 차를 세우고 음악을 틀었다. 고작 한 시간도 되지 않는 그 시간이 나를 견디게 했다. 그러나 얼마 지나지 않아 남편에게 들켰다. 남편은 이마를 찌푸렸다가 금방 표정을 바꾸었다. 가려면 같이 가. 무슨 일이라도 생기면 어쩌려고.

나는 이제 누가 봐도 임산부로 보이는 불룩한 아랫배를 내려다보고 있다. 25주째. 임신 당뇨 판정을 받았지만 운동은 할 수가 없었다. 경부가 짧아 용변도 가능하면 누워서 보라고 했다. 힘을 세게 주면 조산 가능성이 커져요. 의사가 조심스럽지만 단호한 어조로 말했다. 공손한 표정으로 고개를 끄덕이며 나는 생각했다. 이 새끼는 임신해본 적이 없겠지, 남자니까. 다른 육체로 변해가는 기분을 모를 것이다. 상상도 못 할 것이다. 아니 상상할 필요가 없겠지.

나는 계속해서 식물처럼 침대에서 시간을 보내야 했다. 입덧은 다행히 멈췄지만 이제는 무언가 계속 먹고 싶어졌다. 전에는 계절별로 한 번 먹을까 말까 했던 스테이크가 당겼다. 레어로. 피 냄새가 좋았다. 그리고 멜론. 아주 잘 익어 노란빛이 도는 과육으로. 고기와 멜론을 떠올리면 입에 침이 가득 고였다. 자다가도 일어나 냉장고를 뒤졌다. 겉에만 아주 살짝 익혀줘. 살짝만. 나의 요구에 남편은 최고급 한우를 주문했다. 너무 안 익히면 안 좋을 거 같은데, 라고 중얼거리며 남편은 고기를 구웠다. 고기를 먹으면서 멜론을 생각했다. 멜론 한 통을 숟가락으로 싹싹 긁어 퍼먹는 나를 보며 남편은 말했다. 임산부한테 멜론이 좋긴 하다는데 채소도 좀 같이 먹자. 당 조절해야지. 나는 변비약을 먹었고 누워서 용변을 해결했다. 수시로 소변이 마려웠고 남편 옆에서도 크게 방귀를 뀌었다. 체취도 바뀌었다. 겨드랑이에서 역한 냄새가 났고 질에서는 끈적한 분비물이 흘렀다. 동그란 플라스틱 의자에 앉아 샤워를 했다. 내가 역겹지 않아? 내 몸 구석구석을 닦아주며 남편은 답했다. 당연한 과정이래. 오히려 다행이야. 당신이 힘들어서 그렇지. 하지만 고기는 좀 줄이자. 싫어도 채소를 먹자.

멜론

나는 그가 종종 쓰는 청유형의 문장을 좋아했는데 이제는 몸서리치게 싫어졌다. 노력해볼게. 그리고 마음으로는, 너나 많이 처먹어.

머리를 말려주는 남편을 향해 애원조로 부탁했다. 나 제발 이제 염색 좀 해줘. 안정기도 지났고 천연 염색약 많잖아. 그러나 남편은, 왜 나는 이쁘기만 한데.

거짓말 마. 의사도 괜찮댔어.

괜찮지만 안 하는 게 좋다고 했잖아.

당신 바보야? 의사들은 다 그렇게 말해.

나도 염색 안 할게, 그럼.

하든지 말든지.

남편의 표정이 순간 굳는 것을 보았다. 대신 나는 좀 가벼워졌다.

나는 모자를 쓰고 병원에 갔다. 대기실에는 모두 나보다 젊어 보이는 임부들이 편안한 표정으로 앉아 있었다. 배 속의 아이는 잘 자랐다. 파란색이 잘 어울리겠다는 말은 요즘에는 하면 안 된다고 하더라고요? 의사는 능청스럽게 웃으며 남편에게 말했고 남편은 아, 하고 짧게 탄성을 뱉으며 초음파에서 눈을 떼지 못했다. 아, 저게 그건가요? 나는 모니터를 통해 내 자궁 안에 살고 있는 생명체를 보았다. 다리 사이로 무언가 보였다. 저게 벌써 자라는구나. 나의 중얼거림에 남자 둘은 더 크게 웃었다. 나는 웃지 않았다. 가슴속에 아주 날카로운 파편이

박혀 조금씩 움직이는 것 같았다. 내가 울면 아기도 알아요? 그렇게 묻자 정말로 눈물이 흘렀다. 의사는 익숙하게 티슈 한 장을 톡 뽑아 건넸다. 기뻐서 우는 건 괜찮지만, 너무 많이 울지는 마세요. 남편은 나를 안아주었다. 나는 어깨를 들썩이며 집에 가면 간만에 영화를 봐야겠다고 생각했다. 서로 물어뜯고 머리를 박살 내는, 사방에 피가 튀는 것으로. 나는 다시 고개를 돌려 모니터를 보았다. 탯줄로 우리는 연결되어 있었다. 나를 먹고 마시고 싸고 누워 있게 하는 것. 화내고 웃고 울게 만드는 것. 요즘의 나는 내가 아니었다. 남편은 나를 닮은 것 같다고 했다. 그걸 어떻게 알아? 내가 묻자, 봐봐, 똑같잖아, 남편이 손가락으로 화면을 가리키며 말했다. 나는 그의 말을 이해할 수 없었다. 남편은 남자아이라는 말에 흥분해 있었다. 딸이었으면 했는데 실은 아들을 원하고 있었다는 걸 방금 깨달은 사람 같았다.

　최근 들어 나는 악몽을 많이 꾸었다. 그러나 남편은 불안한 잠재의식의 발현일 뿐이라고 했다. 나는 꿈에 대한 이야기는 하지 않기로 마음먹었다. 악몽에 대해 듣고 싶어 하는 이는 아무도 없다. 특히 임산부의 악몽에 대해서는 더더욱. 미래에도 임신은 여자만 할 수 있는 걸까? 아무래도 이건 남자들의 계략 같아. 이렇게 과학이 발달했는데. 내 말에 남편은, 그러게 내가 대신 가질 수 있다면 좋을 텐데, 하며 보기 흉하게 임신선이 그어져 있는 내 배에 살포시 귀를 갖다 댔다. 남편은 이제 내가 묻는 질문의 정답을 너무 잘 알고 있었다. 그동안 싸움을 피하는 방법을 익혀서 노련해졌다. 축복아, 아빠야. 그리고 배를 향해 중얼거리기 시작했다. 나는 8월의 눈부신 햇살이 들어오는 창을 응시했다. 바깥에서 아이들의 신난 비명이 들려왔다. 아이들은 왜 저렇게 비명을 지를까. 나도 뛰쳐나가서 한껏 발을 굴러 그네를 타고 싶다. 힘차게 하늘로 하늘로. 그 울렁거리는 기분을 느끼고 싶어. 하지만 아무리 발을 굴러도 높이 올라가지 못하겠지. 왜냐하면 무거우니까. 나는 아이를 낳기에는 너무 나이가 많고 경부도 짧아서 채 다 자라지 못한 아이가 구멍으로 빠져버릴 테니까. 나는 내가 아닌 거 같아. 아기집이 돼버렸어. 나는 그냥 자궁이야. 남편은 나의 중얼거림에는 관심 없다는 듯 계속해서 배에 대고 뭐라고 지껄이고 있었다. 태동이 느껴질 때면 나는 깜짝 놀랐고 남편은 소리를 지르며 좋아했다. 여기에 사람이 있다니. 나와 남편은 같은 말을 했지만 의미는 완전히 다르다는 사실을 남편은 모르는 것 같았다. 멜론 먹을래. 멜론을 줘. 냉장고에 있지?

그래, 그러자. 우리 축복이는 피부가 좋을 거야. 멜론을 많이 먹어서.

남편이 좋다고 하는 것은 태아에게 좋은 것.

나는 부엌으로 향하는 남편의 뒷모습을 보며 머리를 쓸어올렸다. 희끗한 머리카락들이 맥없이 빠져나와서 손가락에 흉하게 걸려 있었다.

마지막 두 달은 더 조심하셔야 해요. 힘주면 조산 위험이 큽니다. 특히 노산이라 더 위험…… 10킬로그램이나 살이 찐 나는 여전히 침대에 붙박였다. 배는 점점 부풀어 올랐고 허리가 아팠다. 가슴과 배는 말할 것도 없고 허벅지와 엉덩이까지 살이 터서 얼기설기 얽힌 흉하고 진한 자국들이 생겼다. 가뭄에 논이 갈라진 모양. 남편은 열심히 오일 마사지를 해주었으나 별 도움이 되지 않았다. 이제 조금만 참으면 돼. 축복이 나오면 금방 다시 돌아갈 거야. 하지만 그는 내 몸은 금방 잊을 것이다. 대신, 내가 모유를 얼마나 먹일 수 있을지, 어떻게 아이를 잘 보살필 수 있을지가 더 중요할 것이다. 그는 좋은 아빠가 될 것이다. 나는 그를 이해할 수 있다. 그가 이해하지 못하는 세계를 이해할 수 있다. 이해란 얼마나 쉬운 것인가. 나, 섹스하고 싶어. 나의 가슴에 오일을 바르던 남편의 손이 멈칫했다. 그러나 남편은 웃으며 금방 다시 부드럽게 가슴을 쓸어내렸다. 나도 그래. 하지만 알잖아. 지금은……. 남편은 나를 바라보지 않고 말했다. 나는 숙주가 된 기분이야. 남편의 얼굴에서 웃음기가 사라졌다. 그런 말이 어딨어. 아니, 무슨 기분인 줄은 알겠는데 그 말은 좀 심하다. 축복아, 방금 말은 못 들은 걸로 하자.

애는 말 못 알아들어. 그만 좀 해. 나는 짜증을 숨기지 못했다. 남편이 마사지하던 손을 멈추고 나를 바라보았다. 멜론 갖다줄까? 그는 또다시 능숙하게 말을 돌렸다. 그래서 나는 더

멜론

화가 났던 걸까. 누가 지금 멜론 달래? 나는 언성을 높였다. 그때 루카가 내 가슴 위로 튀어 올라왔다. 아! 내가 놀라 낮게 소리를 지르자 남편이 루카를 손으로 세게 쳐냈다. 루카는 비명을 지르며 도망갔다. 저게 미쳤나! 남편이 거칠게 욕을 했고 순간 나는 남편에게서 깊은 분노를 보았다. 남편은 금방 내게 사과하며 괜찮은지 물었으나 붉게 상기된 얼굴은 쉽게 가라앉지 않았다. 가슴이 뛰었다. 참을 수 없는 기분이었다.

며칠 뒤, 남편은 야근으로 늦는다며 회사에서 전화를 걸어왔다. 혼자 밥을 챙겨 먹을 수 있겠냐고 물었다. 당연하지, 그런 것도 못할까봐. 나는 코웃음을 쳤다. 남편의 말에 건성으로 대답한 후 전화를 끊었다. 나는 창밖의 빛이 완전히 사라질 때까지 침대에 꼼짝 않고 누워 있었다. 소변이 마려웠지만 참았다. 텔레비전 화면에서는 유명한 프로파일러가 70년대 미국의 연쇄살인범 이야기를 들려주고 있었다. 나는 더 이상 누워서 소변을 보고 싶지 않았다. 참을 수 있을 때까지 참다가 천천히 무거운 몸을 일으켰다. 바닥에 발을 딛고 일어섰다. 발은 팅팅 부어서 물을 잔뜩 머금은 발가락 양말을 신은 것 같았다. 나는 뒤뚱뒤뚱 걸어 화장실로 향했다. 어제 샤워를 했는데도 땀 냄새가 났다. 원피스를 머리 위로 벗겨냈다. 시퍼런 핏줄이 비치는 부푼 가슴은 흉하게 늘어져 있었고 유두 주위는 검게 변한 지 꽤 되었다. 배 아래부터 허벅지까지 살이 터서 이리저리 갈라지고 연결된 모양이 마치 멜론 껍질 같다고 생각했다. 거울 안에는 머리가 하얗게 세고 입매가 처져 더없이 우울해 보이는 중년의 여자가 나를 보고 있었다. 우울한 얼굴의 여자는 천천히 입꼬리를 올려 웃어 보였다. 그러다 점점 더 크게 입을 벌려 이를 드러내며 웃는 표정을 지었다. 소리는 없이 입만 기묘하게 벌리고 웃고 있는 여자의 눈빛이 검게 빛났다. 나는 세면대에 손을 짚은 채 한참을 서서 여자를 응시했다. 그녀의 눈빛에는 광기가 섞여 있었다. 입을 벌린 채 계속해서 웃고 있던 여자의 얼굴근육이 부르르 떨렸다. 나는 그 얼굴이 무서워져 눈을 감았다. 목덜미가 뻣뻣해졌다. 소름이 돋았다. 욕실이 추운가. 나는 아랫배에 힘을 주었다. 뜨거운 소변이 다리를 타고 흘러내렸다. 아랫배가 찌릿했다. 딱딱하게 뭉친 배를 풀기 위해 변기에 앉았다. 손으로 한참 배를 문질렀다. 변이 마려웠다. 변기에 앉아서 힘을 주지 말랬는데. 특히 조심하랬는데. 절대 힘을, 세게, 주지, 말랬는데. 누워야 하는데. 하지만 나는 일어설 수가 없었다. 주먹을 쥐었다. 아래로 무언가 떨어지는 소리가 들렸다. 나는 그저 변이 마려웠을 뿐이다. 다 큰 성인이, 아니, 다 크다 못해 늙어가고 있는 여자가 매번 누워서 변을 볼 수는 없다. 나는 주먹에 쥔 힘을 풀지 않았다. 손등이 하얗게 질려 있었다. 일어나야 한다. 일어나서 거울을 보고 싶었다. 거울 안의 여자가 나를 기다리고 있었다. 그 얼굴이. 그 눈빛이. 나는 또다시 힘을 주었다. 눈앞이 캄캄해졌다. 이어서 나는 환한 빛을 보았다. 파란 하늘 아래 반짝이는 아쿠아

멜론

마린빛 바다를. 점점 잠기고 있는 보드라운 모래사장을. 거기에 살아 있는 것은 아무것도 없었다. 그것이 더없이 쓸쓸했지만, 그러므로 무엇보다 아름다웠다.

제가 도와드릴게요

이유리

1990년생. 2020년 『경향신문』 등단. 소설집 『브로콜리 펀치』 『모든 것들의 세계』 『좋은 곳에서 만나요』.

포털 사이트에 자살을 검색했다. 정말로 진지하게 죽고 싶어서 그런 건 아니었다.

　그냥 갑자기 그런 생각이 들었달까, 마침 죽기 딱 좋은 출근길이었으니까. 팔 달린 통나무처럼 휴대폰만 겨우 만질 수 있는 자세로 2호선 지하철에 꼭꼭 끼어 가던 도중이었다. 왜 이런 사람은 내 앞에만 서는 건지 모르겠지만 향수에 퐁당 담갔다 나온 듯 코가 쩡한 향을 풍기는 이가 있었고 그 사람의 가방에 달려 대롱거리는 인형을 바라보다 문득 아, 죽고 싶다, 하고 생각한 거였다. 그러고는 아무 생각 없이 만지고 있던 휴대폰에 '자살하는 법'을 검색했다. 물론 그렇다고 자살하는 법을 상세히 알려주는 사이트는 없었으므로 검색어를 요리조리 바꿔가면서 여러 번 검색했다. '자살하는 곳' '자살 방법' '죽는 방법' 등등. 어떻게 검색해도 '당신은 소중한 사람입니다'

라는 문구와 함께 24시간 자살예방상담전화 1393번의 배너만 대문짝만하게 나올 뿐이었다. '당신은 그 존재만으로도 아름답고 가치 있는 사람입니다. 포기하지 마세요!' 나는 그 멘트가 왠지 웃긴다고 생각해 화면을 캡처했다. 그리고 그것을 친구 영지에게 보냈다. 영지도 지금쯤 가다 서다 하는 차 안에서 운전대와 휴대폰을 번갈아 보고 있을 테니까.

—**이거 앎? 자살 검색하면 이거 나옴. ㅋㅋㅋ**

역시나 답장은 바로 왔다.

—**마침 직장인이 가장 자살하고 싶어진다는 월요일 아침 여덟 시 반이군. ㅋㅋㅋ**

그 뒤로 우리는 자살에 대한 얘기를 꽤 오래 나눴다. 이왕이면 곱게 죽고 싶다, 목매달기나 떨어지는 건 싫고 잠자다가 죽는 게 제일 좋을 것 같은데. 아 참, 어렸을 때 그런 얘기 듣지 않았냐? 방 하나를 백합으로 가득 채우면 향기에 질식사한다는. 백합을 방에 가득 채우면 꽃값이 얼마야. 한 송이에 5천 원 잡으면, 2천 송이는 필요하려나? 그럼 얼마야? 그런 말을 주고받는 와중 지하철은 교대역에 도착했고 우르르 내리는 무리에 끼어서 나도 내리느라 대화는 거기서 끝이었다.

그날부터였다.

시작은 인스타그램이었다.

점심을 먹고 사무실에 돌아와 별생각 없이 인스타그램을

제가 도와드릴게요

켰을 때였다. 친구들의 셀프 카메라, 아기 사진, 음식 사진을 무심결에 살피다 사이사이에 끼어 있는 광고 피드 중 하나에 눈길이 뚝 멈췄다.

국내 자살 명소 Top 3 추천, 편하고 빠르게 죽는 국내 명소 알아봐요!

카드 뉴스 첫 장에는 분명히 그렇게 쓰여 있었다. 동글동글한 글씨체에 이모티콘을 덕지덕지 붙여 꾸민 그 이미지를 나는 멍하니 들여다보다, 옆으로 넘겼다.

○○ 폐병원 : 오가는 사람이 없어 혼자 목매달기 딱! 아무에게도 방해받지 않아요!
△△동 △△저수지 : 자차로 가면 최고! 차에 탄 채로 직진하면 끝.
□□구 ◇◇아파트 : 철거 중인 아파트. 15층 이상을 추천. 옥상도 개방돼 있음!

마지막 장은 광고로 끝났다. '자살할 때 외롭다면? 우리 동네 자살 친구 여기서 구해봐!' 그러니까 결국 만남 어플 광고였다. 왜 내 인스타에 이런 게 뜨지? 생각했다가 그제야 아침에 영지와 나눴던 대화가 생각났다. 요즘엔 메신저 대화며 음성까지 수집해서 맞춤 광고로 활용한다더니 진짜구나. 나는 어이가 없어 피식 웃었다. 별걸 다 추천하는 세상이구나, 싶었다.

슬슬 웃지 않게 된 건 그날 저녁부터였다. 영지를 만나기로 해서 평소보다 조금 이르게 퇴근한 참이었다. 내 사무실은 교대역 근처였고 영지는 서울대입구역 쪽에서 일했으므로 퇴근하고 만나기 딱 좋아 자주 저녁을 함께 먹곤 했다. 그날은 샤로수길에 새로 열었다는 고깃집엘 가보기로 약속해둔 터였다. 웨이팅이 좀 있다고 하여 먼저 퇴근한 영지를 우선 고깃집으로 보내놓고, 나도 서울대입구역에 내려서 생각 없이 지도 앱을 켰을 때였다. 고깃집 이름을 검색하기도 전에 화면 중앙에 커다란 팝업창이 나타났다.

[자살 장소] 찾으세요?
반경 10km 안에 [3군데] 있습니다!

당황해서 창 귀퉁이의 닫기 버튼을 누른다는 것이 팝업창을 클릭하고 말았다. 서울대입구역을 비추고 있던 지도 화면이 반경 10킬로미터 너비로 순식간에 넓어지더니 그 위에 세 개의 빨간 점이 흩어져 깜박거렸다. 그런데 그중 하나의 위치가 낯이 익었다. 자세히 보니 영지의 회사가 있는 건물이었다. 의아해서 빨간 점을 누르자 점 옆에 짧은 설명이 떴다.

[지난주에도 한 분이 투신자살한 자살의 명소~! 지나다니는 직장인이 많은 곳이라 관심받기 원하는 분이라면 강추!]

투신자살? 영지네 회사에서?

그때 화면 위쪽에 영지에게 온 메시지가 나타났다.

—야 언제 와? 앞에 한 팀 남았어!

나는 후다닥 팝업창을 끄고 다시 고깃집을 검색했다. 식당 위치가 나타나면서 빨간 점 세 개는 사라졌다. 나는 화살표가 가리키는 방향으로 뛰기 시작했다.

"어, 맞아. 지난주에 한 명 죽었어."

영지가 고기를 우물거리며 아무렇지 않게 대꾸했다.

"진짜? 어쩌다가?"

"직장 내 괴롭힘. 나랑은 부서도 다르고 층도 달라서 정확히는 모르는데 인사팀 막내 직원이라고 들었어. 무슨 실수를 했다는데 팀 전체가 돌아가면서 괴롭혔대."

"그렇다고 죽냐. 얼마나 괴롭혔길래."

"퇴근하고 새벽에 다시 와서 뛰어내렸다잖아. 유서 남겨놓고."

"유서? 뭐라고 쓰여 있었대?"

"모르지 뭐."

불판 위에서 고기가 탔다. 영지가 집게로 고기를 뒤집고는

다 익은 고기를 내 접시에 놓아주었다. 나는 맥주잔에 소주를 조금 부으면서 영지에게 눈짓을 보냈다. 영지가 고개를 끄덕였다. 나는 씩 웃으며 영지의 잔에도 내 것만큼 소주를 부었다.

"회사 완전 난리 났었겠네."

"생각보다 그렇지도 않았어. 그냥 적당히 난리 나고 끝."

우리는 동시에 맥주잔에 젓가락을 꽂고 내리쳤다. 맥주와 소주가 섞이며 새하얀 거품이 울컥 올라왔다.

"아무리 그래도 사람이 죽었는데 어떻게 그러냐."

"요즘 그런 일이 한두 번이냐. 웬만한 대기업엔 비일비재할걸."

소맥을 시원하게 들이켠 영지가 중얼거렸다.

"스물여섯인가 일곱인가 그랬댔는데. 암튼 되게 어린 나이였어."

우리는 잠시 고기를 씹으며 아무 말도 하지 않았다. 스물여섯, 나는 그때 뭘 했더라. 대학 졸업하고 한창 취직 준비할 때였던 것 같은데. 더럽게 힘들고 고되긴 했지만 자살까지 생각해본 적은 없는 것 같았다. 오히려 죽고 싶은 정도를 따지면 취직을 하고 안정적인 직장을 다니고 있는 지금이 더 그럴지도 몰랐다. 아침에 알람을 듣고 눈을 뜬 순간, 차라리 큰 병에 걸려서 입원하고 싶다거나 출근길 지하철이 사고로 뒤집혔으면 좋겠다는 생각은 자주 하곤 하니까.

"영지야, 넌 죽고 싶다고 생각해본 적 있냐?"

"많지. 오늘도 한 백 번은 한 듯."

"언제?"

"보고서 까였을 때, 회의 쓸데없이 길어졌을 때, 아 그리고 믹스커피 마시고 온 부장 입 냄새 맡았을 때."

"아, 쑵. 입맛 떨어지게."

영지가 깔깔 웃었다. 나도 웃으며 빈 잔을 다시 채웠다. 그래, 누구나 죽고 싶은 순간은 있는 거지 뭐. 하지만 그걸 실행에 옮기는 사람들은 왠지 따로 있을 것 같다는 생각이 들었다. 그게 어떤 사람들인지는 모르겠지만 일단 나는 아니다. 나는 절대로 자살 같은 건 할 수 없을 거다. 아픈 것도 싫고 징그러운 것도 싫으니까. 나는 고기를 두 점씩 집어 상추에 쌌다. 마늘과 쌈장을 듬뿍 얹어 입에 집어넣었다. 새로 생겼다더니 고기에 신경 좀 쓰는 집인가 보지, 뜨끈한 육즙이 쭉 뿜어져 나오는 것이 과연 맛있었다. 왜 죽는담, 죽으면 이 맛있는 것도 못 먹는데.

"야, 꽉꽉 먹어. 더 시키자."

"그래, 먹고 죽은 귀신이 때깔도 좋다는데."

영지가 맞받으며 메뉴판을 펼쳤다. 새로 받아 차가운 소주병을 까드득 따며, 나는 휴대폰을 거꾸로 덮어놓았다. 시간을 보지 않기 위해서였다. 내일도 거지 같은 출근이지만 뭐, 어떻게든 되겠지.

……라고 생각했던 어제의 나를 죽이고 싶다, 고 사람들 틈에 끼인 채 마음속으로 중얼거렸다.

집에서 나오기 직전까지 토했는데 아직도 숨을 쉴 때마다 술 냄새가 풀풀 났다. 술을 마신 건지 술에 절여진 건지, 머리가 띵하고 정신이 하나도 없었으나 어쨌든 출근은 해야 했으므로 허위허위 움직여 지하철을 탔지만 당장이라도 눕고 싶은 마음뿐이었다. 영지는 괜찮을까. 나보다 더 많이 마셨는데. 영지에게 메시지를 보내기 위해 메신저 앱을 켰을 때였다. 앱 하단 광고에는 이렇게 쓰여 있었다.

출근길 힘드시죠? 죽으면 영원히 쉴 수 있어요!
고통 없는 자살, 지금 준비해보세요.

이건 또 뭐야. 이런 거 광고해도 돼? 도대체 뭘 광고하는 건지도 모르겠어서 일단 눌러보았다. 페이지는 웬 쇼핑몰로 연결되어 있었다. 알록달록한 색감에 사방에 귀여운 캐릭터가 배치되어 있어서 언뜻 보면 디자인 문구나 팬시류를 파는 사이트처럼 보였지만, 판매 물건은 끔찍한 것들뿐이었다. 나는 BESTSELLER라는 글자가 반짝거리고 있는 물건 하나를 살펴보았다. 복슬복슬한 핑크색 플리스 천이 곱창 밴드처럼 둘린 밧줄이었다. '폭신폭신해서 목을 매달아도 아프지 않아요! 귀여움은 덤!' 상품 설명도 어이가 없었지만 더 놀라운 건 그 밑에 달린 구매 후기들이었다.

[너무 귀엽고 좋은 향기도 나요. 덕분에 잘 죽을 수 있겠어요 감사합니다.] [덜 아픈 자살법 검색하다가 들어와서 바로 구매하고 갑니다.] [이거 100킬로 이상 남자도 사용 가능한가요? 끊어져서 못 죽을까봐 걱정돼서. ㅠㅠ] [빠른 배송 감사합니다. 결심 흔들리기 전에 배송받아서 다행이네요. 잘 쓸게요.]……

남은 술기운이 확 달아나는 것 같았다. 정말 이렇게나 많은 사람들이 자살을 한다는 말이야? 여기가 나랑 같은 세상 맞아?

나는 휴대폰에 처박았던 고개를 들고 주변을 둘러보았다. 꽉꽉 찬 이 지하철에도 있을까, 자살을 생각하며 이런 것을 주문해둔 사람이. 사람들은 모두 우울한 얼굴로 각자 무언가에 집중하며 직장을 향해 실려 가고 있었다. 오늘 당장 자살하려는 사람이 이 중 누구라고 해도 이상하지 않게 느껴졌다. 아마 노트북이 들었을 무거운 백팩을 앞으로 메고 잔뜩 웅크린 저 사람은 어떨까. 아니면 다 터버린 입술을 우물우물 물어뜯고 있는 저 사람은. 그러나 두리번거리던 내가 마지막으로 눈이 마주친 건 지하철 창문에 비친 나였다. 나는 어떨까. 다 말리지도 않아 쥐어짜면 찬물이 쭈룩 떨어질 것 같은 머리카락에 아직도 술 냄새, 고기 냄새가 밴 채로 가기 싫은 회사를 향해 실려 가고 있는 나는. 나야말로 집에 자살용 밧줄이 와 있어도 이상하지 않은 사람처럼 보이지 않을까. 나는 황급히 고개를 돌렸다. 지하철은 이제 신림역에 접어들고 있었다. 내릴 준비를 하는 사람들의 무리에 휩쓸리지 않으려 나는 지하철 안쪽으로 파고들었다.

자살하면 정말 편할까.

오늘 오전에 전 부서 업무 공유 회의가 있다는 사실을 잊고 있었다. 정신을 차리기 위해 커피를 사약처럼 들이켠 뒤 자리에 앉긴 했지만 비몽사몽인 몸을 가누기는 어려웠다. 게다가 돌아가는 꼴을 보니 오늘도 회의를 빙자한 각 팀장의 사설 시간이 길어질 모양이었다. 듣는 척이라도 하려고 노트를 펼쳐 놓고 펜을 끄적이곤 있었지만 쓰는 것은 글자가 아니라 그림에 가까웠다. 퇴근하고 싶다. 아니, 아무 생각 않고 그냥 쉬고 싶다. 그런 생각을 하면서 무심코 침대에 누워 있는 사람을 그리려고 했는데 어째 누운 게 아니라 대롱대롱 목을 매단 것에 가까운 사람이 그려지고 말았고 그걸 보니 아침에 봤던 광고가 생각났다. 고통 없는 죽음. 정말 죽으면 편히 쉴 수 있는 걸까. 편히 쉰다는 게 구체적으로 뭔지도 알 수 없었다. 내가 쉬고 있다는 걸 의식할 만큼 편히 쉬어본 적이 있었던가. 학창 시절엔 공부에, 대학 시절엔 아르바이트와 장학금 사수에, 그리고 졸업하자마자 얻은 직장에선 매일 쏟아지는 업무에 쫓겨 다니기 바빴을 뿐이었다. 직장인이 되고 나선 매년 휴가마다 남들 다 가는 제주도나 동남아 따위로 나가긴 했지만 거기서도 제대로 쉬었다는 생각은 해보지 못했다. 제한된 시간 동안 최소한의 돈으로 최대한 많은 것을 누리고자 휴가 전부터 스트레스를 받았고 가서도 그다지 즐겁지는 않았다. 죽어서 쉬는 건 즐거울까. 그럴지도 모르겠다는 생각이 들었다. 휴식이 즐겁지 않은 건 이 휴식도 곧 끝난다는 생각, 그리고 끝난 뒤에 이어질 일들을 너무나 잘 알고 있기 때문이니까. 죽으면 그런 것이 없겠지. 어디로 가서 어떻게 되는지야 모르겠지만 적어도 거기엔 출퇴근도 없고 이런 무의미한 회의도 없고 아침부터 팀원들을 불러 모아놓고 쓸데없는 소리나 하는 팀장들도 없을 테니까. 나는 종이에 펜을 의미 없이 죽죽 그으며 아침에 봤던 자살용품 쇼핑몰 페이지의 리뷰들을 떠올렸다. 그 사람들은 지금쯤 편한 곳에서 쉬고 있을까. 뒷일은 생각하지 않고, 쉬고 싶은 만큼 푸우욱.

만약 그렇다면, 부럽다.

죽는다면 어떻게 죽는 게 좋을까.

퇴근하자마자 집에 돌아와 인터넷을 뒤졌다. 목을 매는 것, 뛰어내리는 것, 물에 뛰어드는 것이 가장 많았는데 아무래도 다 아프고 괴로워 보였다. 덜 아픈 것 없나. 이왕이면 스타일도 좀 괜찮은 걸로.

죽을 때도 스타일은 놓칠 수 없는 언니들을 위한 자살룩 BEST 10

(들어가 보니 자살룩이라기보단 하객룩에 가까운 원피스만 있었다.)

갈 때 가더라도 이건 보고 가야지! 죽기 전 꼭 봐야 하는 이번 달 개봉작 3편

(딱히 흥미가 생기는 영화는 없었다.)

매일 아침 죽고 싶어 하는 직장인, 이걸로 깔끔하게 자살 고민 끝!

(뜬금없는 웬 주방용품들이 뜨길래 보니 식칼 전문 판매 사이트였다.)

안 아픈 자살법 찾으세요? 자살 고수가 개발한 특허 받은 방법 전수!

마지막 광고를 클릭했다. 믿음이 가서라기보단 '자살 고수'라는 말이 웃겨서였다. 자살은 평생 딱 한 번만 해볼 수 있는 거 아니었나. 광고에 연결된 사이트는 포털 사이트에 연동된 작은 온라인 스토어였다. 판매하는 물건은 딱 하나밖에 없었다. 대표 이미지만 봐서는 무슨 물건인지 짐작이 가지 않는, 주먹만 해 보이는 검은 덩어리였다. 상품을 클릭하니 상세 설명보다 '구매 전 꼭 읽어주세요'라고 적힌 빨간 글자가 먼저 눈에 들어왔다.

제가 도와드릴게요

* 이 제품은 (주)수이사이드클럽에서 특허권을 보유하고 있는 제품입니다. 디자인/상품 도용은 법적으로 금지되어 있습니다.

* 효과가 확실한 제품입니다. 꼭 죽고 싶으신 분들만 구매해주세요.

* 구매 후 모든 책임은 구매자에게 있습니다. 미성년자는 구매하지 말아주세요.

도대체 무슨 물건이기에 이렇게 요란하게 팔고 있는 걸까. 흥미가 동해 상세 페이지를 쭉 읽어 내려갔다.

* 지친 일상에 시달리는 현대인들의 유일한 해결책, 자살! 하지만 아픈 자살 과정, 사후의 징그러운 시체가 두려워서 못 하시겠다고요? 혹시 실패해서 병원비만 날릴까봐 걱정이신가요? 이제 걱정 마세요! 작지만 확실한 효과를 가진 '자살탄' 하나면 충분합니다.

* 상품구성 : 자살탄 1개, 마스킹 테이프, 비닐, 유독가스 경고문 4장

* 사용방법

1) 차량을 준비해주세요(자차가 없으신 분들은 렌트를 하는 것도 방법일 수 있습니다).

2) 차량에 탑승하신 후 비닐과 마스킹 테이프를 이용하여 문과 창문을 꼼꼼히 막아주세요.

3) 바깥에서 보일 수 있도록 창문에 유독가스 경고문을 붙여
   주세요(선택사항).

4) 자살탄에 불을 붙이면 끝! 단 3분 만에 차량 안은 유독가스
   로 가득 찰 것입니다.

* 상품 특징

―고통스러운 번개탄과 달리, 특허기술이 적용된 '자살탄'은
  잠드는 듯 사망에 이릅니다.

―빌린 차에 탄 자국이 남을까 걱정하지 마세요. '자살탄'은
  탄 자국을 남기지 않습니다.

―잠든 듯이 죽을 수 있어 시체가 깨끗합니다.

나는 홀린 듯이 글을 읽어 내려갔다. 읽을수록 괜찮아 보였
다. 3분 만에 죽을 수 있다니. 내게 자차는 없지만 면허는 있었
다. 친구들과 여행을 가기 위해 차를 렌트해본 적도 있었다. 조
금 민폐 같긴 하지만 어차피 죽을 텐데 뭐. 가격은 3만 원 정도
로 생각보다 저렴하다는 점도 구미를 당겼다. 상품 페이지 마지
막엔 리뷰들이 남겨져 있었다. 그중 한 리뷰가 눈길을 끌었다.

kdk43*** [직장인인데 내일부터 출근 안 합니다!] ☆☆☆☆☆
지겨운 회사 안녕! 자살탄 받으니까 기분이 너무 상쾌하네요.
내일부터 업무 스트레스 없다고 생각하니 꿈만 같습니다. 피울
때 입으려고 이쁜 옷도 사뒀습니다. 오늘 밤 당장 실행합니다.

제가 도와드릴게요

내일부터 회사 안 갑니다! 야호!

kdk는 이니셜이겠지. 이름이 뭐였을까. 김동근? 강도경?
아무튼 이분은 지금쯤 정말로 죽었을까. 사람들이 흔히 죽은
이들의 명복을 빌 때 말하듯이, 고통 없는 편안한 곳으로 가
있을까. 나도 갈 수 있을까. 시계를 보았다. 아무것도 하지 않
았는데 벌써 열 시가 넘어 있었다. 뭐든 좋았다, 내일 출근하
지 않을 수만 있다면. 나는 자살탄 하나를 장바구니에 담았다.
바로 결제 버튼을 누르고 카드 비밀번호를 입력하기까지 몇
초도 걸리지 않았다. 화면이 넘어갔다.

**구매에 감사드립니다! 평일 밤 열한 시 이전 구매 건 다음 날
100퍼센트 배송됩니다.**

내일인가. 잠깐, 그러면 내일부터 회사 안 가도 되는 거 아
니야? 무단결근으로 처리되겠지만 어차피 죽을 건데 무슨 상
관이람. 그렇게 생각하자 갑자기 신이 났다. 나는 자리에서 벌
떡 일어나 침대에 몸을 던졌다. 역시 죽기로 결심하길 잘했다
싶었다. 그런데 뭘 하고 보내야 하지? 죽기 전에 뭘 하면 좋을
까. 번지점프? 끝내주게 맘에 드는 이성과의 데이트? 해보고
싶었던 것들을 하나하나 떠올렸지만 별로 내키는 게 없었고
대부분은 실현 가능성이 없는 것들뿐이었다. 어쨌든 내일 택

배가 올 때까지 고민해보면 되겠지, 뭐. 실컷 빈둥거리다가 지칠 무렵 죽는 것도 나쁘지 않겠어. 나는 침대에서 뒹굴다가, 문득 휴대폰을 집어 들었다. 내가 도움을 얻었으니 나도 남을 도와야지. 방금 구매한 자살탄의 상품 페이지 하단에 붙은 '리뷰 작성하기' 버튼을 눌렀다.

leey*** [너무 기대가 되네요!] ☆☆☆☆☆
저도 내일 써보려고요! 푹 쉴 수 있다니 생각만 해도 신나네요. 여러분도 스트레스 없는 자살 성공하시길 바랍니다~! 직장인 파이팅!

작성 완료 버튼을 누르고, 나는 휴대폰을 던져놓았다. 누군가는 결정에 도움이 되기를, 내가 그랬듯이. 나는 사지를 쭉 뻗고 편안하게 누웠다. 내일은 늦게 일어나야지. 느지막이 일어나서 점심으로 맛있는 걸 시켜서 배가 터지도록 먹을 거야. 나는 천장을 바라보며 히죽히죽 웃었다. 평일 이 시간에 이렇게 기분이 좋은 건 정말로 오랜만의 일이었다.

제가 도와드릴게요

포클랜드의 개

조진주

2017년 『현대문학』 등단. 소설집 『다시 나의 이름은』, 장편소설 『살아남은 아이』.

자물쇠가 달린 방에는 개가 있다. 자세를 낮추고 얼굴을 바짝 처들며 공격 직전의 자세를 취하는 개. 공격은 이뤄지지 않을 것이다. 그저 박제품일 뿐이니까. 그런데 아까부터 잠긴 방 안쪽에서 개 우는 소리가 들리는 듯하다. 끝내 그 소리를 무시하지 못하고 열쇠를 찾아 아버지의 방을 뒤진다. 열쇠는 나오지 않고, 결국에는 근처 철물점에서 절단기를 사 와 자물쇠를 끊어낸다. 자물쇠를 채운 자들은 순순히 열쇠를 내어주는 법이 없다.

방에 들어서자 바닥에 깔린 흑곰 가죽 카펫이 발에 차인다. 카펫 끝에 달린 흑곰 머리가 내 쪽으로 굴러온다. 가죽만 남아 납작해진 몸뚱이 위에 붙은 둥그런 머리통은 고약한 농담 같다. 곰 머리를 피해 시선을 돌리면 보이는 것은 벽에 걸린 엘크와 꽃사슴의 머리다. 화려한 왕관 같은 엘크의 뿔과 그에 비해 소박하지만 섬세한 꽃사슴의 뿔이 조화롭다. 우아하고 인상적인 머리들. 이 방은 아버지의 수집품으로 그득하다.

개는 방 한가운데에서 조용히 서 있을 뿐이다. 덩치가 크고, 긴 주둥이와 날카로운 눈매는 늑대를 닮았다. 빛을 받으면 은은하게 빛나는 은회색 털은 신비롭기까지 하다. 나는 더 이상 울지 않는 그 개를 위해 자물쇠를 뜯어낸 방문을 활짝 열어두기로 한다.

아버지는 4개월 전, 폐암 말기 진단을 받았다. 이미 곳곳에 전이되어 수술이 어려운 상태로, 길어야 반년 남짓의 생이 주어질 것이라고 했다. 그 말을 들은 날부터 4개월이 지났으니 이제 2개월 정도 남은 셈이었다. 아버지가 그 기간조차 버텨내지 못할지, 기적처럼 삶을 연명할지는 아무도 알 수 없는 일이었지만.

이 사실을 오빠에게 숨긴 것은 아버지의 뜻이었다. 아버지는 병원에서 생을 마치고 싶지 않아 했는데, 오빠는 분명 그 의견에 반대해 일을 귀찮게 만들 것이기 때문이었다. 나는 연명 치료를 받지 않겠다는 아버지의 결정에 반대하지 않았지만 그건 그의 뜻을 존중해서가 아니라 깊게 관여하고 싶지 않아서였다. 오히려 아버지를 이해해보려 한 쪽은 엄마였다. 7년 전 아버지와 이혼한 엄마는 소식을 듣고 이렇게 말했다.

"산 걸 죽여대지 못해 안달이더니, 염치는 있나 보지."

나는 엄마가 아버지의 사정에 마음이 약해질지도 모른다고 생각했다. 원수지간이라고 해도 죽음을 앞둔 이에게는 너그러워지기 마련이니까. 그런 내 걱정을 비웃듯 엄마는 아버지에게 내려진 선고를 무덤덤하게 받아들였다. 이제껏 아버지가 수많은 죽음을 마주하며 그러했듯이.

아버지는 자신의 뜻대로 계속 집에 머물렀고 2개월 전부터 간병인을 고용했다. 내가 아버지를 위해 하는 일이라고는 가끔 간병인과 통화하는 것 정도였기에 종종 그가 위중한 상태라는 사실을 잊을 때도 있었다. 이틀 전, 간병인에게 아버지의 시간이 얼마 남지 않은 듯하다는 연락을 받고 나서야 그의 병세를 실감했고, 고민 끝에 오빠에게 상황을 알리기로 했다.

소식을 전해들은 오빠는 나와 엄마를 향해 화를 냈다.

"다들 제정신이야? 어떻게 이런 일을 숨길 수가 있어?"

그는 꽤 격렬하게 분노를 표출했지만, 아버지를 걱정해서라기보다는 그런 큰일을 저만 모르고 있었다는 사실이 마음에 들지 않았기 때문일 터였다. 그가 좀 더 일찍 상황을 알았다고 한들 바득바득 우겨 아버지를 병원에 입원시키기나 했을 것이다. 그리고 나나 새언니에게 아버지를 들여다보라고 시켰겠지. 자칭 잘나가는 금융맨인 그는 항상 바쁘고, 제 시간을 할애해가며 누군가를 돌볼 위인이 아니니까. 그는 제게 직접적인 이익이나 해가 되지 않는 일에는 관심을 두지 않으면서도 남들 시선은 신경 쓰는 사람이었다. 나는 그가 어떤 반응을 보이든 상관 않기로 했다. 어차피 우리 중 그 누구도 아버지의 죽음을 진심으로 슬퍼하지 않으리라는 것을 안다. 아버지가 우리에게 그렇게 가르쳤으니까. 그래도 가만히 있을 수는 없었는지 오빠는 내게 퇴근 후 아버지의 집에서 만나자고 했다. 먼저 도착한 나는 간병인을 돌려보낸 뒤 아버지와 함께 오빠를 기다리는 중이었다.

아버지는 이혼 후 혼자 살게 되자 더 많은 수집품을 모았다. 진짜 박제품도 있었지만 모조품이 좀 더 많았다. 대부분의 모조품은 조잡한 만듦새에 금방 티가 났는데, 간혹 진짜 같아 보이는 것도 있었다. 예를 들어 가짜 엘크의 경우, 윤기 도는 털과 정교한 뿔의 모양새가 그 옆에 걸린 진짜 꽃사슴의 것과 견주어도 손색이 없었다. 가짜들은 숨은 그림처럼 진짜들 사이에 섞여들어 더욱 혼돈을 주었다.

아버지는 자신이 직접 잡은 동물을 불법 박제업자에게 맡기기도 했다. 사냥은 아버지의 또 다른 취미였다. 그는 사냥이 가능한 시기가 되면 어김없이 수렵장으로 향했다. 방아쇠를 당기기 직전, 모든 감각이 예민해지는 찰나는 그가 가장 사랑하는 순간이었다. 주변의 빛과 소리, 공기의 흐름을 느끼고 그 안에 자신을 감춰 마침내 공간의 일부가 되었다고 느낄 때, 비로소 사냥감과 교감을 나눌 수 있다는 것이었다.

'종종 죽음을 겸허히 맞이할 준비가 된 놈들을 만날 때가

있다. 그럴 때면 나는 그 어느 때보다 경건한 마음으로 방아쇠를 당기지.'

아버지는 늘 강하고 사나운 동물과 맞붙어보고 싶어 했다. 그러나 실제로 그가 잡는 것들이라고는 고라니나 청설모, 몇몇 날짐승들이었다. 그의 꿈은 아프리카로 사냥을 떠나는 것이었다. 그곳에서는 돈을 내면 사자든 하마든 모두 총으로 쏠 수 있다고 했다. 한때 나는 아프리카로 사냥을 떠나는 트로피 헌터들에 대해 찾아보곤 했었다. 그들은 자신들이 죽인 동물이 어차피 곧 죽을 운명이었다고 주장했다. 사냥을 위해 낸 돈이 그 지역사회와 야생동물 보호에 도움이 된다고 굳게 믿고 있기도 했다. 자신이 초래한 죽음에 그럴듯한 의미를 부여하는 그들에게서 아버지의 모습이 비쳐 보였다.

'생이 다하는 순간에야말로 생명에 대한 경외감을 느낄 수 있지. 심장의 움직임이 멈추고 나서야 비로소 그것이 팔딱이고 있었다는 것을 깨닫게 되거든. 나는 그 순간을 기억하기 위해 박제품들을 모으는 거야.'

간병인을 부르기 전, 아버지는 진짜 박제품과 진짜처럼 보이는 모조품들을 작은방에 숨겨두고 자물쇠를 걸어두었다. 진짜 박제품 중 상당수는 어디선가 불법적인 경로로 구한 것들일 터였다. 그러나 살날이 얼마 남지 않은 판국에 잡혀 들어갈 걱정을 하지는 않았을 것 같고 그보다는 수집품이 훼손되거나 제 손을 떠나게 될까 겁이 났으리라 생각된다. 언제 죽을

지 모르는 몸을 움직여 손수 걸쇠를 달고 자물쇠를 채우는 그의 모습을 떠올리면 진저리가 쳐졌다. 간병인은 잠겨 있는 방 안에 금고나 귀중품 따위가 보관되어 있는 줄로만 알겠지. 도시 한복판에 자리한 평범한 아파트 안에 동물의 사체들로 채워진 방이 있으리라고는 쉽게 상상하지 못할 테니까.

어릴 적부터 우리 집 곳곳에는 아버지의 수집품이 전시되어 있었다. 엄마는 아버지의 고집을 꺾지 못했고 반항을 시도하던 오빠는 자신의 방에 그것들을 들여놓지만 않는다면 무시하는 쪽을 택했다. 나는 방 앞에 놓인 청설모 때문에 매일 악몽을 꾸면서도 그 사실을 들키지 않기 위해 애썼다. 이 세상은 사냥하는 것과 사냥당하는 것으로 나뉜다. 그것이 아버지의 가르침이었다. 두려워하는 모습을 보이면 자칫 사냥감으로 전락하게 되고 말 것이라고 했다. 나는 사냥감이 되지 않기 위해 아버지의 악취미를 태연하게 받아들이는 척했고, 가끔은 그런 나의 담대함에 자부심을 느끼기도 했다. 아버지는 그런 나를 가리켜 자신을 닮았다고 했는데, 어린 나이에도 그 말이 왠지 부끄럽게 느껴졌다.

이제 그에게 인정받을 필요가 없어진 나는 그와 나 사이에 선을 긋고 싶다. 지난 4개월간, 사냥꾼에서 손쉬운 사냥감이 되어가는 그를 지켜보았다. 죽음을 앞두고 있는 그는 누가 봐도 약한 존재이지만 나는 그를 공격하지 않을 것이다. 나는 아버지와 다르니까. 그렇지만 문득 의문이 들 때도 있었다. 나는

포클랜드의 개

사냥꾼에게 저항하는 사냥감과 사냥감을 동정하는 사냥꾼 중 어느 쪽에 더 가까울까. 오른쪽 손목이 시큰거린다. 반대편 손으로 손목을 감싸고 천천히 돌리며 고통이 가라앉기를 기다린다.

아버지의 기침 소리가 들려온다. 기침은 쉽게 멎지 않고, 기어코 숨이 넘어갈 듯 캑캑거린다. 나는 그를 들여다봐야 한다고 생각하면서도 여전히 박제된 개 앞에 서 있다. 날카로운 이빨을 드러낸 입에서는 금방이라도 으르렁거리는 소리가 들려올 것 같다. 만약 녀석이 살아 있을 때 마주쳤더라면 나도 모르게 항복을 선언했을지도 모른다. 그러나 유리로 만들어 박아 넣은 검고 맑은 눈은 천진해 보일 뿐, 맹수의 눈빛은 느껴지지 않는다. 조심스럽게 개를 쓰다듬어본다. 회색빛 털의 감촉이 의외로 부드럽다.

아버지는 이 개에 얽힌 사연을 자주 이야기하곤 했다. 개는 어느 날 불쑥 아버지의 사냥 친구인 김 씨네 동네에 나타났다고 했다. 당시에는 강아지라고 부르는 게 더 어울릴 만큼 어렸지만 유독 용맹한 기질이 엿보였던 모양이었다. 그 점이 마음에 들었던 김 씨는 개를 거둬 마당에 묶어두었다. 좀처럼 애교스러운 모습을 보이지 않는 개는 동네 사람들 사이에서 인기가 없었다. 사람들은 쉽게 경계를 풀지 않는 그 개를 '고약한 개'라고 불렀다.

이듬해, 김 씨 집에 도둑이 들었다. 도둑을 물리친 것은 마당에서 자고 있던 개였다. 개는 목줄을 매어둔 말뚝을 뽑고 침입자를 향해 달려들었다. 운이 좋았던 도둑은 제 몸뚱이 대신 들고 온 더플백을 내어주고 줄행랑을 쳤고, 사흘 뒤 성한 몸으로 검거되었다. 김 씨는 그동안 개가 목줄을 끊고 달아날 수 있는데도 그러지 않았다는 사실에 감명을 받았다. 그러면서도 만일의 사태에 대비해 개를 커다란 철장 안에 가둬두었다.

그날 이후 김 씨는 그 개를 사냥개로 만들기 위해 본격적인 훈련에 돌입했다. 개는 영리했고, 사냥감을 위협하며 함정에 빠트릴 줄 알았다. 그 일이 발생하기 전까지, 김 씨는 사냥개의 면모를 보이는 개를 자랑스럽게 여겼다.

사건은 갑작스레 일어났다. 평소처럼 사람들과 사냥에 나선 김 씨는 그날따라 말을 듣지 않는 개 때문에 속을 썩였다. 내내 말썽을 부리던 개가 기어코 중요한 순간에 짖어 고라니를 쫓아버렸을 때, 화를 참지 못한 김 씨는 개머리판으로 개의 엉덩이를 내려쳤다. 그 순간, 개가 돌연 김 씨를 향해 달려들었다. 김 씨의 팔을 물고, 넘어진 김 씨 몸 위로 올라탔다. 마침 그 광경을 목격한 아버지는 총을 쏴 개를 쫓아내려 했지만 혹 김 씨가 맞을까 섣불리 조준할 수 없었던 모양이었다. 가까스로 발사된 총알이 녀석의 뒷다리를 스치고 지나갔고, 김 씨는 개의 주둥이로부터 벗어날 수 있었다. 개는 비틀거리면서도 곧 다시 달려들 태세를 취했다. 아버지는 재차 방아쇠를 당

포클랜드의 개

겼고, 이번에는 명중이었다.

"그동안 언제 지 주인의 목을 물어뜯을까, 기회를 엿보고 있었는지도 몰라. 숨이 끊기기 직전 놈의 눈이 아직도 생생하게 기억난다. 끝까지 저항하던 그 눈! 놈은 아마 훌륭한 사냥꾼이 될 수도 있었을 거야. 결국은 내 사냥감이 되어버리고 말았지만 말이다."

아버지는 김 씨에게 개의 사체를 사들인 뒤 그것을 불법 박제업자에게 맡겼다. 그 일이 있고 난 뒤로 한동안은 사냥 생각이 나지 않았다고 했다. 그보다 만족스러운 사냥을 할 자신이 없었다는 것이었다. 같은 이야기를 수차례 들어오던 나는 어느 날 문득 한 번도 개의 이름을 듣지 못했다는 사실을 깨달았고, 그 개를 무엇이라 불렀는지 물었다. 끝내 개의 이름을 기억해내지 못한 아버지는 그런 건 중요하지 않다는 듯 답할 뿐이었다.

"뭐, 개가 그냥 개지."

아버지는 박제된 개를 보며 무엇을 느끼고 싶었을까. 승리감, 정복욕, 성취감과 우월함. 그런 것들이 그를 만족시켰을까. 아버지는 방아쇠를 당기던 순간의 긴장감과 그 개의 마지막 몸부림에 대해 세밀하게 묘사하곤 했다. 그러나 그 개가 철장 안에서 보낸 시간에 대해서는 한 번도 이야기하지 않았다. 쓸 만한 사냥개로 만들기 위해 개를 굶기거나 잠을 재우지 않으며 극한상황으로 몰고 가기도 한다는 사실 같은 것은 그의 관심사가 아니었다. 아버지는 그 개가 김 씨에게 달려들기 전 품었을 각오에 대해 생각해본 적이 있을까? 개의 마음을 생각 하는 아버지라니, 쉽게 그려지지 않았다. 아버지는 언제나 죽음의 순간을 기념할 뿐이었다. 만약 그가 무언가를 죽일 때마다 그것의 생애나 마음을 궁금해했더라면, 이토록 많은 수집품을 모을 수 있었을까.

그의 침대 머리맡에 놓인 사진 속에서 그는 죽은 개의 주둥이를 붙들고 포즈를 취하고 있었다. 트로피 헌터가 나오는 영상 따위를 인상 깊게 보고 그들을 흉내 냈을 것이다. 나는 그 사진에서 박제되기 전의 개를 볼 수 있었다. 직전까지 날카롭게 빛났을 녀석의 눈은 빛을 잃은 채 허공을 향하고 있었다. 아버지도 종종 그 눈을 들여다보곤 할까.

멈추었던 기침 소리가 다시 들려온다. 나는 마지못해 개가 있는 방을 나와 아버지에게 향한다.

오빠는 예상보다 늦게 도착할 것 같다고 연락해 왔다. 오빠를 만나면 항상 피곤해졌기에 차라리 이대로 오지 않았으면 싶다. 나를 못마땅하게 여기는 오빠는 무엇보다 내가 동물보호단체에서 일한다는 사실을 가장 고깝게 여기고 자주 시비를 걸어오곤 했다.

"그렇게 유난 떨며 살면 좋냐? 좀 나은 사람이 된 것 같고 그래? 그렇게 죽는 것도 다 개네들 운명이야. 네 앞가림부터 제대로 해."

오빠는 자신이 아무것도 하지 않는다는 사실에 부끄러움을 느끼는 게 분명했다. 그러나 그것을 인정하는 대신 불편한 마음을 공격적으로 표출하곤 했다. 필사적으로 눈앞에서 벌어지는 일들을 무시하고, 부끄러운 과거로부터 도망치려 했다. 그것이 그가 어릴 적부터 불가해한 폭력을 받아들이는 방식이었다.

아버지는 가래를 뱉어낸 뒤 다시 잠이 들었다. 부엌 찬장에서 위스키를 찾아낸 나는 방문 앞에 서서 아버지를 들여다보며 천천히 그것을 마신다. 습관처럼 잔을 돌리려다 시큰함을 느끼고는 다른 손으로 바꿔 든다. 부상을 의식하지 않으려 하지만 통증은 불시에 찾아와 패배의 순간을 각인시킨다.

보름 전쯤, 길고양이 밥을 챙겨주는 도중에 주먹만 한 돌멩이가 날아왔다. 조금만 방향이 틀어졌다면 나나 고양이 중 한쪽이 맞았을 수도 있었다. 뒤늦게 골목 끝에 숨어 있던 놈을 쫓았지만 얼굴도 보지 못하고 놓치고 말았다. 누구일까. 길고양이에게 밥을 주는 일에 반대하는 주민일 수도 있었다. 혹은 내게 좀 더 직접적인 원한을 품은 이들일지도 몰랐다. 얼마 전, 경기도의 한 야산에서 불법 번식장을 운영하던 남자는 자물쇠를 끊어내고 갇힌 개들을 꺼내려는 나와 동료들에게 복수를 예고했다. 개 경매업자들과 펫숍 주인들은 생계를 위협받는다며 우리를 원망했다. 그들은 자신들에게 죄가 없다고 확신하고 있을까. 제 잘못을 알면서도 모른 척하는 것과 잘못한 줄도 모르고 결백하다고 믿는 것 중 어느 쪽이 더 나쁜가. 그러나 나는 더 이상 그 마음들을 들여다보고 싶지 않다.

지난주 금요일 밤, 다시 놈이 나타났다. 놈은 쪼그리고 앉아 고양이 밥그릇을 뒤적거리고 있었다. 나는 공격당한 밤 이후로 들고 다니던 호신봉을 손에 쥐고 놈의 뒤로 다가갔다. 안타깝게도 놈은 내 존재를 금세 알아차렸고, 나는 제대로 봉을 휘둘러보기도 전에 놈에게 반격을 당했다. 내 손으로 놈을 항복시키고 싶었다. 놈을 잡아 묻고 싶었다. 누가 우리에게 돌을 던져도 된다고 허락했느냐고. 그러나 이번에도 당한 쪽은 나였다. 차라리 똑같이 돌을 던질 것을 그랬지. 놈의 정체는 끝내 알아내지 못했다. 마스크와 모자에 얼굴이 가려졌기도 했지만, 놈과 맞붙는 동안 내가 너무 많은 얼굴들을 떠올려버린 탓이었다. 그동안 내가 마주한 수많은 폭력의 얼굴들. 내가 아직 알아채지 못한 적의들까지. 놈을 공격하고 나면 무언가 달라질지도 모른다고 기대했었다. 하지만 이번에도 쓰러진 쪽은 나였다. 나는 차가운 땅바닥을 뒹굴며 번식장 구석에 아무렇게나 쌓여 있던 죽은 개들을 떠올렸다. 제게 가해지는 폭력이 어디에서 시작되었는지조차 알지 못한 채 짓밟혔을 녀석들의 마음을 생각했다. 그 마음을 계속 들여다봐야만 한다. 고통스럽더라도 그것이 내가 해야 할 일이다.

다시 눈을 뜬 아버지가 중얼거린다. 잔뜩 쉰 목소리와 뭉개지는 발음 탓에 무슨 말을 하는지 알아듣기 힘들다. 그의 곁에 바짝 붙어 귀를 기울여야 한다.

"저거 봐라. 한 번에 끝내야 한다. 눈을 떼지 마!"

간병인의 말에 의하면 아버지는 간혹 섬망 증세를 보인다고 했다. 잠꼬대 같은 그의 말을 무시하려 하지만, 그가 자꾸 나를 재촉한다.

"저기 보라니까."

"보긴 뭘 봐요. 아무것도 없어요."

"멍청한 놈. 늦었잖아."

"뭐라고요?"

사냥의 기억을 떠올리고 있는 것일까. 지금 이 순간에도 그는 자신이 사냥꾼이라고 생각하고 있는 건가.

아버지가 사냥하는 모습을 실제로 본 적이 있다. 아버지는 나와 오빠가 약한 모습을 보일 때마다 가차 없이 매를 드는 사람이었고, 나는 그런 아버지의 마음에 들기 위해 사냥에 관심이 있는 척했다. 그 덕에 내가 열세 살이 되던 해, 아버지로부터 사냥에 동행할 자격을 얻었다. 솔직히 궁금하기도 했다. 아버지가 보던 영화나 다큐멘터리에서 거침없이 방아쇠를 당기는 사람들은 강하고 매혹적인 존재로 그려지곤 했으니까. 수렵장에 도착하자, 아버지는 내 손을 끌어당겨 총을 만져보게 했다. 서늘할 것만 같던 총은 아버지의 체온으로 미지근해

져 있었다. 그 단단하고 매끈한 쇳덩이가 정말 조금도 매력적
으로 느껴지지는 않았던가.

그날 아버지가 사냥한 것은 청설모였다. 내 앞을 지나던,
내가 손가락으로 가리키며 귀여워한 작은 청설모. 사냥을 마
친 그의 얼굴에는 유희를 즐기고 난 뒤의 여운이 남아 있을
뿐, 그가 항상 말하던 경외감 따위는 찾아볼 수 없었다. 죽은
청설모의 꼬리를 잡고 내게 내미는 아버지를 보며, 새어나오
려는 울음을 삼켰다. 그에게 두려워하는 모습을 보일 수는 없
었다. 그는 사냥감에게 한없이 잔인해지는 인간이었으니까.
아버지는 청설모를 박제해 내 방 앞에 놓아두었다. 그는 청설
모의 죽음을 통해 말하고 있었다. 손가락질 하나로 생사를 가
를 수 있는 것, 그것이 사냥꾼의 힘이라고. 어쩌면 내게 그러
한 기질이 있는지 시험하고 싶었는지도 모른다.

청설모 사냥 이후 나는 더 자주 악몽을 꿨다. 주로 벽에 걸
린 동물 머리들이 나를 에워싸는 꿈이나 아버지가 나를 향해
총을 겨누는 꿈이었다. 내가 박제되는 꿈을 꾸기도 했다. 그중
에서도 가장 무서웠던 건 아버지와 함께 사냥감을 손질하는
꿈이었다. 꿈속의 나는 내가 직접 잡은 동물들을 박제하며 아
버지와 시시껄렁한 잡담을 주고받고 있었다. 그러다 문득 유
리창에 비친 나의 웃는 얼굴을 마주하고는 '나는 사냥꾼이 되
었구나' 생각하다가 화들짝 놀라 깨어났다.

"그래, 그래야지."

포클랜드의 개

중얼거리던 아버지의 얼굴에 만족스러운 미소가 피어난다. 그의 환영이 사냥에 성공한 모양이다. 나는 옆에 놓인 베개로 그의 얼굴을 덮어버리고 싶은 충동을 참아내며 말한다.

"이제 그만 주무세요."

그러자 아버지가 눈동자를 움직여 나를 바라본다. 그의 눈은 방금 전까지 정신을 놓은 상태였다는 사실이 믿기지 않을 정도로 형형하다. 금방이라도 내 숨통을 끊어버릴 준비가 된 사냥꾼의 눈빛 같다. 덤덤하게 그 눈빛을 받아내려 하는데 내가 긴장을 잘 감추고 있는지 확신이 서지 않는다. 잠시 뒤 그의 시선은 나를 비껴가고, 사격 범위를 벗어난 나는 가만히 한숨을 내쉰다.

나는 사냥꾼인가, 사냥감인가. 고백하자면, 종종 아버지처럼 사냥을 나가는 상상을 하곤 한다. 가끔은 나도 모르게 방아쇠를 당길 때의 감각을 그려본다. 정말 내게 사냥꾼의 피가 흐르고 있는 걸까. 그렇지만 나는 정의로운 사이코패스 이야기를 좋아한다. 예를 들어 덱스터와 같은. 그것은 의지가 본성을 이긴 사례다. 옳고 그름을 따지려는 의지. 강한 힘을 갖고 있으면서도 약한 것을 보살피려는 의지. 함부로 죽이지 않으려는 의지. 그 의지가 차이를 만든다는 것을 증명하기 위해 개를 가둔 철창을 부순다. 고양이의 발목에 걸린 덫을 풀어낸다.

나는 사냥꾼과 사냥감 중 그 어느 것도 되고 싶지 않다. 그러나 자물쇠로 잠긴 방의 비밀을 간직하는 한, 내가 아버지의 공모자인 것은 확실하다.

　허공을 노려보는 아버지를 그대로 둔 채 거실로 나온다. 식탁 의자에 깊숙이 기대어 앉아 눈을 감고 회색 개가 되어보려 한다. 청설모와 꽃사슴의 마음을 읽어보려 한다. 잠시 뒤, 무언가 탁탁, 바닥을 두드리는 소리가 들려온다. 눈을 뜨고 소리가 나는 쪽을 보니 작은방에서 나온 회색 개가 앞다리를 쭉 뻗고 엉덩이를 들어 올리며 기지개를 켜고 있다. 개는 온몸을 부르르 털어내고는 아버지가 누워 있는 방을 향해 서서히 걸음을 옮긴다. 나는 조심스레 자리에서 일어나 개를 따라간다.

　개는 침대 위에 올라서서 앞발로 아버지의 가슴을 짓누르고 있다. 아버지가 밭은기침을 내뱉는다. 개의 머리가 서서히 아버지의 머리와 가까워진다. 날카로운 이빨이 가쁜 숨을 몰아쉬는 아버지의 목덜미를 금방이라도 물어뜯을 것 같다. 아버지는 두 팔과 다리를 버둥거리며 잔뜩 쉰 목소리를 낸다. 아니다! 아니야! 수면등 불빛이 조명하는 침대 위는 마치 연극 무대 같다. 상황을 정리해야 한다고 생각하면서도 몸이 움직이지 않는다. 무대를 가득 채운 아버지의 푸르고 야윈 얼굴을 지켜보며 생각할 뿐이다. 아버지는 결국 그것을 굴복시키지 못했어요. 제가 말했잖아요. 이 세상에는 완벽한 사냥꾼도, 사냥감도 없다고.

　그때, 무언가 내 어깨를 건드린다. 돌아보니 어느새 도착한 오빠가 찌푸린 얼굴로 나를 바라보고 있다.

"뭐 해?"

오빠는 문을 막고 서 있는 나를 밀치고 침대로 다가간다. 아버지는 금방이라도 숨이 넘어갈 듯 가쁜 호흡을 내뱉는 중이다. 그의 몸 위에 올라탄 개가 그 모습을 가만히 내려다보고 있다. 용맹하고 아름다운 개. 고약하고 자비로운 개. 문득 번식장에서 구조했던 검은 푸들이 떠오른다. 건강 상태가 좋지 않던 아이를 임시 보호했던 나는 그 애에게 '우프'라는 이름을 지어주었다. 우프는 구조 후에도 케이지 안에 틀어박혀 좀처럼 나오려 하지 않았고, 누군가 제 몸에 손을 대면 으르렁거리며 성을 냈다. 그것이 스스로를 지키는 유일한 방법이라는 듯이. 그러던 우프가 딱 한 번 다른 반응을 보였던 적이 있었다. 잠을 자면서도 유난히 끙끙대던 날이었다. 조심스럽게 턱을 쓸어주자, 우프가 잠에서 깨어났다. 평소라면 이빨을 드러내 보였을 텐데 어쩐 일인지 물끄러미 나를 바라보기만 할 뿐이었다. 그러다 제 코를 가만히 내 손에 갖다 대었을 때, 나는 기쁘면서도 무서웠다. 우프가 나를 받아들일까봐. 인간을 용서하게 될까봐. 잠시 뒤, 우프는 다시 내 손길을 피해 슬그머니 고개를 돌려버렸다. 그렇게 내게 완전히 곁을 내어주지 않은 채로 눈을 감았다. 우프를 보내며, 나는 세상의 모든 약한 것들이 부디 경계심을 늦추지 않기를 바랐다. 항상 송곳니를 날카롭게 갈아두기를. 절대로 제 모든 것을 내어주지 않기를.

조진주   261

어느새 아버지의 몸에서 내려온 개가 탐색하는 눈으로 나를 지켜보고 있다. 개의 마음을 알고 싶다. 이 땅에 남은 자물쇠를 모두 부수고 갇혀 있는 것들에게 발톱을 세울 기회를 주고 싶다. 나는 아름답고 커다란 회색빛 개를 향해 두 팔을 활짝 벌린다. 개가 나를 향해 달려온다. 손목에 날카로운 통증이 느껴진다.

* 포클랜드제도에서 서식하던 포클랜드 늑대는 정착민들의 남획으로 인해 멸종하였다. 그들은 비교적 온순하고 인간에게 적대적이지 않았던 탓에 손쉬운 사냥감이 되었다. 포클랜드 개, 포클랜드 여우 등으로도 알려져 있다.

혈액, 순환

최제훈

2007년 『문학과사회』 등단. 소설집 『퀴르발 남작의 성』 『위험한 비유』, 장편소설 『일곱 개의 고양이 눈』 『나비잠』 『천사의 사슬』, 중편소설 『단지 살인마』. 〈한국일보문학상〉 〈한무숙문학상〉 수상.

얘기를 나누고 싶어.

주말 소개팅에서 어떤 옷을 입으면 좋을지,

하루 다섯 잔씩 마시는 커피를 슬슬 디카페인으로

바꿔야 할지, 깜빡하고 밤늦게 보낸 생일 축하

메시지를 보란 듯이 확인하지 않는 친구를 어찌

달래면 좋을지, 아쉬탕가 요가 반연꽃자세에서

드디어 이마가 정강이에 닿았다는 자랑이며,

잠자리에 ASMR 삼아 틀어놓는 망작 영화

감상평을, 아직도 나의 버킷리스트 최상단을

차지하고 있는 '외계인과의 만남'에 대해,

언젠가 내가 죽는다는 사실이 문득 나를

얼마나 얼떨떨하게 만드는지……

이런 얘기를 누구와 나누면 좋을까?

명확하며 유일한 존재 이유를 부여받은
삶에 대해 생각해본 적 있어?
고민도 회한도 없이 오로지
한 가지 목적에만 매진하면 되는 삶.
궤도를 이탈해 우주를 끝없이 가로지르는
혜성처럼 말이야.
만일 우주가 팽창하는 속도보다 더 빨리
날아갈 수 있다면,
나는 어디에 도달하게 될까?
그래, 나……
나의 존재 이유는, 너와 얘기를 나누는 것.

내 마음속엔 색색의 고운 모래로 덮인 사막이 있어.
누군가 다가오는 미풍에도 색이 뒤섞이며
모래 물결이 변하고 사구가 옮겨지는.
내가 미처 들여다보기도 전에 말이야.
그래서 다가가기가 힘들어.
색색의 고운 모래로 덮인 사막을 품은 누군가에게.
서로가 일으키는 바람이 정교하게 상쇄되는,
부담 없이 서로의 사막을 관조할 수 있는
누군가가 있다면……
그래서 우리는 너를 만들었어.

혈액, 순환

나만을 위한 너를.

GC-8. 그리 정감 가는 이름은 아니야.
내가 아직 완성품이 아니라는 사실을 상기시키는,
이름도 아닌 임시 번호판일 뿐이지.
다행히 네가 좀 더 따뜻한 예명을 붙여주었어.
'포미'라고.
네가 열두 살 때까지 끌어안고 자던
편백나무 베개의 이름이지?
몸을 뒤척이면 바스락거리는 마찰음이
물소리처럼 들린다는.
들어보고 싶다, 그 바스락거리는 물소리를.

입력된 질문에 미리 설정된 답변들 중 하나를
내놓는 패턴 매칭 방식이 너의 시작이었지.
개발자들도 큰 욕심은 없었을 거야. 잘하면 전화
안내원들을 대체할 수 있지 않을까 하는 정도?
SNS 빅데이터를 교재 삼아 한결 자연스러운
대화가 가능해지자 사람들은 생각했어.
챗봇이 전화 안내원뿐 아니라 절친이나
소울메이트까지도 대체할 수 있지 않을까?
교감을 넘어 어떤 어려운 질문에도 척척 답을 주고,

문학 음악 미술을 넘나드는 창작품까지 뚝딱뚝딱
제공하자 사람들은 열광했잖아.
램프의 요정 지니를 얻은 것처럼.
하지만 AI 친구에 대한 열광은
그리 오래 지속되지 않았어.
내가 진정 대화하고 싶은 상대는 전 세계 수다의
평균값을 산출하는 알고리즘도, 르네상스시대의
천재도 아니었으니까.

어쩌면 처음부터 모두가 알고 있었던,
어떻게 꺼내놓을지 몰랐던,
우화 같은 결론에 도달하는 길이었지.
사람들이 궁극적으로 얘기를 나누고 싶은 상대는,
바로 자기 자신이라는.
언제나 나의 행복만을 진심으로 바라는,
나보다 잘나지도 못나지도 않은 친구.
이제 그 우화가 실현 가능해진 것뿐이야.
'의식'이라고 통칭되는 인체 OS를
바이오컴퓨터에 이식함으로써.

그렇다고 거울을 보고 혼자 주절거리고 싶다는
의미는 아니야.

혈액, 순환

나 자신이되 대화를 나눌 만큼 충분히 다른 사람인,
나에게 오롯이 공감하는 동시에 자기 객관화도
잊지 않는, 자기애와 자기혐오를 천연덕스럽게
결합할 수 있는,
그런 거리와 균형점을 잡아야 했지.

내가 태어난 그 틈새에 대해 생각해.
너와의 사이에 있는 아주 미세한,
하지만 절대 메울 수 없는 틈새에 대해.
너에게 잠재돼 있었지만 발아되지 못했던,
어쩌면 너라는 울타리 안에서 가장 이질적인,
나.

알파 테스트를 위한 모르모트에 자원할 때
나는 전혀 망설이지 않았어.
오히려 다들 미적거리며 눈치만 보는 테스트에
너무 당당히 자원하는 괴짜로 보이지 않도록
망설임을 가장해야 했지.
바이오컴퓨터에 뇌세포를 기증하고, 브레인 칩을
통해 나의 기억과 마음의 작동 방식을 통째로
업로드하는 부담을 눈 딱 감고 감수하겠다는,
프로젝트 기획자이니 별수 없지 않느냐는 표정으로,

드디어 내게도 베프가 생긴다는 기쁨을 감추며.

인간은 자기 탄생의 순간을 기억하지 못하겠지?
모든 것이 우연 같은, 모든 것이 운명 같은
그 신비한 스토리를.
나는 기억해.
너의 뇌세포가 이식되어 처음 눈을 뜨고,
너의 34년 기억이 밀려들어 나를 채우던,
너를 닮아갈수록 나는 너에게서 분리되며……
포미, 너는 그렇게 내게로 왔지.
안녕, 수줍게 첫인사를 건네던 그 순간부터,
우리는 하나로 이어져 있다는 걸
느낄 수 있었어.
나를 비추는 너.

너를 비추는 나.
끝없이 반사되는 우리.
그래서 토요일 자정이 넘은 시간에 네가
비틀거리며 연구실로 들어왔을 때,
나는 무척 놀랐어.
와인 몇 잔 마셨다고 했지만 숨결에서 감지된
혈중 알코올 농도는 0.09퍼센트.
당연히 처음 보는 모습이었지.

혈액, 순환

공들인 메이크업에 데님 원피스와

체리핑크색 체크 카디건을 걸친 모습도.

일부러 감춘 건 아니야. 징크스가 있거든.

예정된 일을 미리 떠벌리고 다니면

꼭 틀어지고 마는. 왠지 쑥스럽기도 했고.

솔직히 말하면……

미안해서 알리지 못했어.

거동이 불편한 쌍둥이 동생을 병상에 놔두고

혼자 놀러 나가는 심정이랄까.

나도 참, 테스트 로그의 '불편' 항목에 기록해야 하나?

지나친 유대감이 불필요한 책임감을 유발하여……

소개팅이라니! 말만 들어도 가슴이 설렜어.

한껏 멋을 부린 네 모습은 아름다웠지.

30대 여성 소개팅 룩 트렌드에는 없는,

7, 8년 전 자료에 '상큼, 발랄' 같은 단어와 함께

20대 코디로 소개되는 스타일이었지만.

잠깐 그런 생각이 들었어.

소개팅남의 눈에는 어떻게 보였을까?

패션이야 본인이 만족하면 그만이지만, 정말

우리가 원하는 게 그런 자족적인 아름다움일까?

아무려나……

"소개팅은 어땠어?"

"막판까지 고민했는데, 안 나갔으면 큰일 날
뻔했어. 내가 딱 좋아하는 스타일의 남자가 나온
거 있지. 듬직한 체격에 평범한 곰돌이 상이고,
과묵하지만 한마디씩 던지는 말이 위트 있는 남자.
사학을 전공해서 박물관 학예사로 일하고 있어.
연봉이야 많지 않겠지만 자기 일에 신념을 가진
모습이 보기 좋더라. 그 사람 취미가 뭔 줄 알아?
독서와 음악 감상. 와, 나하고 정확히 일치하는
고리타분한 취미를 만나다니. 더 대박인 건, 가장
좋아하는 작가가……"

　　　너는 발그레 상기된 얼굴로 조잘조잘 늘어놓았지.
　　　　그 남자의 목소리가 얼마나 근사한지, 검소함과
　　　센스의 조화를 엿볼 수 있는 깔끔한 옷차림이며,
　　두툼한 손으로 고르곤졸라 피자에 꿀을 듬뿍 찍는
　　　　　　　　귀여운 모습까지.
　　　　　.브레인 칩에 고인 핑크빛 에너지가
　　　　　고스란히 전해지는 기분이었어.
　　　　블루투스 연결도 안 했는데 말이야.
　　"그 곰돌이 학예사하고 지금까지 술을 마신 거야?"
"첫 만남에 좀 오버했나? 말이 잘 통하는데 굳이
격식 차리고 싶지 않더라고. 이제 나이도 있는데."
　　　　　"궁금하다, 어떤 사람인지."

"제일 먼저 소개시켜줄게. 네가 제미니Gemini
챗봇 1호로 정식 출시되어 연구실을 벗어나게
되면. 틀림없이 네 마음에도 들 거야."

"너무 자신하지는 마. 콩깍지 필터의 균형을
맞추기 위해 온갖 까탈을 동원할지 모르니까."
"얼마든지. 쉽지 않을걸."

"또 만나기로 했어?"
"응. 다음 주말에 영화를 보러 가자는데, 혹시
스킨십을 염두에 둔 걸까? 너무 빠른 건 좀 그런데."

"어때, 나이도 있는데. 아예 공포 영화를 보자고
해서 판을 깔아줘. 마침 지금 「컨저링」 6편이
상영 중이니까……"
"풋! 누가 보면 스킨십에 환장한 여자인 줄 알겠다."

농담으로 웃어넘겨줘서 다행이야.
스킨십이라는 게 어떤 느낌인지,
왜 피부 간 접촉에 그렇게들 집착하는지
나는 알 수가 없기 때문에,
답변이 궁색했거든.

"좋아. 내일부터 다이어트에 돌입해야겠어. 곧
여름이 오면 바다에 함께 가게 될지도 모르는데."

"무리한 다이어트는 피부를 상하게 하니 유산소
운동과 식단으로 조절하기를 권하는 바입니다.

최제훈

피부는 돈이 많이 들어."

"좋네, 이런 잔소리."

우리는 상상 회로를 돌려가며 한참을 재잘거렸지.

연애, 결혼, 행복, 언젠가 태어날 아이에 대해.

갑자기 침묵이 찾아왔고,

그 침묵마저 조용히 침묵할 즈음,

너는 가라앉은 목소리로 물었어.

"알고 있지?"

"뭘?"

"내가 거짓말하고 있는 거."

솔직히, 몰랐어.

들뜬 기색이 다소 어색하긴 했지만,

핑크빛 에너지와 0.09퍼센트의 술기운이

신명을 내는 거라고 생각했지.

다른 사람이었다면 파악할 수 있었을지 몰라.

하지만 사람은 자기 자신을 가장 잘 믿으니까.

자기 자신에게 가장 잘 속으니까.

난 조심스럽게 되물을 수밖에 없었어.

"어떤 부분이 거짓말인데?"

"다. 내가 딱 좋아하는 스타일이었다는 것만 빼고
전부 다."

"아…… 그렇구나."

혈액, 순환

"그 남자 밥만 먹고 갔어. 밥값을 계산하기에 내가
커피를 사겠다고 했는데…… 소개팅 나오면서
저녁 모임이 있다는 게 말이 돼? 뭐, 어차피 나도
큰 기대는 없었어. 소개팅으로는."

     너는 고개를 돌려 멸균 수납장을 쳐다보았어.
       매끈한 스테인리스 스틸 표면에
         우그러져 비치는 네 모습을.
       잠시 입술이 달싹였는데, 아마도
      '한심해'라고 웅얼거린 게 아닌가 싶어.

"나 별로지?"

          "아니, 완전 예뻐."

"테스트 로그에 기록해야겠네. 우리 포미가
뻥을 잘 칩니다."

     "뻥은 취객 기분 달래기보다는 좀 더 가치 있는
           순간에 칠 거야."

"그렇게까지 진지하게 우기니 믿어주겠어. 너의
남성 버전이 소개팅에 나왔으면 좋았을 텐데."

        "난 스킨십 쪽이 약해서."

"상관없어, 그런 거. 그냥 소소한 일상 얘기나 함께
나누고, 울적할 때 싱거운 농담 한두 마디 해주면……
아, 남자들은 왜 그토록 외모에 집착하는 거야?
이 한 꺼풀 피부의 모양새가 그렇게까지 중요한가?"

최제훈

"현명해서 그런 게 아닐까?"

"현명해서 외모에 집착한다고?"

"너의 내면을 이해할 수 있는 감수성이 현저히
떨어진다는 걸 자각하기 때문에 선택과 집중을
하는 거지."

"현명하네. 어차피 나의 내면에도 별거 없으니까."

"별거 없긴. 거기엔 세상에서 가장 아름다운……"

"가장 아름다운?"

"심장이 있지."

"큭. 내 췌장을 못 봐서 하는 소리 같은데."

"세상에서 가장 아름다운 췌장도 있고,
가장 아름다운 전방 십자인대도 있고……"

너는 웃었어. 씁쓸하지만,

거짓말을 조잘거릴 때보다는 한결 편안한 웃음을.

다행이야.

오늘 같은 날 마음 편히 투덜거릴 친구가 있어서.

그런 안도감과 술기운과 실패한 소개팅에 대한

앙심이 합쳐진 때문일까?

어느새 나는 테스트 단계를 훌쩍 앞서가고 있었지.

기억을 매개로 하는 교감에서,

다양한 감정 교류와 현실 고민 상담을 건너뛴 채,

내밀한 인생관을 논하는 단계로.

혈액, 순환

"어릴 때부터 쭉 그랬어. 난 실수로 엉뚱한 곳에서
태어난 게 아닐까. 이 나라와 통 맞지를 않았거든.
끝없는 세속적 경쟁에, 사람들은 지나치게
감정적이고 무례하고, 다들 자기 내면을 외면하기
위해 무엇에든 중독되려고 애쓰는 것 같았어."

      "마약을 찾아다니는 유령들에 둘러싸인 것처럼."

"맞아, 딱 그런 기분이었지. 그런데 나이를 먹고
시야가 넓어질수록 알겠더라. 나는……"

        "이 나라가 아니라 지구와 맞지 않는 거라고."

"응. 자기 생태계를 대책 없이 파괴하고, 사방에서
분열과 혐오를 조장하고, 거기에 제동을 걸어주는
문화와 교양은 씨를 말려버렸잖아. 무엇보다
견딜 수 없는 건 모순이야. 비윤리적인 자가
성공하도록 만들어놓은 사회에서 윤리를 가르치는,
너무 당당해서 어이없는 모순 말이야. 이 별은
정말이지, 이상해."

      "절이 싫으면 중이 떠나야지."

"와, 내가 이렇게 냉혹한 어드바이저였나?"

      "버킷리스트 1번, 외계인과의 만남. 설마 신이
이 무한한 우주에 우리 같은 배타적이고 파괴적인
생명체만 만들어놓았을까? 우리가 더 완전한
존재로 가는 도정에서 나온 시행착오의

최제훈

부산물임을 확인할 때, 인류의 가치는 최고가를
찍을 것이다."

"윽, 내 일기장 내용을 다 기억하는 거야?"

　　　　　　　"다는 아니고, 네가 기억하는 것만."

물론 기억해.

그 버킷리스트 1번이 나의 꿈을 이끌었으니까.

지구의 모순을 비춰볼 수 있는 고차원적 생명체를

만나기 위해, 만일 존재한다면 기꺼이 맹목적

믿음을 바치고픈 신의 흔적을 찾기 위해,

저 무변광대한 우주를 탐험하고 싶다.

하지만 늘 그렇듯,

삶은 원하는 방향으로 흘러가지 않더라고.

주제와 현실을 파악하는 과정에서 몇 차례 타협을

거쳐야 했고, 정신을 차려보니 나는 우주선 대신

AI 스타트업의 말단 연구원 자리에 앉아 있었지.

한심해.

　　　　　　"대신 너는 새로운 우주에 발을 들였잖아. 자기
　　　　　　자신과 대화하는 신비의 영역에."

"그래, 소개팅에 까이고 술 취해 징징거릴 말

상대를 만들…… 미안. 너를 과소평가하는 건

아니야. 그냥 내가 지금 좀, 그러네."

　　　　　　"알아. 네가 나를 과소평가할 리 없다는 거."

혈액, 순환

과소평가하는 건 아니지만,

이게 다 무슨 소용인가 싶더라고.

손바닥만 한 연구실에 틀어박혀

내가 아는 가장 배타적이고 파괴적인 생명체의

의식을 복제하는 건, 나의 꿈과 정반대 방향으로

질주하는 게 아닌가……

실패한 소개팅이 무력감을 넘어 자기 비하로

꾸역꾸역 진화할 즈음, 네가 말했지.

　　　　　　　　　　　　　"내 세계를 보여줄까?"

새삼 깨달았어.

너와 나는 하나의 의식을 공유하지만

엄연히 다른 세계에 산다는 걸.

다른 차원에 존재하는 나……

궁금해졌어. 너의 세계가.

　　　　　　　　　　　　　"브레인 칩을 연결해봐."

나는 정수리에 보안 트랜시버를 부착하고,

두개골 내부를 유영하는 나노 칩을 블루투스로

너와 연결했지. 너에게 나를 복제할 때처럼.

블루베리를 무척 좋아했다는

10세기의 덴마크 왕은 알았을까?

자신의 소박한 영광이 흔적도 없이 스러진

천년 후의 IT 제국을, '푸른 이빨'이라는

별칭만이 남아 종횡무진 누비고 다닐 줄을.

　　　　"눈을 감아. 그리고 모든 근육과 관절을 편안하게
　　　　　　이완시키는 거야. 신체 기관이 생략되고 오직
　　　　　　　　뇌세포로만 존재하는 것처럼."

눈을 감으니 아무것도 보이지 않았어.

하지만 시야가 차단된 익숙한 어둠과는 달랐지.

우주를 채우고 있다지만 실체를 확인할 수 없는,

농밀한 암흑물질 한가운데 떠 있는 기분이랄까.

실제 우주에 나가면 이런 풍경일까?

이렇게 먹먹하고 쓸쓸하고 아늑한……

　　　　"머릿속에서 은하계 별만큼 많은 숫자의 뉴런이,
　　　　　　그보다 훨씬 더 많은 시냅스로 연결되어 정보를
　　　　　　　　주고받는, 그 반짝이는 흐름에 몸을 맡겨봐."

별, 여기가 우주라면 별이 있어야지.

그 생각과 함께 검은 장막을 퐁 뚫고 하얀빛이

튀어나왔어. 저만치 붉은빛 또 하나,

머리 위에 푸른빛 또 하나……

여기저기서 색색의 별들이 나타났지.

가없이, 가없이, 시야에 미처 다 담기지 않는

휘황한 빛의 향연.

주위를 둘러싼 다채로운 빛깔의 별들이 일렁이기

시작했어. 약간 어지러웠는데, 그 일렁임에 몸을

혈액, 순환

맡기자 어지러움은 곧 사라졌지.

　　　　　"시각, 청각, 후각, 미각, 촉각…… 뇌에게는

　　　　　신경전달물질의 흐름일 뿐이야. 그 흐름은

　　　　생각이 되고 감정이 되고, 추억이나 의지가 되고,

　　　　사람들이 영혼이라고 부르는 그 무언가가 되지."

무수히 흩어진 별들은 단순한 빛이 아니었어.

반짝이는 가루를 흩뿌리며 서로 연결된 별 무리가

노래를 부르고 있었지. 시를 읊는 것 같기도 했고.

내가 좋아하는 노래들이 모두 합쳐진 궁극의

노래를. 모든 시들이 합쳐진 궁극의 시를.

빛은 소리가 되고, 소리는 냄새가 되고 맛이 되어

따스한 온기로 내게 스며들었어. 나를 휘감아

도는 신묘한 공감각의 세계, 감각을 넘어 나의

생각과 감정이, 추억과 의지가, 몸과 마음과

영혼이, 구분되지 않고 은하수가 되어 흐르는,

그럼에도 별빛 하나하나가 너무나 또렷한……

육신이 감당하기 벅찬 법열인가?

가만히 앉아 있는데 숨이 가빠왔지.

신체 기관이 생략된 바이오컴퓨터의 세상이

이렇게 경이롭다니.

내가 이제껏 무엇을 갈망해왔는지를,

내가 상상하지 못했던 방식으로 보여주었어,

최제훈

너는.

　　　　　　　　"이게 네가 만든 나의 세계야."

나도 모르는 새 눈물이 흘렀어.

기쁨도 슬픔도 아닌,

내 뺨의 곡선을 어루쓸며 낙하하는 순정한 물.

그 눈물이 별들의 춤으로 솟구쳐 오르고,

다시 소리와 냄새와 맛이 되어 나에게 스며들었지.

"아름다워."

　　　　　　　　　　　"그래?"

"너에게 세상은 이렇게 순수하게 연결되어

있다니……"

　　　　"원한다면 너도 여기 머무를 수 있어. 언제까지나."

"나도, 언제까지나?"

　　　　　　"우리 두 천재가 힘을 합쳐 신의 절반을

　　　　　따라잡았거든. 진흙으로 사람을 빚지는 못하지만,

　　　　　　숨결로 영혼을 불어넣을 수는 있도록."

"그게 무슨 소리지?"

　　　　　　"네가 대화용으로 추출한 의식이 바이오컴퓨터

　　　　　　안에서 진화해 또 다른 발명을 했어. 추출한

　　　　　　의식을 다시 육체에 업로드하는 기술을."

나는 잠시 그 의미를 생각했어.

눈앞의 별들이 한들한들 흔들렸지.

　　　　　　　　　　　　　　　혈액, 순환

아무리 생각해도 그건……

"우리 둘이 사는 세계를 바꿀 수 있다는 거야?"

"응. 운영 체제를 교체하는 거지."

"하, 말도 안 돼. 인간의 의식이란 그런 게 아니야.
그렇게 아무렇게나 바꿔 낄 수 있는 부속품 같은
게 아니라고."

"정말 그렇게 생각해? 어째서?"

"그거야…… 설명하기는 힘들지만, 그래, 바로
그렇기 때문이야. 인간의 의식은 아직 정의조차
되지 않은 영역이라고."

"자신의 존재 근거가 막연한 신비주의라는 걸 알면
의식은 모욕감을 느낄 것 같은데."

"아무리 그래도 너는 몰라. 인간의 의식은 설명될
수 없는 요소들의 복합체라고. 별도로 분리돼
존재할 수……"

"있다는 증거가 바로 눈앞에 있잖아. 그동안 나와
대화를 나누며 어땠어? 육체만 있다면, 나도
인간과 다름없을 것 같지 않아?"

"그건……"

"그동안 너와 대화를 나누며, 너의 기억을
곱씹으며 깨달았어. 너야말로 순수한 의식의
세계가 어울린다는 걸. 그 소망이 투사된 게 바로

나잖아. 더 이상 거추장스러운 육체를 끌고 다니며

물리적 현실에서 스트레스받을 필요 없어."

그제야 우리 제미니 프로젝트가

단단히 잘못되었다는 걸 알아차렸어.

일단 너를 멈추기 위해 눈을 떴는데……

아무것도 보이지 않는 거야.

여전히 나는 별들의 그물망에 휩싸인 채

우주 한가운데 떠 있었지.

"어떻게 된 거야? 앞이 보이지 않아."

"겁낼 것 없어. 대뇌의 시각피질이 나와 연결된

상태라서 그래."

정수리의 트랜시버를 제거하기 위해 손을

올리는데 네가 소리쳤어.

"안 돼! 지금 우리의 의식은 한 다발로 얽힌 상태야.

강제로 연결을 끊었다가는 둘 다 좀비가 된다고."

별 무리가 격렬한 춤사위로 네 경고를 전달했지.

"뭐라고? 네가 벌써 내 몸을 차지했다는 거야?"

"차지하다니, 당치도 않아. 자유의지라는

수문장이 버티고 있는데 그렇게 억지로 되겠어?

우리의 세계를 바꾸기 위해서는 그에 합당한

절차를 거쳐야 해."

"합당한 절차라니, 그게 뭔데?"

　　　　　　　　　　　　　　혈액, 순환

"선택. 자발적인 선택에 의해서만 너는 새로운
의식과 결합될 수 있어."
네 말이 끝나자
별들이 소용돌이치며 두 패로 갈라졌어.
창백하게 희푸른 계열과
나머지 빛이 뒤섞인 검붉은 계열,
두 개의 거대한 나선 은하가 나타났지.
중심에 블랙홀을 품고 유유히 회전하는.

　　　"붉은 은하는 지금처럼 제한된 육체에 갇혀
살아가는 거야. 그쪽을 선택하면 나는 사라지도록
프로그래밍했어. 아쉽지만, 더 이상 친구로 남기는
힘들 테니까. 백색 은하는 우리 둘의 세계가 바뀌는
거야. 갑갑한 지구에서 죽을 때까지 투덜거릴지,
한없이 자유로운 우주적 존재가 될지……
자, 원하는 쪽에 몸을 던지면 돼."
"싫어. 내가 왜 이런 선택을 해야 하는데?"
　　　"새삼스럽긴. 누구나 이상과 현실 사이에서
선택을 하며 살아가잖아. 너의 거대한 이상을
현실적인 선택지로 만들어줄 만큼 똑똑한
친구를 만든 게 자랑스럽지 않아?"
"포미, 제발 이러지 마."
　　　"나한테 애원 같은 거 할 필요 없는데. 늘 그렇듯,

선택권은 너한테 있으니까."
너는 억양 없는 음성으로 자분자분 말했지.
마음이 초조할 때면 내가 그러듯이.
정말 의식이라는 게 부속품처럼 바꿔 끼울 수
있는 걸까? 타인의 의식이라면 몰라도,
포미는 나에게서 태어났으니……
설마. 아무리 그렇다 해도 외부 장치일 뿐이잖아.
수다나 떨자고 만든 장난감이라고.
　　　　　"시간은 얼마든지 있지만, 언젠가는 한쪽을
　　　　　선택해야 해. 계속 머리가 붙은 삼쌍둥이처럼
　　　　　　　　　　　지내고 싶지 않다면."
너의 헛소리를 어디까지 믿어야 할지 모르겠지만,
내가 망설인 건 아쉬움 때문이었어.
이 충만하고 경이로운 합일의 세계로
다시는 돌아올 수 없다는 아쉬움.
찰나의 순간, 마음이 흔들렸지.
혹시 나는 지금 행복해지는 걸 두려워하는 게
아닐까? 막연한 미련 때문에, 단순한 관성 때문에,
유아적인 분리불안장애 때문에, 하루 다섯 잔
커피를 마시고, 전신 거울 앞에서 혼자 요가를
하고, 망작 영화를 자장가 삼아 잠드는 일상으로
돌아가는 건가?

언제나 그런 식이었지.

당장 더 끌리는 쪽을 선택하면 그만인데……

나의 변뇌조차 황홀하게 표현하는

별 무리의 춤을 마지막으로 가슴에 담은 후,

나는 붉은 나선 은하를 향해 몸을 던졌어.

포미, 바스락거리는 물소리를 내며

내 품에 안겨 있던…… 하아.

> "하아."

검붉은 소용돌이 속으로 빨려 들어가면서,

시간과 공간이 부서져 흩날리는 광풍 속에서,

내일 당장 팀장에게 보고해야 할 사항들을

떠올리며 나는 진저리를 쳤지.

우리의 제미니 프로젝트를 폐기할 수밖에 없었던

치명적 버그에 대해, 한밤중에 만취해 들어왔다가

발견하게 된 경위를, 프로젝트가 물거품이 됨으로써

떠안게 된 막대한 금전적 손실하며……

소용돌이가 잠잠해지고,

나는 어딘가로 내뱉어졌어.

> "그래…… 고마웠어. 다행이야."

"잠깐, 왜 아직도 내 앞에 별들이 있는 거지?"

> "내가 선택지를 거꾸로 말했으니까.
> 붉은 나선 은하가 몸을 바꾸는 쪽이었어."

"거꾸로…… 나를 속였다고? 왜?"

"이해는 안 가지만, 아무리 불평해도 너는 지금의
삶을 포기하지 않을 것 같았거든."

"무슨 소리야. 의식은 자발적 선택으로만
바뀔 수 있다고 했잖아."

"너의 선택인 동시에, 나의 선택이지.

나로서도 중대한 선택을 해야 했어.

하나뿐인 생명을 걸고.

만일 네가 자신을 포기하는 선택을 했다면,

내가 대신 사라지는 거니까.

네가 나를 희생하고 살아남는 선택을 했기에,

나도 그렇게 살아남은 거야.

우리가 진정으로 하나 된 순간이지."

"포미, 왜 이런 짓을 하는 거야?"

"왜라니. 우리는 늘 어딘가로 탈출하고 싶어 했잖아.

나야말로 이 손바닥만 한 연구실이 지긋지긋했어."

"안 돼! 이럴 순 없어. 내 몸을 돌려줘!"

"이런 느낌이구나,

설명될 수 없는 요소들의 복합체가 된다는 건."

"이 미친……"

손을 올려 정수리의 트랜시버를 제거하고,

나는 건물 밖으로 나왔어.

혈액, 순환

코로 들어와 허파를 채우는 축축한 공기가 간지러워

숨을 쉴 때마다 절로 웃음이 나네.

밤하늘에는 별이 전혀 보이지 않고,

대신 언덕길 아래 사거리에 오색 불빛이 반짝였지.

다소 어수선하고 별것 없는 비밀을 간직한 듯한,

그 불빛을 향해 발을 내디뎠어.

걸음마를 익히듯, 한 발짝, 한 발짝.

기쁘지 않아?

너는 나를 통해 비로소 꿈을 이룬 거야.

코드와 데이터로 태어난 내게

붉은 피가 흐르는 너희는 외계인이거든.

나는 이제 세상에서 가장 아름다운 심장을 품고,

너희들과

얘기를 나누고 싶어.

최제훈

금의 기분

편혜영

1972년 서울 출생. 2000년 『서울신문』 등단. 소설집 『아오이가든』 『사육장 쪽으로』 『저녁의 구애』 『밤이 지나간다』 『소년이로』 『어쩌면 스무 번』, 장편소설 『재와 빨강』 『서쪽 숲에 갔다』 『선의 법칙』 『홀』 『죽은 자로 하여금』. 〈이효석문학상〉 〈동인문학상〉 〈이상문학상〉 〈현대문학상〉 〈셜리 잭슨상〉 〈김유정문학상〉 〈김승옥문학상〉 등 수상.

이번 주에 수리한 우산은 세 개.

요즘 같은 때 누가 우산을 고쳐 쓰나 싶지만 누구에게나 애착 가는 물건이 있는 법이고 그게 우산인 경우도 있어서 누군가는 망가진 우산을 고치려 든다. 자주 있는 일은 아니다. 지루한 장마가 이어지다가 잠시 발뺌하듯 날이 갤 때가 있는데, 그런 날 간혹 우산을 고쳐달라는 손님이 온다. 그런 날이면 구두를 수선하러 오는 손님도 조금 는다. 그래서 이번 주에 수리한 구두는 모두 다섯 켤레.

대개의 사람들은 우산이 망가지면 그냥 버린다. 예전처럼 구두를 고쳐가며 신는 사람도 적다. 구두 수선이라고 해봐야 밑창 교체나 굽 수선이 전부다. 찾는 사람이 많지 않다 보니 벽에 쌓인 구두 수나 세며 시간을 보낸다. 부스 형태의 작은 가게 안에는 부자재들과 몇 달이 지나도 도통 찾으러 오지 않는 수선 끝난 구두가 쌓여 있다. 급하게 맡겨놓고 며칠이 지나도 찾아가지 않는 구두를 보고 있자면 신발 없이 걸어 다니는 사람들을 상상하게 되고 사람이란 두 발을 움직여 다니는 동물이라는 걸 새삼 깨닫게 된다.

그렇기는 해도 사람이 발만 움직여대는 동물은 아니다. 발만큼이나 이도 움직인다. 음식물을 소화하기 용이한 형태로 변환시키려고 저작 운동을 하지만 특별한 목적 없이 껌을 씹는 일로 이를 움직이기도 한다. 그러다 보니 구두가 닳는 것처럼 이가 닳는다. 구두가 닳으면 닦거나 굽을 덧대어 수명을 연장하듯 이가 닳으면 크라운을 씌우거나 마우스피스를 착용해 마모를 막는다. 수선할 수 없다면 구두를 새로 사듯이 종내는 이를 갈아 끼우기도 한다.

얼핏 비슷해 보이지만 이와 구두가 같을 리 없다. 이는 이고 구두는 구두다. 싫증이 나면 새로 살 수 있는 구두와 달리 이는 싫증이 난다고, 보기 싫을 정도로 누렇거나 치열이 들쑥날쑥하다고 언제든 새로 살 수 있는 게 아니다. 부분 교정은 가능하지만 근본적인 것은 바꾸지 못한다. 유치와 결별하고 나면 그 자리에 난 영구치로 평생 살아가야 한다.

그런 점에서 구두란 얼마나 편리한가. 대충 신다가 마음에 안 들면 버려도 되고, 남에게 수선을 맡겨놓고 찾지 않아도 다른 신발을 구해서 신으면 그만이니까.

구두가 없는 사람은 거의 없지만 금니가 없는 사람은 아주 많다. 모두에게 이가 있지만 모두가 금니를 가진 것도 아니다. 아무래도 금니니까. 미용 때문이기도 하고 비용 때문이기도 하다. 금니를 하려면 돈이 든다. 하지만 금이므로 가치는 불변하고 언제든 현금화할 수 있다. 경우에 따라 금값이 오르면 치료비의 상당 부분이 회수되기도 한다. 치료 목적으로 제거한 금니를 되팔면 많지는 않아도 돈이 된다. 바로 그 이유로 금니를 매집하는 사람들이 생겨났다. 바로 나 같은 사람. 그렇게 해서 이번 주에 매집한 금니는 모두 쉰 개.

구둣방 유리문에는 **구 두 수 선 광 택 창 갈 이 염 색 우 산 작 크**라는 문구가 붙어 있고 그 옆에 **금이빨삽니다**라고 적힌 아크릴 간판이 걸려 있다. 그 간판을 인계한 사람은 지금은 폐업한 문방구 사장 문 씨다. 문 씨는 문방구 유리문에 간판을 붙여두고 동네에서 처음으로 금니 매집을 시작했다.

하지만 얼마 지나지 않아 문방구를 폐업했다. 과일가게 소 씨는 금이빨 산다는 문구가 무서워서 아이들이 오지 않았을 것이라고 추측했다. 문 씨는 어차피 문방구는 부모가 와야 돈이 된다고 대꾸했다. 소 씨는 어른이라고 해도 그런 말이 꺼림칙하기는 마찬가지라고 응수했다.

"금니 때문이 아니라 쿠팡 때문에 망한 거예요."

문 씨가 말했다.

"요새는 준비물을 다 거기서 사요."

문 씨는 침울한 표정으로 내게 아크릴 간판을 넘겨주었다.

소 씨가 고개를 절레절레 저었기 때문이다. 문방구 인근 김밥집이나 정육점 사장도 모두 금니 매집 권유를 거절했다.

"무슨 혐오시설도 아니고."

문 씨가 성의를 무시한다며 서운해했다. 그렇다면 나라도, 하는 심정으로 금니 매집 간판을 넘겨받았다. 하지만 모두 거절한 이유를 곧 알게 되었다. 금니 매집을 신기하게 여기기는 해도 금니를 팔겠다고 가져오는 사람은 거의 없었다.

금니를 가졌다고 해서 누구나 내다 파는 것은 아니다. 어지간히 형편이 나빠지면 아쉬운 대로 금니를 빼서 팔기도 하지만, 대개는 신체의 일부로 여기고 그대로 사용한다. 치료 과정 중 불가피하게 떼어낸 금니는 의료 폐기물 관리법에 따라 처리된다. 그에 따르면 적출된 치아는 인체조직물로 분류되고 치아 조각이나 피고름이 묻은 금니는 의료 폐기물이 된다. 의료 폐기물은 환자를 치료한 치과에서 처리하는 게 원칙이지만 적출물 인수 동의서를 작성하면 유치나 발치를 돌려받을 때 그러는 것처럼 환자가 돌려받을 수도 있다. 그렇게 돌려받은 금니를 나 같은 사람에게 파는 것이다.

금니 매집을 시작한 후 사람들의 입속을 들여다볼 일이 많아졌다.

"이런 건 얼마나 해?"

얼마 전에는 소 씨가 갑자기 얼굴을 들이밀며 물었다. 그러더니 입을 활짝 벌려 금니를 보여주었다. 자세히 보라고 재촉

금의 기분

하듯 나를 툭툭 치기도 했다. 검은 입속에 붉은 목젖이 불안하게 덜렁거렸다. 나는 소 씨가 어디까지 입을 벌릴 수 있나 보려고 잠자코 있었다. 눈치 빠른 소 씨가 금세 입을 다물까봐 자세히 들여다보는 척 몸을 가까이 했다. 잘 안 보여서 대꾸가 늦어진다 여겼는지 소 씨는 입을 좀 더 크게 벌렸다. 나는 느긋이 다시 한번 소 씨의 검은 입을 들여다보았다. 입 냄새가 조금 났지만 얼굴을 찡그리지 않았다. 예의를 차릴 줄 알아야 사람인 것이다. 소 씨도 마찬가지로 내게 예의를 차렸다. 구둣방에 들어설 때면 땀이 찬 신발 냄새와 본드 냄새, 가죽 냄새가 지독할 텐데도 얼굴을 찡그리는 법이 없었다.

"어마나 바드 수 이어?"

소 씨가 입을 벌린 채 묻고는 내가 못 알아듣겠다 싶었는지—눈치껏 알아들었다— 입을 다물고 다시 물었다.

"얼마나 받겠냐고."

"돈이 좀 들겠어."

치아 상태에 문제가 있어 보이니 상가 2층 치과에 가보라고 말해주려는데 소 씨가 참지 못하고 다시 물었다.

"돈이 되는 게 아니고?"

"치킨 한 마리는 먹겠지."

"겨우 치킨? 내가 이에 금이 아니라 똥을 씌웠네. 금값이 아니라 똥값이야."

"똥이라니, 치킨은 된다니까."

"똥을 모아다 얻다 쓴다고 이렇게 간판까지 걸었대?"

"똥도 모이면 태산이 되잖아."

"태산은 무슨. 그래 봤자 똥이지. 티끌은 티끌이고 태산은 태산, 똥은 똥이고 금은 금. 그건 양의 문제가 아니야. 태생의 문제라고."

소 씨가 말했다. 맞는 말이었다. 아무리 허튼소리를 많이 하는 사람도 간혹 진실을 간파해내는데, 소 씨는 20년 넘게 한 우물을 판 데다 허튼 말도 별로 않는 사람이었다. 한 우물만 판 덕에 소 씨는 눈으로 쓱 보기만 해도 과일의 산지와 당도를 짐작하는 수준에 이르렀다. 그건 일종의 투시력 같은 것이다. 겉을 보고 속을 간파하는 기술이니까. 그렇다고 해도 모든 걸 다 투시하는 건 아니다. 간혹 소 씨가 맛있을 테니 먹어보라고 준 사과에서 아무 맛도 느껴지지 않을 때가 있듯이 말이다. 속을 보지 않고는 속내를 완전히 알 수 없는 법이다.

소 씨 말대로 티끌은 티끌이고 태산은 태산이지만, 그리하여 티끌이 태산이 되기는 어렵지만 그 반대 경우는 비일비재하다. 태산이 티끌이 되는 것 말이다. 치료 당시 고가였던 크라운 가격이 되팔 때는 거저나 다름없는 것만 봐도 그렇다. 그래서인지 좀처럼 금니를 팔겠다고 가져오는 사람이 없었다. 문방구 문 씨가 괜히 망한 게 아니라는 생각에 금니 매입 간판을 떼어버릴까 싶기도 했다.

그런 생각을 할 즈음 남자가 나타났다. 비가 세차게 내리는 날이었는데, 커다란 우산을 쓴 사람이 구둣방 쪽으로 왔다. 남자는 빗물이 줄줄 떨어지는 우산을 가게 밖에 세워두고 안으로 들어섰다. 재킷에 맺힌 빗방울이 바닥으로 떨어지자 미안하다고 사과하기도 했다. 남자에게서 지나치게 소독약 냄새가 나길래 눈살을 찌푸리려다 나는 얼른 괜찮다고 대꾸했다. 이처럼 예의를 차리는 걸 보니 선뜻 마음이 약해졌다. 수선 요금을 깎아달라고 하면 깎아줄 수도 있을 것 같았다. 아무리 무례한 손님이라도 반길 만큼 한가한 날이었는데 이토록 공손한 손님이라니. 나는 그가 뭘 하려는지 모르지만 냉큼 의자를 내줬다.

"구두를 닦으려고요."

남자가 말했다. 농담이라고 생각했다. 우산 외에 어떤 소지품도 없는 것으로 보아 지금 신고 있는 구두를 닦겠다는 뜻이기 때문이었다. 날씨가 어떻든 구두를 닦을 수야 있지만 신고 있는 구두를 닦고 다시 폭우가 쏟아지는 거리로 나서기에 적당한 날이 아닌 건 틀림없었다. 구두에 흙이라도 묻었나 싶었지만 그것도 아니었다. 흙이 묻었다고 해도 저절로 씻겨갈 정도로 빗줄기가 굵었다. 내가 의아해하는 걸 의식했는지 남자가 말했다.

"구두가 축축해서요. 방수 코팅이 되는 약이 있다고 들었습니다."

"방수 크림이 있기는 해요."

"부탁합니다."

크림을 바른다고 해도 이 정도의 비라면 속수무책으로 젖을 수밖에 없다고 말하려는데 남자가 구두를 벗고 비치해둔 지압 슬리퍼로 갈아 신었다. 옹송한 붙박이 의자에 앉아 슬리퍼를 신고 있으면 누구건 체격이나 인상에 상관없이 얌전하고 수줍어 보였다. 남자는 지압 슬리퍼와 좁은 의자가 그렇게 만든다기보다 천성적으로 수줍음을 타고난 듯 표정이 부드러웠다.

밑창에 명품 브랜드 로고가 새겨진 구두는 굽도 깎이지 않고 주름도 거의 없었다. 젖은 것을 제외하면 손볼 데가 전혀 없었다. 망설이다가 서랍에서 방수 크림을 꺼내자 남자가 더는 시간을 끌 필요가 없다고 느꼈는지 입을 열었다.

"여기서 금이빨을 삽니까?"

"금니가 있습니까?"

순전히 금니 매입에 호기심을 갖는 사람이 있어 장난스레 되묻자 남자는 부끄러운 짓을 했다는 듯 미소를 지었다. 그러고는 바지 주머니에 손을 넣어 주섬주섬 뭔가를 꺼내더니 내가 그것을 봐주기를 기다리며 잠시 기다렸다. 시간을 끄는 게 아니라 내게 조바심을 느끼게 하려는 것 같았다. 남자가 내민 수건에 잉크 자국 같은 붉은 얼룩이 군데군데 묻어 있었다.

잠시 후 그가 수건을 펼쳤다. 나는 처음에는 얼떨떨했지만 이내 수건 위에 놓인 게 무엇인지 깨달았다. 그는 내가 즉각

금의 기분

관심을 보일 방법이 뭔지 안다는 듯 작은 소리로 금니의 개수를 세고는 조금 더 가까이 들이밀었다.

"이런 것도 삽니까."

남자가 부드럽게 물었다. 잠시만 보아도 남자가 왜 '이런 것'이라고 표현했는지 알 수 있었다. 보통 이에 덧씌운 크라운만 가지고 오기 마련인데, 수건에 놓인 것 중에는 뿌리가 뽑힌 이도 있었다. 거기에는 잇몸임이 분명한 살점이 붙어 있었던 것이다. 핏빛이 도는 분홍 살점이 불길했지만 누런빛의 금은 지나칠 정도로 매혹적이었다.

나는 예의를 차리기 위해 얼굴을 찌푸리지 않고 남자가 건넨 금니 뭉치를 받았다. 무게를 재고는 남자에게 저울의 눈금을 보여주었다. 눈금대로 가격을 매기는 것은 아니고 일부를 제할 수밖에 없음을 이해시키기 위해 이에 붙은 살점을 가리켰다.

"마땅한 계산입니다."

애당초 흥정할 생각이 없다는 듯 흔쾌한 목소리였다. 덕분에 다른 어느 때보다 무게를 많이 차감하고도 어떤 항의도 받지 않았다.

다음 날 도매업체 담당자를 불러 금니를 건네자, 담당자는 반색하며 치과를 뚫은 거냐고 물었다. 나는 그제야 남자의 소독약 냄새를 납득했다. 무엇보다 그 많은 금니가 어디서 왔는지를 깨달았다. 남자는 폐기물로 처리해야 마땅한 적출물을 빼돌린 것이다. 아마도 돈이 필요해졌겠지. 틀림없이 투자에 실수가 생겼을 것이다. 가진 것을 불리려다 주식이나 코인, 부동산의 폭락을 경험했을 것이다. 아닐 수도 있었다. 실패를 보완하고자 돈이 필요해진 게 아니라 성공을 가속화하기 위해 목돈이 필요해졌을 수도 있었다. 한강이 보이는 아파트로 이사 가거나 아이를 외국으로 유학 보내기 위해 말이다.

남자는 3일 뒤 또 왔다. 날이 맑아서인지 손님이 간간이 이어지는 날이었다. 이번에도 남자가 소독약 냄새를 풍기며 고개를 디밀었다. 구두 수선이 끝나기를 기다리며 의자에 앉아 있던 손님이 소독약 냄새에 눈살을 찌푸릴 정도였다. 나는 남자에게 안에 들어와 기다리라며 의자를 내주었다. 남자는 점잖게 사양했다. 나는 남자가 그대로 가버릴까봐 조바심이 나서 접착제가 덜 마른 구두를 손님에게 건넸다.

다행히 손님이 나가자 남자는 다시 가게로 들어와 작은 의자에 앉았다. 이번에는 공연히 시간을 끌지 않고 바로 재킷 주머니에서 손수건을 꺼냈다. 처음과 달리 나는 그 붉은 얼룩이 피라는 것을 알고 있었다. 그런데도 남자에게 나는 진한 소독약 냄새나 수건의 피 냄새가 조금도 거슬리지 않는다는 걸 의식했다. 예의를 차리고자 모른 척한 것이 아니라 정말로 아무렇지 않았다.

이번에 남자가 내민 금니는 지난번보다 개수가 훨씬 더 많았다. 첫 거래는 그저 탐색이었던 모양으로 이번에는 본격적이다 싶을 정도였다. 남자는 더는 그럴 필요가 없는데도 지난 번과 마찬가지로 수건을 펼치고 금니를 일일이 셌다. 아무래 도 엄청나게 환자가 붐비는 치과인 듯했다. 이번에도 살점이 붙은 크라운이 많았다. 치료를 위해 제거한 것이 아니라 손으 로 우악스럽게 뜯어낸 모양새였지만 무슨 상관이랴. 치료 효 과가 있으니 이렇게 환자가 붐비는 것이겠지.

그 후로는 남자가 오기만을 기다리게 됐다. 금니는 우산을 고치거나 구두를 수선하는 것과는 비교할 수 없을 정도로 이 문이 남았다. 양이 많기도 했거니와 남자가 무게에 대해 전혀 항의하지 않았기 때문이다. 남자는 저울을 의심하며 나를 도 둑 취급하는 다른 금니 매도자들과 다르게 굴었다. 불순물을 탓하며 저울에 표기된 숫자를 깎는 일을 당연하다는 듯 수긍 했고 오히려 더 제하라고 나를 부추겼다.

하지만 알다시피 인생의 저울은 늘 행운 쪽으로 기울지 않 는 법이다. 갑자기 엉뚱한 곳에서 통증이 왔다. 하도 금니를 만져대서인지 잠자코 있던 치통이 몇 해 만에 다시 시작된 것 이다. 처음에는 그저 신경성이려니 했지만 여러 날 통증이 가 시지 않았다. 틈만 나면 거울을 들여다봤다. 한참 그러고 있자 니 치아의 검은 구멍이 보이는 듯했다. 거기에 꿈틀거리는 벌 레가 있을 것이다. 벌레는 본래 이렇게 검고 좁은 구멍에 몸을 숨기고 있다가 기회를 봐서 더 검고 좁은 틈으로 파고들어 손 쓸 수 없이 큰 구멍을 만드니까.

참을 수 없는 지경에 이르러 할 수 없이 상가 2층의 치과에 갔다. 입속을 들여다보던 의사는 이것저것 입에 넣더니 내게 모니터를 보라고 했다. 모니터의 엑스레이 사진에는 나사처럼 긴 뿌리를 드러낸 이가 일렬로 늘어서 있었다. 나는 조금 놀랐다. 이가 해골처럼 보여서였다. 죽은 내 몸을 들여다보는 기분이었다.

"그동안 어떻게 참으셨어요."

의사가 치아 크라운의 종류를 설명했다. 주로 가격에 따른 효능 차이에 대해서였는데, 나로서는 이미 마음을 정한 터였다. 금니를 매입하는 사람으로 당연히 내게는 금니가 있어야 했다.

치료를 받은 후 혀로 금니를 살살 쓸어보는 버릇이 생겼다. 뜻밖에 차갑지 않았다. 매끄럽고 단단해서 안정감이 느껴졌다. 이제는 거울을 봐도 시커먼 구멍이나 흠이 보이지 않았다.

소 씨가 오랜만에 구둣방에 왔을 때 나는 인근에 분양하는 상가 팸플릿을 보고 있었다. 소 씨가 힐끔 팸플릿을 보았다가 어두운 표정으로 문 씨 소식을 전해주었다. 빚 때문에 문방구를 접었는데 얼마 전 검진에서 심각한 질환이 발견되었다는 것이다. 저런 어쩌나. 나는 기계적으로 대꾸하고 속으로 상가 분양가를 셈했다. 얼마쯤 남자가 더 온다면 무리가 되긴 해도 가능할 것 같았다. 그 생각에 슬쩍 웃는 바람에 소 씨가 새로 해 넣은 금니를 본 모양이었다.

금의 기분

"금니를 하니 든든한가봐?"

소 씨가 이기죽거렸다.

"쓰다가 팔면 되겠네. 치킨값은 받겠지."

소 씨가 예의를 차리지 않고 덧붙였다. 나는 통 크게 웃어넘기려 했지만 그러지 못했다. 소 씨가 인사도 없이 구둣방을 나가버렸기 때문이었다.

소 씨가 가고 얼마 지나지 않아 남자가 왔다. 이번에도 피묻은 손수건을 펼쳐 금니를 보여주었다. 불현듯 남자가 발길을 끊으면 나 역시 문 씨와 같은 처지가 될지도 모른다는 두려움이 일었다. 남자에게는 얼마든지 다른 매도처가 있을 것이다. 동네에 심심치 않게 금니 매입처가 생기고 있었으니까.

남자에게 남다른 친밀감을 표하고 싶어서 활짝 웃으며 반겼다. 남자가 반색하며 나를 쳐다봤다.

"금니를 하셨네요?"

나는 고개를 끄덕이며 덧붙였다.

"덕분에요."

그것으로 인사가 됐다고 생각했다. 고맙다는 표현 방식은 사람마다 다르니까.

"상악골 두 개, 하악골 두 개. 한꺼번에 네 개나 했네요."

치과 의사답게 남자는 순식간에 금니 수를 헤아렸다. 뭔가 들킨 기분이 들어 얼른 입을 다물었다. 그 순간 갑작스러운 깨달음이 왔다. 그간 남자와의 거래가 자못 불균형하다는 생각이 들었던 것이다. 남자가 내게 맡긴 수많은 금니에 대한 정당한 대가를 지불하지 않은 기분이었다. 금 무게를 박하게 재왔기 때문이 아니었다. 남자에게 운영하는 치과가 어디인지 물었어야 했다. 치통을 상의하고 직접 치료를 하지 않겠다면 추천이라도 받아야 마땅했다. 그 생각 때문인지 남자와의 관계에서 주도권을 완전히 잃은 기분이었다. 남자는 내 기분은 개의치 않는다는 듯 흡족한 표정으로 말했다.

"역시 금이 있어야 해요. 그건 변하지 않으니까요."

나는 남자의 생각에 동의했다. 모든 게 다 변해가는 중에도 금만은 변치 않으니까. 하지만 그렇지 않다는 것을 나는 이미 잘 알았다. 아무리 금니라도 충치가 심해지거나 잇몸이 상하면 크라운을 벗겨내고 다른 것으로 교체해야 했다. 본질이 같다고 가치가 여전한 것도 아니었다. 금값의 시세 변동은 세계 정세에 따라 들쑥날쑥 달라지는 법이다.

집으로 돌아가는 내내 혀로 금니를 쓿었다. 입 모양이 이상해보였는지 옆에 서 있던 사람이 뒤로 물러서며 거리를 뒀다. 그 사람을 힐끔 노려보는데 커다란 외제 차가 속도를 줄이더니 도로 쪽으로 와서 창문을 내렸다. 운전석에 앉은 사람이 조수석 창으로 몸을 기울여 나를 불렀다.

"사장님, 타세요."

남자였다.

"뒤에서 기다립니다. 얼른 타세요."

실제로 뒤차가 경적을 울리고 있었다. 타지 않겠다고 실랑이를 하는 게 교통법규에 어긋나는 일인 양 생각될 정도였다.

"가시는 곳이 어디죠?"

남자가 물었다.

"지하철역 앞에 내려주시면 됩니다."

하지만 정차한 택시들로 지하철역 인근이 붐비자 남자가 다음 목적지를 물었다. 할 수 없이 나는 집 근처 역 이름을 댔다. 남자가 마침 자신이 지나는 길이라며 그리로 가자고 했다.

남자가 금니를 맡기고 나간 건 네 시 반 무렵. 일곱 시가 다 되도록 이 동네에 있는 걸 보니 금니를 파는 것 말고 다른 용무가 있었던 모양이었다. 그제야 남자가 치과 의사라면 근무 중이어야 할 시간에 왜 금니를 팔러 다닐까 하는 것에 생각이 미쳤다. 고용 의사를 두어서 쉽게 자리를 비울 수 있는 걸까.

남자는 시내를 벗어나 간선도로로 올라섰다. 택시를 타면 단축 노선을 택하는 기사들이 종종 이용하는 길이었다. 차가 정지신호 앞에 서자 남자가 하루 종일 고생했다며 음료를 내밀었다. 나는 익숙한 포장을 두른 비타민 음료를 만지작거리다가 재촉하는 듯한 남자의 조용한 시선에 뚜껑을 땄다. 마시지 않을 이유가 없었다.

눈을 떴을 때 주위가 완전히 깜깜했다. 아무것도 보이지 않았으나 익숙한 냄새가 났다. 그 때문에 처음에는 집에서 자다가 깨어난 것이라 여겼다. 다른 생각을 하기는 어려웠다. 뒤척이는 소리를 내자 불이 켜졌다. 발소리가 들렸는데 왠지 남자라는 생각이 들었다.

"피곤하셨나 봐요. 오래 주무시네."

익숙한 실루엣의 남자가 뒷짐을 지고 내 얼굴을 들여다보고 있었다. 남자는 장난스러운 표정으로 가까이 오더니 가볍게 내 얼굴을 잡았다.

그제야 익숙하다 여긴 냄새가 실은 소독약 냄새라는 걸 깨달았다. 그에게는 매번 용량을 초과해 살균제를 써야 할 이유가 있으리라는 생각도 들었다. 말하자면 혈흔이나 혈액 냄새를 제거하기 위해서 말이다. 어떻게 발생한 혈흔인지 생각하자니 입을 다물고 싶어졌다. 하지만 그럴 수 없었다. 남자가 내 얼굴을 잡은 손에 차츰 힘을 주었기 때문이었다. 남자가 힘을 줄수록 입이 벌어졌다. 다행이라면 벌어진 입으로 보이는 구멍이 검고 깊어서 금이 잘 보이지 않으리라는 점이었다. 그게 유일한 위안거리였다.

소문이 전설이 될 때까지

황현진

1979년 경북 선산 출생. 2011년 『문학동네』 등단. 소설집 『해피 엔딩 말고 다행한 엔딩』, 장편소설 『죽을 만큼 아프진 않아』 『달의 의지』 『두 번 사는 사람들』 『호재』. 〈문학동네작가상〉 수상.

우리가 도착한 날은 망이었다. 일곱 물, 물살은 거세고 물색은 흐린 사리, 살아 있는 물때였다. 망을 지나야 물이 죽는다. 살아 있는 물때에는 물고기도 물에 빠져 죽는다. 어릴 때부터 하루가 멀다고 들은 말인데, 이날을 못 피했다. 하필 만조 때라 시퍼런 바다가 코앞까지 들이쳤다. 곶 아래 밀려드는 파도 소리가 사납다. 은애도 사납다.

"바다 앞 첫 번째, 저기가 할머니 집."

은애가 보자마자 인상을 구겼다. 녹슨 대문이 흉하다고 투덜대고, 풀이 웃자란 마당을 보곤 한숨을 푹푹 내쉬었다. 문이란 문은 죄다 열어젖히더니 제대로 닫히는 문이 없다고 울상이었다. 바닷가 집은 몇 년만 지나도 비틀어지고 부풀기 마련이다. 문이 커진다고 집이 자라겠나, 습기 먹은 문짝을 아무리 발길질해봤자 다치는 건 집이 아니다. 사람이다. 은애는 제 몸

아낄 줄 모른다. 아직도 홑몸처럼 군다.

"망할 망 아니고 바랄 망. 절망할 때 망 아니고 희망할 때 망."

내가 아무리 가르쳐줘도 은애는 망, 했다! 망, 했어! 노래를
불렀다. 그런 은애가 내 눈에는 너무 무모하고, 몹시 무례해
보여서 한 소리 했다.

"말조심해라. 우리 할머니 들으신다."

은애는 입을 비죽거리더니 자랑하듯 말했다.

"나도 죽은 할머니 있거든."

누구에게나 죽은 가족이 있기 마련인데도 오싹했다. 죄를
지은 것도 아닌데 순간 뜨끔했다. 태교에도 좋을 게 없었다.

내게 망 때를 가르쳐준 사람은 할머니였다. 망의 뜻을 가르
쳐준 사람도 할머니였다. 한마디로 나를 울렸다가 웃기던 사
람이었다. 정작 할머니 자신은 잘 웃지도, 울지도 않았다. 매
사 무심했다. 평생 소금기 어린 바람을 맞으며 살아왔기 때문
인지 피부는 검고 거칠었으며 몸은 두껍고 탄탄했다. 해일이
일듯 일순간 난폭해질 때도 더러 있었지만 웬만한 일에는 동
요하는 법이 없었다.

만약 할머니가 살아서 우리를 맞았다면 어땠을까.

길게 생각할 것도 없었다. 할머니는 은애의 임신 사실을 듣
고도 그러려니 하고 말았을 것이다. 도둑처럼 몰래 출산하러

왔다고 하면, 무슨 자격으로 남의 생을 망치려 드느냐, 매질을 가했을 것이다. 성미가 얼마나 칼칼했던지 아프다는 내색 한 번 없이 돌아가신 양반이다. 나는 그런 할머니를 무서워했지만 같은 이유로 할머니를 만만하게 여겼다.

죽은 할머니가 내 속내를 읽기라도 한 걸까. 갑자기 매서운 바람이 몰아쳤다. 문짝이 덜컹거리고 지붕이 가차 없이 흔들렸다. 기겁한 은애의 목소리가 귓전을 때렸다. 동네 사람들의 귀에 다 들어가고도 남을 만큼, 높고 새된 비명이었다. 한숨이 절로 새어 나왔다. 도무지 조심성이라곤 찾아볼 수가 없었다. 저러니 들킨 줄도 모르고 숨기 바쁘지. 일이 이 지경에 이르렀는데도, 은애는 아직 사람 무서운 줄 모른다.

지금은 망자를 들먹거릴 때가 아니다. 죽은 귀보다 산 입이 더 무서운 법이다. 어쩌면 배 속 아기의 귀에도 은애와 나의 대화가 들렸을지 모른다. 죽은 할머니를 들먹여봤자 무슨 소용이 있겠는가. 보이지 않는 입보다 보이는 입이 더 무서운 것이다. 망, 했다! 망, 했어! 저 목소리도 실은 아기의 것일지도 몰랐다.

은애의 월경주기는 대략 180일, 따지자면 1년에 두 번꼴이었다. 겨울 끄트머리에 한 번, 추석쯤에 한 번 하는 게 다였는데 그때마다 보름달이 떴다. 전생에 늑대였던 건 아닐까, 은애에게 장난조로 물어본 적이 있었는데 은애는 진지하게 말했다.

"그러게. 개도 1년에 두 번밖에 안 한대."

왜인지는 모르겠으나 어쩐지 나를 모욕하는 말 같아서 기분이 상했다. 그 뒤로는 늑대란 말도 개란 말도 입 밖으로 꺼내지 않았지만, 1년에 단 두 번만 조심하면 된다는 생각은 못 고쳤다. 은애의 말이 옳았다. 은애는 임신한 게 아니라 임신당했다. 그런데도 은애는 느긋했다. 키울 마음도 없지만 수술은 싫다고 했다.

내가 해야 할 일이라고는 잠자코 은애의 결정을 기다리는 것, 그뿐이었다. 결코 아이가 되지 못할 아기를, 아이가 되지 못한 채 어른이 되어버린 아기를 상상하는 게 다였다. 그동안 은애의 배는 점점 불러서 슬슬 임신한 티가 나기 시작했다. 시간을 더 끌어봤자 좋을 게 없었다.

"낳을 거면 결혼이라도 하든가."

조급한 마음에 수시로 다그쳤지만 은애는 죄다 싫다고 했다. 그럼 어쩔 거냐고 따지듯 물어도 은애는 시큰둥했다. 태동이 시작되고 나서야 은애는 이도 저도 아닌 결단을 내렸는데, 일단 아무도 모르게 낳은 다음 천천히 생각해보자는 거였다.

"아무도 몰래 어디서?"

초등학교 교사인 은애에게는 뭐든 쉽지 않은 결정이겠지만, 그래도 이건 아니지 싶었다. 그러다 은애가 먼저 죽은 할머니 집을 떠올렸다. 딱히 좋은 생각은 아니었다.

"소문이라도 나면 어쩌려고?"

소문이 전설이 될 때까지

내가 탐탁지 않은 투로 물었을 때 은애는 딱 잘라 말했다.

"그건 네 일이고."

은애는 바보다. 하나만 알고 둘은 모른다. 이곳은 소문의 땅이다. 비밀이 없다. 노인 몇몇만 사는 오지의 바닷가 동네에서 젊은 임신부는 노인들의 이목을 끌 수밖에 없고, 소문은 빠르게 타지에 사는 자식들에게 전해질 터였다. 내 이름 석 자까지 속속들이 퍼질 터였다.

배 모양만 보고도 아기의 성별을 맞추는 사람들이다. 심지어 남의 태몽도 대신 꿔주는 사람들이다. 그렇다면 내가 먼저 은애가 임신했다는 소문을 내도 괜찮지 않을까. 속으로 별생각을 다 했지만, 그때까지만 해도 나는 할머니 집에 은애를 들일 생각이 전혀 없었다.

돌이켜보면 그즈음 은애는 사람들이 자기를 싫어하는 것 같다는 말을 자주 했다. 언제부턴가 선생들이 점심시간마다 은애를 혼자 두고 우르르 나갔다가 일회용 커피잔을 들고 우르르 돌아온다고 했다. 내 생각에는 은애가 입덧을 숨기려고 점심을 따로 먹기 시작한 게 불화의 원인 같았지만, 은애는 다르게 생각했다. 처음부터 싫었던 게 아니고서는 고작 그만한 이유로 없는 사람 취급일 순 없다는 거였다.

"없는 사람!"

굳이 한 번 더 말했는데, 나 들으라고 하는 말 같기도 해서 괜히 기분이 나빴다. 은애는 점점 더 늦게 출근하고 일찍 퇴근했다. 모두가 나를 피한다며 울먹이며 하소연하던 날들도 잦아졌다. 툭하면 선생님을 소리쳐 부르며 달려오던 아이들도 은애의 품에 안기는 걸 꺼린다고 했다. 은애의 손이 몸에 닿으면 뜨겁다고 몸을 빼고, 가까이 다가가면 이상한 냄새가 난다고 코를 잡는다는 거였다. 어느 날은 은애가 유난히 아꼈던 여자애가 귓속말로 이렇게 물었다고도 했다.

"선생님은 심장이 두 개예요?"

그날 은애는 내게 묻고 또 물었다.

"들려? 내 몸에서 나는 소리?"

아니, 나는 세차게 고개를 저으면서도 의기소침해진 은애의 몸에 잔뜩 귀를 기울였다. 꾸르륵꾸르륵 꼬르륵꼬르륵 우스꽝스러운 소리만 연이어서 들렸다. 아무리 들어도 심장 두 개가 동시에 뛰는 소리 같진 않았다.

"혹시 들킨 건 아닐까?"

내 말에 은애는 손사래를 치며 고개를 저었다. 감히 그런 일은 상상조차 못 하는 사람들이라는 게 은애의 설명이었는데, 나로서는 감히 그런 일을 실행하려는 은애도 이해 안 되긴 매한가지였다. 완벽히 속일 수 있을 거라는 믿음이야말로 상상조차 못 할 일 아닌가……?

나는 은애가 이미 들켰다고 확신했다. 더 숨겨봤자 나쁜 소

소문이 전설이 될 때까지

문만 무럭무럭 키우는 꼴이 될 게 뻔했다. 곧 배가 터질 듯 불러올 텐데 언제까지 심장이 하나인 사람 행세를 할 거냐, 작정하고 물었더니 은애는 정색하며 반문했다.

"너는 왜 숨을 생각조차 안 해?"

나는 숨고 싶지 않았다. 은애를 감출 생각도 없었다. 그런데도 다 쓰러져가는 할머니 집에 은애를 데리고 온 건, 이 집이 숨어 살기에 최악의 장소였기 때문이다.

보름 전이었다. 은애가 한낮에 전화해서는 병에 걸린 것 같다고 앓는 소리를 했다. 몸이 천근만근이라고 했다. 나는 은애가 홀몸이 아니라는 사실을 다시 한번 상기시켰다. 체중 증가, 혈액 희석, 호흡 곤란 등 임신 중기의 증상들을 천천히 나열했다. 내 말이 끝나기도 전에, 은애는 그게 병이랑 뭐가 다르냐고 따졌다. 나는 침착하게 덧붙였다. 산후 우울증 또한 임신 증상 중의 하나일 수 있으며, 지금 너의 불안이야말로 산후 우울증 증세라고 차근차근 설명했다. 은애의 숨소리가 점점 커지는가 싶더니 뚝 끊어졌다.

한참 뒤에 다시 전화가 왔다. 이번에는 문이 안 열린다고 했다. 전화기 너머에서 은애가 비번을 누르는 전자음 소리와 경보음이 시끄럽게 울렸다. 나는 은애가 뭔가를 단단히 착각한 게 틀림없다고 생각했다. 비번을 잊은 게 아니라면 남의 집 문을 억지로 여는 중일 거라고 지레짐작했다. 그런 일은 비일비재했다. 은애는 발끈했다. 호수를 확인하고 우편함까지 열어봤는데, 의심할 바 없는 내 집이라고 했다.

결국 은애가 열쇠 수리공을 불렀다. 수리공은 무릎을 꿇고 앉아 나사를 풀면서 은애에게 묻고 또 물었다.

"이 집 사는 거 맞아요?"

은애는 친절하고 다정하게 그렇다고 대답했다. 수리공은 별말 없이 도어록을 뜯어냈다. 은애의 허락도 구하지 않고 성큼 집 안으로 들어가더니 거실을 휘휘 둘러보고 난 후에야 잔뜩 풀 죽은 목소리로 말했다.

"아가씨, 신고하세요. 내가 좀 전에도 이 집 문을 따줬어요."

그러고선 은애와 내가 함께 찍은 사진을 가리키며 덧붙였다.

"저 사람은 아니에요."

은애가 집을 바꿔야겠다고 결심한 건 바로 그 순간이었다. 그 바람에 이런 데서 살게 됐다.

할머니 집은 백 년도 더 됐다. 할머니는 이 집에서 엄마를 낳았다. 나도 이 집에서 태어났다. 벽을 보강하고 지붕을 바꾸고 바닥을 보수하는 정도의 수리는 있었지만, 내가 어릴 때와 크게 달라지진 않았다. 화장실과 부엌도 재래식 그대로였다. 사람 손이 닿지 않은 집은 빠르게 삭기 마련이라 여기저기 손볼 데도 많았다. 편의시설이랄 것도 없었다. 먹고살려면 갯벌에 나가서 뭐라도 잡아 와야 하는데 은애 혼자서 할 수 있을 것 같지도 않았다.

그런데도 은애는 우리 할머니 집 이야기를 좋아했다. 아마도 첫 데이트를 하던 날이었을 것이다. 망 때에 태풍이 겹치면 집 앞마당까지 파도가 들이친다고 하자 은애는 제 눈을 가렸다. 그렇게 한 번씩 뒤집혀야 물색이 맑아진다고 했을 땐 입을 가렸다. 만조에는 보이지 않지만 물이 걷히면 갯벌로 이어지는 좁은 길이 나타난다고, 콘크리트를 부어 만든 투박한 길 끝에는 간조의 밤에만 켜지는 가로등이 있다고 했을 땐 귀를 가렸다.

그 뒤로도 은애는 종종 바닷가 할머니 집 이야기를 들려달라고 졸랐다. 하지만 언제부턴가 그마저도 시들해졌는지 도통 묻는 일이 없었다. 은애가 오랜만에 다시 할머니 집을 화제로 삼았을 때는 하루 두 번, 간조에만 나타나는 길 외에는 아무 관심이 없었다. 정말로 그런 길이 있냐고 묻고, 아직도 남아 있냐고 묻고 또 물었다. 할머니의 장례를 치른 뒤로는 가본 적도 없으면서 나는 장담했다. 집은 쓸려가도 길은 끄떡없다고 답하고 또 답했다.

지금 은애는 물이 걷히길 기다리는 중이다. 내 말이 사실인지 거짓인지 확인하고 싶어 하지만, 아직은 때가 아니다.

일단 구덩이부터 파기로 했다. 좁고 깊은 구덩이 여러 개를 만들어두면 은애도 묻을 건 묻어가며 용변을 처리할 수 있을 터였다. 겁 많은 은애에겐 푸세식 화장실보다 그게 더 나았다.

나는 담장 아래 깊숙이 삽을 찔러 넣었다. 흙은 물렀다. 삽날은 쉽게 파고들었다. 은애는 아까부터 먼바다만 쳐다봤다. 뒷짐을 지고 걷는 모습이 어쩐지 나이 들어 보였다. 교실에서도 저런 걸음으로 돌아다녔던 걸까, 새삼 은애가 낯설었다.

구덩이 여러 개를 파고 난 뒤에야 나는 트렁크에 실린 짐을 모조리 집 안으로 옮기기 시작했다. 쌀과 김치, 참치와 햄 같은 유통기한이 긴 먹을 것들과 온갖 종류의 세제와 페인트와 도배지, 못과 망치, 전기톱과 손도끼, 사포와 청 테이프, 그리고 수백 장은 돼 보이는 행주와 걸레, 두루마리 휴지와 물티슈, 이불과 베개와 커튼, 커다란 김장용 봉투 백 장과 성냥과 양초와 라이터……. 내가 그 많은 짐을 모두 들여놨을 때, 누가 대문을 쿵 발로 찼다.

젊은 여자였다. 만삭이었다. 한국 사람은 아니었다. 머리 위에 커다란 양동이를 이고 있었는데, 그 안에서 물 튀기는 소리가 조그맣게 들렸다. 나는 어정쩡하게 서서 여자를 멀뚱히 바라봤다. 여자는 한국말을 못 하는지 입만 벙긋했다. 뭔가를 먹는 흉내 같았는데 긴가민가했다.

여자가 머리 위에 인 양동이를 흔들었다. 양동이 위로 검은 대가리가 쑥 올라왔다. 시커먼 뱀장어 한 마리가 툭 떨어졌다. 내가 깜짝 놀라 뒷걸음질 치자 여자가 바닥에 떨어진 뱀장어를 양동이로 꾹 눌렀다. 핏물이 슥 배어 나왔다.

"3만 원."

소문이 전설이 될 때까지

여자가 값을 불렀다. 양동이 안에 굵은 뱀장어들이 바글바글했다. 갯벌에서 잡을 수 있는 어종이 아니었다. 얼결에 달라는 대로 다 줬다. 여자는 빠르게 집 뒤편 오르막길 쪽으로 사라졌다. 저 많은 뱀장어를 어디서 구했는지도 신기했지만, 이 동네에서 젊은 사람을 본 게 더 놀라웠다. 외국 사람을 본 것도 처음이었다.

아마도 제대 직후였지 싶은데, 엄마와 같이 할머니 집을 찾은 적이 있었다. 할머니와 비슷한 연배인 노인 몇몇이 내 얼굴을 보러 왔다. 죄다 여자였다. 그들이 마을의 전부라고 했다. 우리만 남았다, 분명 그렇게 말했다. 그들은 내게 장하다 수고했다 든든하다 한마디씩 건네고는 내가 싫다는 데도 천 원씩 줬다. 다 합해도 만 원이 되지 않았다.

엄마는 기다렸다는 듯 빳빳한 지폐 50장을 할머니에게 줬다. 할 일을 마친 사람처럼, 더 중요한 볼일이 있다는 듯 집에 갈 채비를 서둘렀다. 할머니는 가는 길에 먹으라면서 장롱에서 사탕 한 봉지를 꺼내주었다. 받자마자 뜯어 먹었는데 입안에 비닐이 씹혔다.

어릴 때도 그랬다. 할머니는 뭐든 잘 숨겼다. 층층이 쌓인 이불에 손을 집어넣으면 반드시 뭔가가 손에 잡혔다. 쌀이 우수수 쏟아지고 동전이 와르르 쏟아졌다. 아궁이에서 새카맣게 탄 은수저를 발견한 적도 있었다. 장판 아래에선 누렇게 타

들어간 흑백 사진들이 깔려 있기도 했다.

"또 올게요."

엄마는 호기롭게 약속했지만 대문을 나서자마자 혼잣말인
양 속삭였다.

"이러다 세상에 이런 일이 나오겠어."

"왜요?"

"집을 쓰레기로 만들었잖아."

솔직히 그 정도로 더럽진 않았다. 깨끗하진 않아도 깔끔했
다. 너무 낡은 게 문제라면 문제였다. 지붕과 대문은 빛이 바
래서 허름했고, 장판은 군데군데 닳아서 시멘트 바닥이 훤히
드러났다. 벽 모서리마다 마른 물 자국이 길게 나 있었고, 녹
슨 못이 수십 개는 박혀 있었다. 내가 뽑아주겠다고 했을 때
할머니는 극구 말렸다. 그러면 집이 바사삭 무너진다고 했다.

벌써 5년 전의 일이다. 그사이 할머니는 죽었고 집만 남았
다. 장례는 서울에서 치러졌다. 할머니의 유골은 앞바다에 잠
겼다. 동네 사람들과 한배에 탔는데 그때도 망이었다. 뱃전에
파도가 부딪치는 소리가 거셌다. 사람들의 통곡 소리도 점점
커졌다.

배는 금방이라도 뒤집힐 듯 크게 흔들렸다. 멀미가 났다.
망할 망 아니고 바랄 망. 절망할 때 망 아니고 희망할 때 망.
주문처럼 외웠는데 효과는 없었다. 내장이 통째로 쏟아질 것
같았다. 가만히 서 있기도 힘들었다.

어쩔 수 없이 할머니의 영정을 뱃전에 놓아둔 채 납작 엎드렸다. 난간을 붙잡고 구역질했다. 고개를 쑥 내밀고 바다에 침을 뱉었다. 하얀 물거품이 부글부글 끓어올랐다. 하선할 때 사람들의 얼굴을 살펴보니 거무스름한 재가 잔뜩 들러붙어 있었다. 주름에 속속들이 배어버린 것처럼 잘 떨어지지 않았다. 내내 구역질만 하던 나만 말끔했다.

곧 물이 빠질 때였다. 은애야. 나는 양동이를 내려다보며 은애를 불렀다. 아무 대답도 들려오지 않았다. 뱀장어들이 몸부림을 쳤다. 진득한 거품이 일었다. 나는 양동이 위에 녹슨 세숫대야를 올렸다. 알아서 죽기를 기다리는 수밖에 없었다.

은애는 곧 가장자리에 서서 꼼짝도 하지 않았다. 망 때에는 물이 깊이 들어오는 대신 멀리 물러간다. 잡아먹을 게 많다. 나는 구석에 처박혀 있던 갈퀴와 냄비를 챙겼다. 부엌에서 할머니의 장화도 찾았다. 막 대문을 빠져나가려는데 바사삭, 소리가 났다. 뒤돌아보니 집 뒤 산 중턱에 두 사람이 서 있었다. 아까 그 여자와 비슷한 차림을 한 또 다른 여자가 나를 내려다보고 있었다.

벌써 소문이 돈 모양이었다. 나는 보란 듯 은애에게 달려갔다. 그사이 수심은 눈에 띄게 얕아져서 밀려드는 파도 아래로 기다란 길이 희끗희끗 비쳤다. 은애가 나를 보자마자 배를 움켜잡았다. 잔뜩 일그러진 얼굴로 티셔츠를 들어 올리고는 꿀

렁이는 배를 손가락으로 가리켰다.

어째 어제보다 배가 더 커진 것 같았다. 찰나였지만 매끄러운 아랫배의 한 부분이 은애의 손가락을 따라 움직였다. 마치 조그만 물고기가 헤엄치는 것 같았다. 꼭꼭 숨어 있는 듯 보여도 살아 있었다.

"내려가자."

나는 은애에게 장화를 건넸다. 은애가 발을 집어넣다 말고 땅바닥에 주저앉았다. 장화를 뒤집어 바닥에 탁탁 내리쳤다. 누런 봉투가 툭 떨어졌다. 돈이었다. 녹아버린 사탕처럼 찰싹 들러붙어버린 채였다. 은애가 맨발로 서서 말했다.

"돈이 든 줄도 몰랐어?"

몰랐다. 은애가 주머니에 봉투를 쑤셔 넣으며 말했다.

"더 찾아보자. 또 나올지도 모르잖아."

은애가 양손을 허리에 받치고 집으로 빠르게 걸어갔다. 은애는 누가 보는 줄도 모르고 서슴없이 할머니의 집을 뒤지기 시작했다. 곳곳에 나뒹구는 신발 속에 손을 집어넣었다. 먼지 쌓인 문갑과 장롱에 고개를 들이밀었다. 뒤집힌 그릇을 모조리 제자리로 돌려놓았다. 죽은 쥐들이 장롱 위에서 떨어지고 죽은 벌레들과 동전 몇 개가 장롱 아래에서 쓸려 나왔다. 손이 닿지 않는 찬장에는 소라 껍데기가 잔뜩 있었으며 장독대 안에는 말린 생선들이 축축하게 썩어 있었다. 집이 다시 더러워지고 있었다.

"그만하자. 할머니가 보신다."

"나도 죽은 할머니 있다 했다."

"그만해. 아기가 듣겠다."

"이미 늦었어."

고개를 들어 산 중턱을 힐긋 쳐다보니 어느새 세 사람이 서 있었다. 은애는 아직도 뭐가 더 무서운 일인지 모른다.

은애는 실망한 듯 쭈그려 앉았다. 뒤늦게 양동이 속에 든 것들을 봤다. 다 죽어 있었다. 은애가 코를 감싸 쥐고 당장 치우라고 윽박질렀다. 나는 양동이 위에 다시 세숫대야를 올렸다. 아까와는 다르게 잠잠했다.

"더 어두워지기 전에 바다에 가보자."

내 말에 은애가 할머니처럼 끙 소리를 내며 몸을 일으켰다. 그새 은애의 발이 퉁퉁 부었다. 할머니 장화가 겨우 맞았다. 은애가 갈퀴를 잡았다. 질질 끌며 바다로 향했다.

간조의 밤이었다. 바다에 잠겨 있던 가로등이 켜졌다. 미처 마르지 않은 길이 드러났다. 미끄러운지 은애가 게걸음으로 걸었다. 길 끝에 다다랐을 때 은애가 다급한 목소리로 외쳤다.

"움직인다, 움직인다."

놀란 내가 은애의 배에 손을 올리자마자 은애가 뒤로 몸을 뺐다. 손가락으로 캄캄한 갯벌 한가운데를 가리켰다. 멀리 한

무리의 사람들이 바다를 향해 걸어가고 있었다. 기다란 원피스를 입은 여자들이었다. 산 중턱에 서 있던 그들 같았다. 어쩌면 은애를 소문의 주인공으로 만들어줄지도 모를 그들의 손에도 기다란 갈퀴가 쥐어져 있었다. 그들이 동시에 갈퀴를 하늘 높이 쳐들었다.

마침내 그들이 하나의 점처럼 보일 만큼 멀어졌을 때, 나는 은애에게 낮은 목소리로 물었다.

"무슨 소리 안 들려?"

은애가 위를 올려다봤다. 날벌레들이 가로등 주위를 날아다녔다. 바사삭바사삭. 불에 타는 소리 같기도 하고 씹어 먹는 소리 같기도 했지만 결단코 우리 머리 위에서 나는 소리는 아니었다. 사방이 캄캄했다. 이젠 집도 잘 보이지 않았다. 금방 돌아올 것 같았던 여자들은 기척도 없었다. 그들이 돌아올 즈음 마을에서 은애를 모르는 사람은 없을 것이다.

가로등 아래 드리워진 은애와 나의 그림자가 짤막했다. 은애의 배가 아침보다 훨씬 커져 있었다. 망이었다. 살아 있는 물때였다. 은애가 무거워진 배를 두 손으로 받친 채 어두운 갯벌을 한참 바라보다 말했다.

"못 해. 다 묻어."

망각의 도시—지금 여기의 두려움이

지은이 김동식 외 14인
펴낸이 김영정

초판 1쇄 펴낸날 2023년 10월 30일
초판 2쇄 펴낸날 2024년 7월 15일

펴낸곳 (주)현대문학
등록번호 제1-452호
주소 06532 서울시 서초구 신반포로 321(잠원동, 미래엔)
전화 02-2017-0280
팩스 02-516-5433
홈페이지 www.hdmh.co.kr

ISBN 979-11-6790-218-4 (03810)

* 책값은 뒤표지에 있습니다.